가진 장편소설

紅衛兵

홍위병

2015

신세림출판사

가진 장편소설

홍 위 병

머 리 글

　문화대혁명 초기 모원신이 연변에 와 있었다는 건 모든 연변 사람들이 거의 다 알고 있는 사실이다. 모원신은 모주석의 친 조카다. 모주석의 동생 모택민의 아들로서 중국 신강에서 태어났으며 해방 직전 아버지가 국민당 특무조직에 잡혀 살해되었으므로 해방 후 모주석의 슬하에서 자랐다.

　그때 모주석의 부인은 강청이었으므로 모원신은 강청을 자기 어머니로 알고 자랐다.

　문화대혁명 초기 사람들은 모두 연변에 온 모원신을 특파원이라고 불렀다. 도대체 누가 파견한 특파원인지 그도 말하지 않았다. 누구도 알지 못하고 있었다. 어떤 사람들은 하얼빈 군공대학 8.8홍위병 반란조직의 특파원이라고도 했고, 중앙 문협 지도 소조 부조장 강청이 파견한 특파원이라고도 했다.

　연변에서의 그의 사무실은 주둔군 내부에서 이리저리 옮겨졌으므로 딱히 어디에 그의 사무실이 있는지도 몰랐다.

　칼날반란대군이 연변 군분구를 반란할 때 그의 서류가방이 그 연변 군분구의 어느 사무실에서 나왔으므로 칼날 홍위병들은 모원신이 연변 군분구에 사무실을 두고 있었다고 믿고 있었다.

　칼날 홍위병들이 반란해 온 모원신의 서류가방 속에 자그마한 깜찍스러운 권총 한 자루가 다른 서류들과 함께 들어있었다.

바로 그 권총이 그날 이후로 충성의 손에 들어갔으며 그 권총 때문에 충성은 해방군 저격 혐의분자로 다른 홍위병들은 모두 해방되었어도 그는 해방받지 못하고 계속 도피 생활을 하게 되었던 것이다.

칼날반란대군이 주둔군 무기고를 기습하여 대량 무기를 탈취해 온 그날 저녁이었다.

연변일중 북쪽에 위치한 해방군 병원 뜨락에서 해방군 장교 한 명이 총에 맞아 사망했다. 그 죽은 해방군의 몸에서 수술해 낸 총알은 권총탄알로서 중국의 권총에서는 볼 수 없는 외국제 권총 탄알이었다고 한다.

해방군 조사조는 탄알은 연변일중에서 날아 왔으니 틀림없이 칼날반란대군 홍위병 중 누가 쏜 것이라 단언했다.

그렇다면 충성이 외 다른 홍위병이 그 총을 쏠 수 없다. 그때 충성이 외엔 외국제 총을 가진 홍위병들이 없었기 때문이었다.

모원신의 가방 속에서 그 외국제 권총을 먼저 발견한 사람은 장민이었다. 그때 장민은 일종 호기심으로 권총 탄창을 뽑아 탄창 속에 든 탄알을 확인해보았다.

탄창 속에는 탄알이 세 알 들어 있었다.

탄창은 들어 있는 탄알의 알수를 파악하도록 구멍이 나 있었다. 장민은 그 구멍으로 똑똑히 세 알의 탄알을 볼 수 있었다.

장민이 충성이에게 권총을 줄 때 탄알 세 알이 들어있다고 똑똑히 말해 주었다. 충성이도 권총탄창을 뽑아 탄창 속의 탄알을 확인했다.

해방군 조사조는 그 권총 전 주인은 총을 쏘아본 적도 없고 쏠 줄도 모르므로 그 권총 속 탄알은 다섯 알로 세알만 남았다면 틀림없이 누군가가 그 권총으로 해방군 병원에서 사망한 그 장교를 쏘았다는 것이었다.

그러니 충성이도, 칼날 홍위병 그 누구도 더 할 말이 없었다. 충성인 총을 쏜 일도 없고 거리상 그 해방군 장교는 그 권총의 유효 사격권내에 들어있지 않은 것을 번연히 알면서도 더 변명하지 않았다. 변명한다면 칼날홍위병 중 또 다른 누가 혐의분자로 몰릴 것이라고 보았기 때문이었다.

충성은 진실은 어느 때든 꼭 진실로 밝혀질 것이라고 보았기 때문이었다.

칼날반란대군 홍위병 군장 최충성이가 억울한 누명을 벗을 수 있을지 독자들은 인내심있게 마지막까지 이 소설을 읽어봐야 알 수 있을 것이다.

차 례

제1장 연변반란

제2장 북경반란

제3장 충자림

가진 장편소설 / 홍위병

제1장

연변반란

가진 장편소설 / 홍위병

1. 타도와 반타도 대자보

영호는 뒤적이고 있던 수학참고서를 책상 한켠에 밀쳐놓고는 힘껏 뒤지개를 켰다. 그리고는 책상 한켠에 밀쳐버렸던 수학참고서를 손으로 집어 책상 속에 집어넣었다. 수학참고서의 내용은 모두 대학교 수학과정에 관한 것이다.

수학골이라고 소문이 자자한 영호는 이미 고중 수학책에 재미를 잃고 대학 수학을 자습한 지가 오래다. 오직 청화대학만 바라고 공부하는 영호는 대학 시험준비도 비교적 원만히 마친 지 오래다. 오직 대학 시험 그 날만을 기다리고 있었다.

농촌에선 모내기가 끝나고 벼모들이 한창 모살이를 하느라고 바쁘건만 아직도 날씨는 그리 무덥지 않다.

열어제낀 교실 안으로 서늘한 바람이 불어와 앞쪽 교원 교탁 위에 놓여 있던 신문 한 장을 영호쪽으로 날려 보내왔다. 영호는 무심코 그 바람에 불려온 신문을 받아 쥐었다. 본 지방 신문 《연변일보》였다. 신문에 씌여 있는 커다란 검은 글자가 영호의 눈에 안겨들었다.

〈군중을 충분히 발동하여 반혁명 검은 무리들을 철저히 타도하자!〉

얼마 전에 신문에서 삼가촌인가 해서 파직인가를 그처럼 비판하더니 지금은 반혁명 검은 무리인가? 영호는 알뚱말뚱 머리가 복잡하여 보고 있던 신문을 책상 위에 내려놓고 늘쩡늘쩡 교실문을 열고 복도로 나왔다.

교실 밖 학교 복도에는 대자보 천지다. 대부분 삼가촌 오함, 등탁, 뇨

말사, 육정일 등을 비판하는 대자보이다. 별로 볼만한 대자보들이 아니다. 거의 비슷한 신문에서 그대로 베껴낸 대자보들이다. 대자보 속을 거닐던 영호가 문득 한 대자보 앞에 와서 걸음을 멈추었다. 금방 지금껏 보아오던 대자보들과는 다른 유형의 대자보라는 것을 알 수 있었다.

대자보 제목은 다음과 같았다.

〈우리들 주위에는 반혁명 검은 무리가 없는가?〉

도대체 무슨 뚱딴지 같은 소릴 죄치려고 쓴 대자보인가? 영호는 큰 글자 제목 아래 작은 글자 내용을 읽어내려 갔다.

모주석의 말씀을 인용한다면서 다음과 같이 쓰고 있었다.

'…수정주의가 학교를 통치한 지가 17년이 된다. 지금 반란하여 뒤엎지 않고 언제까지 기다린단 말인가…'

그 아래로

'전 연변 승학률 1위, 점수 제일주의 연변일중에는 학교를 자본주의에로 이끄는 수정주의 반혁명 검은 무리들이 없단 말인가!'

영호는 대자보에서 눈을 떼었다. 승학률 1위가 왜 나쁘고 점수 제일주의가 왜 나쁘단 말인가? 그럼 내가 초중으로부터 고중에 승학하는 시험에 수학 100점으로 연변일중에 특수 입학한 것도 수정주의란 말인가?

학교 4층 복도로부터 학교 1층 대청으로 나오니 아침까지만도 없었던 커다란 구호가 하나 대청 난간에 걸려 있었다.

'우리 학교 교장 안석호와 서기 김기태는 수정주의교육노선을 집행한 반혁명 검은 무리 두목이다. 견결히 철저히 타도하자!'

학교 대청으로부터 밖으로 나온 영호는 하루종일 운동장에서 서성거렸다. 학교 학생 식당에서 점심 식사 벨소리가 울렸어도 그는 점심도 거른 채 머리만 절레절레 흔들며 널따란 학교 운동장에서 배회하였다.

북경의 모주석의 신변에서 삼가촌을 타도하고 해서를 타도하는 것은 천번 만번 정확할 것이다. 그러나 우리 학교에서 교장과 서기를 북경의 삼가촌이나 해서처럼 타도하는 것은 결코 옳은 일이 아니다. 안교장과 김서기 같은 사람들이 없었다면 나와 같은 두메산골 농민의 아들이 어떻게 시가지 일류 고중에 입학할 수 있었겠는가?

그 다음 날이었다. 학교 난간 그 타도 대자보 옆에 그 타도 구호대자보보다 더 큰 대자보 하나가 나붙었다.

'우리 학교 교장 안석호와 서기 김기태는 모주석의 교육노선을 집행한 우수한 간부이다. 견결히 철저히 보호할 것이다!'

영호가 학교 내 몇몇 학생 간부들과 상의하고 밤을 새워가면서 써붙인 대자보이다.

그때로부터 연변일중에는 대자보가 새하얗게 나붙기 시작하였다. 삼가촌이나 해서를 비판하는 대자보가 아니라 본 학교 내 교장과 서기를 '타도하자!'와 '보호하자!'가 주된 대자보였다.

2. 대지회 학생주임

어떤 경로를 통해 어떻게 전해 오는지는 잘 몰랐지만 북경의 소식이 빨리도 변강 도시 연길에 전해왔다.

모주석과 당중앙이 '5.16' 통지를 발표하여 문화대혁명을 발동하고 있다는 소식이 들려오더니 북경 청화대학부속중학교에서 홍위병이 건립되었다는 소식도 전해왔다.

북경의 홍위병들이 가장 즐겨 부르는 혁명구호가 '반란'이란다. 그것도 '미치도록' '조폭'하게 반란해야 진정한 반란이지 그저 조심조심 온당하게 한다면 가짜 반란이라고 하였다.

북경 홍위병들의 '무산계급혁명 반란정신 만세!'란 대자보 내용이 전해 오더니 '재론' '삼론'까지 반란정신을 옹호한다는 홍위병들 대자보가 전해 왔다.

청화대학부속중학을 이어 이번엔 북경대학부속중학 홍위병들이 '귀신굴'과 '요귀굴'에 불을 지피라는 대자보 내용도 전해왔다.

바로 이때였다. 당중앙과 북경시위에서 청화대학부중과 북경대학부중에 공작조를 파견하여 들어갔다는 소식이 전해왔다. 공작대가 들어와 홍위병들을 정돈한다는 것이었다.

누가 반란에 도리가 있다고 했는가? 그래, 당과 모주석의 지도하에 있는 지방 조직을 반란하면 당과 모주석의 영도를 반란하는 것이 아닌가?

주당위에서도 연변일중에 공작조를 파견해 왔다. 조장은 주당위 제

3서기 이서기라 한다. 아주 높은 급의 공작조다. 변강대학엔 주정부 부주장이 내려갔다는데 연변일중엔 부주장보다 한급 더 높은 부서기가 내려왔다.

주당위 공작조는 학교에 오자 학교의 문화대혁명을 지휘하는 영도기구를 내왔다. 바로 '대지회'란 기구였다. 대지회란 약칭이었는데 전칭은 '대자보지도위원회'였다.

주당위 공작조 조장이 주임을 맡고 성원은 공작조 성원중 노동자간부와 학교사생중 교원대표, 학생대표 등으로 조직됐다. '대지회부주임'이 둘이 임명되었는데 한사람은 주당위 공작조중 주공회 주석직을 맡고 있던 사람이 당선됐고 학생중에서는 영호가 부주임으로 임명되었다. 주임과 부주임이 이렇게 셋이었다. 이미 학교 교학도, 학습도 모두 중지 상태이고 학생들만 나와서 문화혁명을 하는 상태라 실제 주임은 영호나 다름없었다.

북경에서 학교마다에 교내에 진입했던 공작조가 쫓겨나고 있다는 소식이 들려왔다. 그러자 연변일중 대청에도 '공작조는 물러가라!'는 구호와 대자보가 나붙었다.

그런 구호와 대자보가 나붙기 바쁘게 공작조는 영호에게 일체를 위임하고 철거하였다.

3. 홍소병 반란

'반란에는 도리가 있다!'

'반란에는 도리가 있다!'

저 멀리 시내에서 들려오는 확성기 소리인가 싶더니 그 노래 소리에 가까운 새된 소리는 더욱 선명하게 영호의 귓가에 흘러 들어왔다.

영호는 번쩍 눈을 크게 뜨지 않을 수 없었다. 놀라운 광경이 눈앞에 펼쳐져 있었다.

초록색 군복차림에 왼팔에 붉은 완장을 두른 대여섯 계집애들의 앳된 얼굴이 영호의 눈에 어렴풋이 비껴들었다. 홍위병들과 똑같은 옷차림이었다. 그때 홍위병들은 모주석과 당중앙을 보위하는 해방군을 자기들의 우상으로 생각하였기에 모두 군복차림을 하였던 것이다.

영호는 애써 눈을 크게 떴다.

'반란에는 도리가 있다!'

'반란에는 도리가 있다!'

구호소리이자 노랫소리였다. 이는 요즈음 유행되고 있는 모주석께서 친히 말씀하셨다고 하는 단어에 곡을 붙여 구호로도 부르고 노래로도 부르는 모주석의 말씀이었다.

"반란하러 왔다. 어서 일어나서 우릴 따라 투쟁 받으러 가자!"

대여섯 명 홍소병들 중에서도 더더욱 애티가 나보이는 계집애 하나가 또박또박 새된 소리를 내뱉었다.

"너희들 누구냐?" 영호는 잠결에 차버린 듯한 이불깃을 여며 몸을 단단히 감싸며 어리둥절하여 물었다.

"홍소병이다!"

그 더더욱 애티나 보이는 계집애가 팔에 두른 붉은 완장을 손가락으로 가리키며 대답했다. 나머지 계집애들도 누구의 명령이나 받은 듯이 거의 동시에 자기들 팔에 두른 완장을 가리키며 두 눈들을 크게 부릅떴다.

모주석의 '나의 첫 번째 대자보'가 발표된 뒤로 전국의 중학교 대학교들에 홍위병이 우후죽순마냥 나타나더니 요즈음은 전국의 소학교들에 홍소병 물결이 넘쳐흐른다.

이 학교에도 소학교를 졸업하고 중학교에 금방 발을 들여 놓은 초중일학년생들이 적잖게 입학하였다는 말을 들은 적이 있다. 그들은 중학교에는 들어 왔으나 문화대혁명이 터져 정상 수업을 받지 못하고 지금 문화대혁명에 참가하고 있다고 하였다. 아마 그들인가 보다.

"너희들 이제 몇 살이라고 벌써 홍소병이란 게야?"

영호는 더더욱 이불깃을 단단히 여미며 의아한 눈초리로 계집애들을 흘겨보았다.

"반란에는 누가 먼저고 누가 후인가가 없다. 홍위병이나 홍소병이나 모두 우리의 위대한 수령 모주석과 당중앙을 보위하는 보위병들이다.우리 학교 자산계급 반동노선을 반란하는 것이니 빨리 일어나거라! 그러지 않으면 혁명적 행동을 취할 것이다."

앳된 계집애의 명령조에 가까운 목소리가 끝나기 바쁘게 기다렸다는 듯이 여러 계집애들이 후닥닥 달려들어 이불깃을 움켜잡고 버티는 영호의 이불을 벗겨치웠다.

"아이구, 유망!"

이불이 벗겨짐과 동시에 한 사내애의 나체가 계집애들의 눈에 안겨

들었다. 홍소병 계집애들이 엎어질듯 뒤죽박죽이 되어 나 살려라 숙소 문을 빠져 달아났다.

저녁 늦도록 대자보 쓰기에 골몰하여 피곤했던 영호는 그날 저녁 그의 오랜 습관대로 팬티 하나 걸치지 않은 알몸으로 이불속에서 깊은 잠에 빠져들어 있었던 것이다.

이리하여 연변에서 가장 유명한 중학교 연변일중 대자보위원회 학생 주임 영호는 본교의 주자파와 자산계급 반동노선을 보호하는 보황파 우두머리와 홍소병을 우롱한 유망분자로 투쟁단상에 올라서게 되었다.

4. 투쟁대회

투쟁대회 회의장은 학교 2층 소회의실에 설치되었다. 이 회의실은 문화대혁명 전 교장이나 당위서기가 주최하는 교무회의나 당간부회의가 열리던 곳이었다. 그리 크지 않은 회의실에 초록색 군복을 입은 50여명 홍소병들과 10여명 홍위병 완장을 두른 고중생들이 참석하고 있었다. 그 당시 시내에는 몇 만 명 몇 천 명씩 모이는 대회가 자주 열렸으므로 그에 비하면 초라하다고 보일 정도로 작은 회의였다.

회의장소 정면에는 '학생 보황파 우두머리 최영호 투쟁대회'라는 커다란 현수막이 나붙어 있었고 열네댓 살 돼보이는 바로 그 영호를 숙소에서 끌어내려 왔던 홍소병 지휘자 계집애가 종주먹을 불끈 쥐고 연신 구호를 선창하고 있었다.

"자산계급 반동노선을 견결히 분쇄하자!"

"모주석의 무산계급 혁명노선을 견결히 집행하자!"

"학생 보황파 최영호를 타도하자!"

"학생 보황파 최영호를 단상에 끌어 올려라!"

지휘자의 구호소리가 멈추기 바쁘게 영호의 주위에 미리부터 둘러서있던 홍소병 계집애들 대여섯이 영호를 포박하듯 뒷짐지워 단상으로 밀치락 닥치락 끌어올렸다.

"보황파 최영호를 호되게 비판하자!"

영호가 단상에 올라서자 구호소리가 또다시 우렁차게 울려 퍼졌다. 푹 숙인 머리에는 보황파라고 쓴 길다란 고깔모자가 씌어있었다. 길이

1미터는 족히 될 성싶었다.

　머리를 푹 수그렸으므로 고깔모자가 땅에 떨어질 듯하여 한 홍소병이 붙들어주고 있었다. 고개를 푹 수그린 영호도 나직히나마 자기를 비판하자는 구호를 따라 불렀다.

　무엇이 자산계급 반동노선인지? 그리고 무엇이 보황파인지 딱히는 알 수 없었으나 문화대혁명이 시작되면서 자기가 겪은 일들을 재재삼삼 돌이켜보면서 아마 자기가 한 일들이 자산계급반동노선이고 그를 옹호지지한 자가 보황파인가 보다고 영호는 생각하고 있었다. 그리하여 처음에는 입속으로만 살며시 따라 부르던 구호가 이젠 제법 다른 사람이 알아들을 수 있을 정도로 높아졌다.

　"보황파 최영호를 호되게 비판하자!"

　그런데 이상하였다. 그래도 제법 큰소리로 외쳤는데 홍소병들이 모두 자기를 악의에 찬 눈길로 흘겨보고 있었던 것이다.

　"유망분자 최영호를 타도하자!"

　자세히 듣고 보니 자기가 따라 부른 구호가 홍소병들이 부른 구호와 판판 다른 구호였던 것이다.

　"홍소병을 우롱한 유망분자 최영호를 타도하자!"

　계집애들의 앳된 목소리가 더욱더 요란스레 울려 퍼졌다. 홍소병에는 왜 남자애들이 그리 적은지 모르겠다. 거의 모두가 붉은 댕기머리 계집애들이었다. 후에야 원인을 알았지만 계집애들 말로는 열네댓 살의 남자애들은 철이 없어 자격이 없다는 것이었고 남자애들의 말로는 남자라면 홍위병이면 홍위병이지 뭐 뚱딴지같은 홍소병인가 하는 것이었다. 그래서인지 홍소병에는 그 후에도 남자애들이 별로 참가하는 것을 보지 못하였다.

　영호가 유망분자를 타도하자는 구호를 따라 외치지 않자 홍소병들이 대단히 격분한 모양이었다.

"완고분자는 죽음의 길뿐, 노실하여야 살길!"

홍소병들의 구호소리가 또다시 쩌렁쩌렁 소회의실에 울려퍼졌다.

그러나 자기를 유망분자라는 구호만은 영호는 따라 외칠 수 없었다. 그는 진심으로 자기는 유망이 아니며 또한 자기의 알몸을 홍소병 계집애들에게 보인 것도 자기 탓이 아니고 홍소병 계집애들의 무례한 행동 때문이었다고 생각하였다.

영호가 한사코 자기가 유망이라는 구호를 따라 외치지 않자 그 지휘자 홍소병이 바싹 영호의 턱밑에 다가들며 영호만이 알아들을 수 있는 낮은 목소리로 을러메었다.

"유망이 아니면 왜 팬티는 안 입었어? 작심하고 우리들에게 알몸을 보인 것이 아니냐?"

영호는 억울하였다. 처음으로 빤히 그 홍소병 지휘자를 쳐다보았다. 동그스름한 빨간 얼굴이었다. 자기가 한 말에 부끄러움이나 탄 듯 조그마한 앳된 얼굴이 불타듯 붉게붉게 타고 있었다. 그 와중에도 영호의 머리엔 '참 이쁜 애로구나!'라는 생각이 머리를 스쳤다.

영호는 억울하였다. 그러나 그 억울한 마음을 그 어디에도, 그 누구에게도 말할 수 없었다. 영호는 48년생, 금년에 세는 나이로 19살, 학교 나이로는 18살이다.

이 세상에 태어나 18살이 되었건만 그는 팬티라는 걸 거의 입어본 기억이 없다. 투쟁 단상에 끌려오기 금방 전 숙소 문을 나설 때 자기 옷 보따리 속에 정히 보관되어 있는 팬티를 꺼내어 입을까 말까 망설인 적은 있었지만 결국은 지금까지도 팬티를 입지 않고 투쟁 단상에 서있었다. 200여 리 밖 농촌으로부터 시가지 고중에 올 때 어머니가 손수 지어준 새 팬티다.

"이젠 팬티를 입어야 된다. 같이 자는 숙소 애들이 놀릴라…."

그러나 영호는 그 팬티를 입지 않았다. 잘 때면 바지를 입은 채로 이불속에 들어가 바지를 벗었고 일어날 때는 이불속에서 바지를 입고 이불을 거두어 개였다.

유치원 대반 때였을 것이다. 한번은 동네 익살궂은 한 아낙네에게 큰 망신을 당한 적이 있었다.

한참 동네 같은 또래끼리 뛰어다니며 놀고 있는데 그 아낙이 자기 앞으로 오라고 손짓하는 것이었다.

멋도 모르고 갔더니 손을 사타구니쪽으로 가져가더니 헤어져 빵꾸난 바지구멍으로 팬티를 입지 않아 삐죽이 빠져나와있는 영호의 고추를 쭉 잡아채서는 입에 가져다 넣는 흉내를 내면서 "냠냠, 맛있다. 내가 먹었으니 망정이지 동네 강아지들이 떼어 먹었더라면 큰 일 날 뻔했잖느냐?"라고 깔깔대는 것이었다. 영호는 그 후 초중을 졸업할 때까지도 비록 한동네에 살아 종종 그 아낙네를 만났어도 다시는 정면으로 그 아낙에게 눈길을 주지 못했었다.

소학교를 졸업하고 초중에 들어갈 때의 일이었다. 초중에 진급하는데 신체검사가 필요하여 소학교 담임선생이 내일 신체검사가 있으니 모두 팬티를 입고 오라고 하셨다.

그때 그곳 시골 사내애들은 거의 모두가 팬티 입는 법을 모르고 있었다. 집에 와서 아버지 보고 팬티 사달라고 했더니 아버지는 소학교를 졸업했으면 글을 너무 많이 읽었다며 초중은 그만두라 하셨다.

그리하여 영호는 그 이튿날 다 헤어진 바지를 무릎까지 걷어 올리고 신체검사를 받을 수밖에 없었다.

투쟁대회는 계속 되었다.

"유망분자 최영호는 투항하라!"

"완고하면 끝장이다!"

"홍소병과 대립하면 죽음의 길밖에 없다."

"홍소병을 우롱한 자에게 불벼락을 안기라!"

영호는 힘껏 입술을 깨물었다.

마침내 굵디굵은 눈물 줄기가 두 볼을 타고 주르륵 흘러내렸다.

"유망분자 최영호를 견결히 타도하자!"

영호의 입에서도 끝내 자기를 타도하자는 구호소리가 나지막이 흘러나왔다.

5. 단지고움

투쟁대회에서 보황파 우두머리라는 죄장도 승인했고 유망분자라는 죄장까지도 승인해 줬건만 영호는 아직도 홍소병들 손에서 풀려나지 못하고 있었다. 투쟁대회에 이어 바로 "단지고움"이 시작된 것이었기 때문이었다.

단지고움이란 단지에 통닭 한 마리와 찹쌀을 넣어 고우되 여러 가지 약재도 넣어 함께 고움으로써 몸을 보양하는데 훌륭한 음식으로서 이 고장에 전해 내려오는 전통몸보신 음식이었다.

본 시내 한 대학에서 반란파들이 보수파 두목들을 항복시키려고 이미 단지고움을 한 적이 있다는 말을 영호는 들은 적이 있다. 한 사람 한 사람씩 불러다가 감금시켜 놓고 일련의 모주석 시사와 모주석 어록으로 정치적 공세를 들이댐으로써 그 사람이 결국은 자기가 걸은 자산계급 반동노선을 승인하고 무산계급 혁명노선을 견지하는 반란파 쪽으로 투항해 왔다는 것이다.

영호에 대한 단지고움은 여전히 홍소병 계집애들이 책임지고 있었다. 단지 속에 쌀과 약재와 함께 자기도 들어가 함께 고아지고 있는 신세니 어떠한 공세를 들이대도 그는 항변할 신세가 되지 못하였다.

홍소병들의 일방적인 공격이었다. 매일마다 들이대는 정치공세의 내용은 간단명료하였다.

'당중앙과 모주석께서 친히 내리신 5.16통지를 보지 못하였는가? 5.16통지에서 문화대혁명을 하라고 하지 않았는가?

그렇다면 무산계급 문화대혁명의 주요 대상은 무엇이라 하였는가? 자산계급 사령부라 하지 않았는가? 사령부 수하에는 무엇이 있는가? 군단 사령부 사단 사령부가 있지 않은가. 성정부와 성당위가 군단 사령부라면 지금 우리 지구 주정부와 주당위는 무엇인가? 그리고 주정부 주당위 수하 학교 교장과 학교 당위서기는 무엇이란 말인가? 그의 노선을 집행했으니 그게 자산계급 반동노선을 진행한 것이 아니고 무엇이며 그 자산계급 노선을 보호하는 자가 보황파가 아니고 뭐란 말인가?'

비록 어린 홍소병들이 들이대는 정치적 공세였으나 너무나도 간단명료한 도리였다. 그러나 영호는 그처럼 간단명료한 도리 앞에서도 그것이 머리에 들어오지 않아 단지 속에서 쌀과 약재와 함께 끓고 끓고 또 끓지 않을 수 없었다.

단지고움을 당하는 중 몇 가지 사건이 발생되었다.

하루아침 단지고움 장소로 가려고 숙소 문을 나섰는데 너무나 황홀한 광경이 눈앞에 펼쳐졌다. 번쩍번쩍 빛을 내는 갖가지 색깔의 매미차 20여 대가 숙소마당에 줄지어 세워져 있고 바로 그 옆에 승합차와 버스도 여러 대 세워져 있었다. 특별히 멋져 보이는 한 매미차 주위에 여러 홍위병들이 둘러서서 서로 이러쿵저러쿵 떠들어대고 있었다.

그 차가 바로 자치주 주장이 소련으로부터 선물로 받아왔다는 볼스가 차라는 것이었다.

바로 그때 학교 4층 정상에 달려있는 확성기에서 반란에 도리가 있다는 노랫소리가 울려 퍼지더니 뒤이어 방송원의 힘찬 목소리가 들려왔다.

"…어제 저녁 우리 학교 홍위병들은 당중앙과 모주석의 지시대로 한 줌도 못되는 주자파 기생충들이 인민들 등에 올라타고 호의호식하는 주빈관을 반란하였습니다. 이 얼마나 통쾌하고 경이스러운 일입니까? 이번 반란에 참가한 홍위병들께 무산계급 반란파들의 숭고한 경의를 표시합니다. 홍위병들을 따라 배웁시다. 자산계급 반동노선에 계속하여 불벼락을 안깁시다…."

홍위병들의 말을 들으려니 운전사들이 차를 몰기를 거절하고 도망을 쳐서 차들은 모두 홍위병들이 밀고 당기기도 하여 겨우 학교까지 끌고 왔다는 것이었다.

'문화대혁명은 더욱 깊이 있게 발전해 나가는데 나는 지금도 눈이 멀어 단지 속에서 끓고 있다니….'

단지고움은 계속되었다.

영호는 창밖에 줄줄이 세워져있는 차량들을 바라보며 고민하기 시작하였다.

'참말로 이것이 모주석께서 도리가 있다고 한 반란이란 말인가?'

그로부터 며칠이 지난 어느 날이었다. 더욱 큰 반란이 또 일어났다.

역시 본교의 홍위병들이 주당위 건물을 반란한 일이었다.

주당위 3층건물 50여 개 사무실이 일시에 반란을 맞아 수십 명 고위관료들과 수백 명 사무일꾼들이 모조리 쫓겨났다는 것이었다.

소련의 지원으로 건축된 학교 건물은 4층으로 지어졌는데 그 일층 현관 대청은 특별히 넓었다. 그 현관 대청에 철괴, 나무궤, 책상, 쏘파 없는 것이 없이 즐비하게 널려 있었다. 모두 반란의 전리품으로 중요한 서류를 보관하는 고품질 철궤만 하여도 100여 개나 되었다.

주당위가 건립된 지 십수 년 되는 기간의 모든 서류, 당안들이 모두 반란을 맞아 학교로 옮겨져 온 것이었다. 반란 맞아 옮겨온 주당위 상무위원회 기록부만도 몇 궤짝 되었다. 그것을 보는 영호는 눈이 더더욱 휘둥그레지지 않을 수 없었다.

'참말 반란이란 이런 건가? 바로 이런 거라면 나도 빨리 정신 차리고 그 고움단지에서 나와 무엇이든 하여야 되지 않을까?'

단지고움 장소로 오니 미선이가 의기양양하여 주당위 사무청사를 반란하던 광경을 이야기하고 있었다. 미선이란 바로 김미선, 그 홍소병 지휘자의 이름이었다. 단지고움을 당하면서 그의 동료 홍소병들의 입으로부터 들은 이름이다.

"나도 갔댔어. 참말로 굉장했어. 주장이 겁에 질려 부들부들 떨면서 우리들의 반란성명에 동의한다는 사인을 했어."

미선의 앳되고 이쁜 얼굴에 또다시 붉디붉은 홍조가 피어올랐다.

6. 투항

약 2주간의 단지고움 끝에 영호는 끝내 대자보로 〈반란성명〉을 써서 학교 현관 대청 정면에 내붙였다.

반란성명에는 다음과 같은 내용이 씌어 있었다.

'당중앙과 모주석의 무산계급 혁명노선을 견결히 집행하고 있는 학교 내 홍위병들과 홍소병들의 사심없고 살뜰한 방조하에 저는 비로소 무엇이 반란이고 무엇이 보황인가를 똑똑히 알게 되었습니다. 저는 대담히 자산계급 반동노선과 결렬하고 무산계급 혁명노선으로 돌아오려 합니다. 학교 내 교장과 서기 그리고 주당위 공작조를 위수로 하는 반동노선과 결렬하고 용감히 홍위병, 홍소병을 위수로 하는 무산계급 혁명노선 방면으로 돌아오겠습니다.'

'학교 내 최고 주자파 안교장과 김서기를 타도하자!'

'학교 내 대자보위원회 윤주임을 대표로 자산계급 반동노선을 철저히 숙청하자!'

교내 대자보위원회란 무산계급 문화대혁명이 일어나자 주당위가 교내로 파견한 공작조가 들어와 성립한 학교 문화 대혁명을 영도하는 임시기구를 말한다. 주 공작조 윤조장이 주를 대표하여 주임직을 맡았고 영호가 교내 사생들을 대표해 학생주임직을 맡았었다.

"오빠!"

영호가 단지고움 장소에 들어서자 미선이가 붉게 상기된 얼굴에 환한 미소를 담뿍 담고 달려와 손을 잡았다.

"오빠?"

영호는 깜짝 놀란 표정을 지으며 의아한 눈초리로 미선이를 눈이 뚫어지도록 바라보았다.

얼마나 듣고 싶었던 칭호인가? 홍소병들은 홍위병 사내들을 공적인 장소가 아닌 사적인 장소에서 모두 오빠라고 불렀다. 다만 보황파로 분류된 영호에 한해서만 오빠라고 부르지 않았다. 오빠란 홍소병 계집애들이 무산계급 혁명 노선을 따르는 홍위병들에게 한해서만 불러주는 칭호였다. 그때 영호는 홍위병 완장도 두를 수 없는 처지였으니 더더욱 바랄 수 없는 칭호였다.

영호는 기뻤다. 저도 모르게 미선의 자그마한 두 손을 으스러지게 잡고 흔들고 또 흔들었다. 무산계급 혁명노선상의 누이동생을 얻어서라기보다 진짜 친남매로서의 누이동생을 얻은 듯 기뻤다.

영호는 4형제 중 막내인 넷째였다. 이상 누이도 이하 누이동생도 없었다. 하여 자기도 남들처럼 이쁜 누이동생 하나가 있었다면 하는 아쉬움과 바람을 갖고 살아왔다. 하여 이미 단산을 한 어머니였건만 빨리 누이동생 하나를 데려다 달라고 조른 적도 한두 번이 아니었다.

찬찬히 보노라니 미선은 참말로 귀엽고 이쁜 애였다. 검은 눈썹과 맑은 눈 사이엔 쌍겹진 눈꺼풀이 웃음 짓고 있었다.

'오- 쌍겹진 눈이었구나!'

"모주석의 무산계급 혁명노선으로 돌아온 걸 환영해요. 오늘 교내 주자파 투쟁대회가 있어요. 오빠가 친히 투쟁하세요."

미선이가 말하며 어깨에 메고 있던 가방으로부터 붉은 완장 하나를 꺼내더니 영호의 팔에 둘러주기 시작하였다.

"홍위병 지휘부에서 보내온 거예요. 이젠 오빠도 홍위병이래요!"

셋째형이 북경 부대로부터 보내온 군모에 군복을 입은 영호는 팔에 홍위병 완장까지 두르니 참말로 늠름한 모주석을 보위하는 붉은 전사 같았다. 홍위병이란 그 뜻 바로 그런 것이었다.

"멋져! 참말로 멋져, 오빠!"

미선이가 영호의 두 손을 잡은 채로 퐁당퐁당 뛰었다. 미선이도 역시 두 언니만 둔, 오빠도 남동생도 두지 못한 집안 막내 계집애였다.

7. 주자파 투쟁대회

교장 안석호와 당위서기 김기태를 투쟁하는 대회는 학교 1층 현관 대청에서 거행되었다. 천여 명 홍위병이 참석하기로 되어있으므로 그만한 군중을 용납할 수 있는 곳은 교내에서도 그곳밖에 없었기 때문이었다.

문화대혁명 때의 모든 집회와 다를 바 없이 대회는 우선 모주석 어록을 함께 낭독하는 것으로부터 시작되었다.

"우리의 사업을 영도하는 핵심적 역량은 중국공산당이며 우리의 혁명을 지도하는 이론적 기초는 막스-레닌주의이다."

대회 주최자가 선독하면 천여 명 대회 참석자들이 따라 읊었다. 4층 학교 건물이 날려 가기라도 할 듯 어록소리가 우뢰소리와도 같이 울려 퍼졌다.

"결심을 내리고 죽음도 두려워하지 않으며…."

20여 가지 어록 낭독이 있은 후 교내 주자파 안석호와 김기태가 입장하게 되었다.

주자파란 당내의 자본주의 도로로 나아가는 직권파라는 말의 약칭이다. 먼저 키가 크고 몸이 뚱뚱한 안교장이 입장하였다. 머리에는 길다란 꼬깔모자가 씌어져 있었는데 교내 제일 주자파라고 씌어진 꼬깔모자는 너무나 길어 끼우뚱 끼우뚱하는 걸음걸이와 함께 당장이라도 옆으로 넘어질 것만 같았다. 그런 꼬깔모자를 양옆에서 홍위병들이 넘어지지 않게 붙들어 주고 있었다. 꼬깔모자는 홍위병들의 지시대로 주자파 본인이 만들었다 한다. 어느 단위 주자파들과 다름없이 작품이 잘 만들어졌는가 못만들어졌는가는 홍위병들에 대한 주자파 들의 태도나 다름없었으므로 꽤나 정성을 들인 듯싶었다. 안석호의 꼬깔모자는 자기의 키보다도 더 커 그 길이가 2미터가 될 성싶었다. 그런데 그 꼬깔모자가 좀 이상스러워 보였다. 꼬깔모자 꼭대기가 그냥 뾰족하게 쭉 올라간 것이 아니라 끝머리에 또 다른 둥그스름한 작은 모자가 씌어져 있었다. 누가 왜 그리 만들었냐 물었더니 아들, 딸, 마누라까지 밤새 만들다가 마누라가 끝머리가 너무나 뾰족하여 투쟁 받을 때 어느 홍위병이 찔리지나 않을까 염려된다고 하여 둥그스름한 모자를 하나 더 씌었다는 것이었다.

안교장의 뒤를 따라 김서기가 들어섰다. 안교장의 꼬깔모자가 우스깡스럽게 만들어졌으므로 군중의 시선이 의례 김서기의 꼬깔모자에로 갔다. 여위고 키가 작은 김서기였으나 꼬깔모자만은 안교장 것만 작지 않아 역시 길이가 2미터 남짓이 되어보였다.

그런데 이상한 것은 그가 뗑기적 뗑기적 걸을 때마다 꼬깔모자에서 쩔렁쩔렁 방울소리가 울리는 것이었다. 자세히 살펴보니 꼬깔모자 꼭대기에 주먹 만한 방울 하나가 달려있었다. 홍위병들의 투쟁에 고맙다고 화답하는 의미에서 방울소리를 내려고 달았다는 것이다.

"와하하- 와하하."

떨렁 떨렁 방울소리와 함께 요란한 웃음소리가 터져 나왔다. 하나는 모자 위에 모자 하나를 더 씌우더니 다른 하나는 모자 위에 방울을 달다니 대단히도 기막힌 발상이었다.

"주자파들의 잔꾀에 속지 말고 여지없이 불벼락을 안겨라!"

웃음소리가 못마땅했던지 웃음소리는 가뭇없이 사라지고 타도소리가 우렁차게 또다시 울려 퍼졌다.

드디어 영호의 발언 차례가 돌아왔다. 영호는 격앙된 어조로 성토를 시작하였다.

"…전 주 수백 개 중학교들에서 선택되어온 우수 학생들을 교육하고 있는 학교, 진학률 전 성 1위, 중점대학 진학률 전국 2위, 이런 학교를 이끄는 학교 지도부는 틀림없는 무산계급 사령부라 생각하였습니다. 그리고 그를 지휘하는 주정부 주당위, 성정부 성당위 모두 무산계급 사령부가 틀림없을 거라고 생각하였습니다. 그렇다면 당중앙과 모 주석께서 말씀하는 자산계급사령부는 어디에 있는 겁니까? 이 몇 주간 교내 홍위병들과 홍소병들의 사심없는 방조와 교육하에 이제야 드디어 눈을 뜨게 되었습니다.

중앙엔 가짜 중앙이 있는 것이 틀림없습니다. 그 가짜 중앙이 자산계급 반동노선으로 성당위, 성정부, 주당위 주정부를 지휘하고 그 자산계급 지방사령부 주당위 주정부가 우리 학교 자본주의 도로로 나아가는 주자파 안석호와 김기태를 지휘한 것입니다…."

"자산계급 반동노선을 비판하자!"

"각급 주자파들을 타도하자!"

"안석호를 타도하자!"

"김기태를 타도하자!"

영호는 계속하여 성토하였다.

"…그런 줄도 모르고 저는 주 공작조와 더불어 그들과 함께 자산계급 반동노선을 견지하여 주자파 안석호와 김기태를 보호하였습니다…. 이제 더는 속지 않고 견결히 무산계급 혁명노선으로 돌아와 자산계급 반동노선과 투쟁하며 그 영향을 철저히 숙청할 것입니다…."

"혁명에는 선후가 없다!"

"반란에는 도리가 있다."

"학생 보황파 우두머리의 투항을 환영한다!"

미선이가 종주먹을 높이 추켜들고 구호를 선창하고 있었다. 영호의 눈에서 뜨거운 무엇이 흐르는 듯한데 흐르는 땀과 범벅이 되어 뭐가 뭔지 분간하기 어려웠다. 꼬깔모자가 떨어질라 움켜잡고 서있는 안석호와 김기태가 의아한 눈초리로 영호를 바라보고 있었다. 그것도 그럴 것이 얼마 전 이 현관 대청 정면에 영호와 몇몇 주요 학생 간부들이 서명한 "안석호 교장과 김기태 서기를 위수로 하는 무산계급 사령부를 견결히 옹호하자!"는 대자보가 나붙어 있었던 것이기 때문이다.

"안되겠다. 저놈들에게 비행기를 태워라!"

누가 소리쳤는지 모르나 주자파들 옆에 서서 꼬깔모자를 보호하던 홍위병들이 달려들어 주자파들에게 비행기를 태우기 시작하였다.

어느새 두 주자파는 땅에 무릎을 꿇고 앉았고 두 손은 비행기 날개마냥 뒤로 뻗쳐 높이 치켜들렸다. 머리에 쓴 긴 꼬깔모자가 땅에 떨어질라 머리는 또 정면을 보며 바로 들게 하였다. 안석호의 꼬깔은 좌우로 흔들거렸고 김기태의 꼬깔은 딸랑딸랑 방울소리를 내었다.

한 반시간 비행기를 태웠을까 한데 먼저 김기태가 땅에 쓰러지더니 이어 안석호도 폴싹 앞으로 꼬꾸라졌다.

"안석호를 타도하자!"

"김기태를 타도하자!"

몇몇 홍위병들이 달려들어 다시 주자파들에게 비행기를 태우는데 맨 앞장에 선 사람이 바로 영호였다.

8. 밀치기 전쟁

　모주석이 발동한 문화대혁명은 10년간 지속되었다고들 말한다. 허나 정확히 말한다면 모주석이 발동한 문화대혁명 즉 다시 말하여 홍위병 운동은 약 2년 여간 지속되었다.

　홍위병 운동이란 전국 대, 중, 소학교 청소년 학생들이 누구의 조직적인 지휘도 없이 자발적으로 행동하여 대자보 쓰기를 중심으로 한 문화투쟁과 무단적 투쟁을 위수로 한 무력 투쟁으로 모주석께 충성심을 표시한 학생운동을 말한다. 그 무단 투쟁은 2년도 못되는 사이 아주 원시적인 밀치기 투쟁으로부터 투석전, 활쏘기, 칼창부림, 총싸움을 거쳐 현대적인 탱크전에까지 이르게 되었다.

　연변일중의 무단 투쟁도 소위 반란파 홍위병과 보수파 홍위병 간의 학교건물 차지의 밀치기 전쟁으로부터 시작되었다.

　당시 학생 간부들을 위수로 하는 보수파 홍위병과 일반 학생들을 위수로 한 반란파 홍위병들간 거의 반반씩 학교건물을 차지하고 있었는데 모순이 심화됨에 따라 더는 한 건물에서 활동할 수 없었기 때문에 반드시 한파가 다른 한파를 건물 밖으로 밀어내야만 했다.

　학교 건물은 소련이 지원하여 지은 건물이므로 건물 형식 역시 소련식이었다. 복도가 넓고 층계도 넓었다.

　'허영차- 허영차--'

　초저녁부터 시작된 밀치기와 끌어내기가 밤중까지 계속되었어도 결판이 날 줄 몰랐다. 현관 대청 좌우에 오르내리는 층계가 있었는데 오른쪽 층계로는 반란파 홍위병들이 보수파 홍위병들을 위로부터 아래로 끌어내리고 왼쪽 층계로는 보수파 홍위병들이 반란파 홍위병들을 끌어내고 있었다. 오른쪽에서 끌려 내려온 홍위병들이 자기가 우세인 왼쪽으로 다시 올라와 자기 역량을 보충하고 왼쪽에서 끌려 내려온 홍위병들 또한 자기편이 우세한 오른쪽으로 올라와 자기의 역량을 보충하였다. 아무리 끌리고 밀치고 하여도 좀처럼 결판이 날줄 모르더니 쌍방의 기세는 자정이 지나면서 조금씩 한쪽으로 기울어지기 시작하였다. 그것은 난데없이 자정 후부터 반란파쪽 홍위병들이 머리를 홀랑 깎아버리고 모두 까까머리 중이 되어 밀치기에 달라붙었기 때문이었다.

중대가리들이 달려들더니 그들은 우선 상대방의 모자부터 벗겨 아래로 내리던지기 시작하였다.

"아이구, 내 모자야…."

모자가 현관 아래로 날려가자 모자 잃은 홍위병들은 모자 찾으러 아래로 달려 내려왔다. 모자를 찾아 호주머니에 구겨 넣고 올라오니 까까머리 중대가리들이 이번엔 사정없이 머리채를 잡아 아래로 내리끌었다. 남녀를 가리지 않고 상대방 홍위병들의 머리채를 잡아 아래로 내리쳤다.

"받아라, 한 놈…."

릴레이 바통을 이어 받듯 한 줄로 쭉 줄을 선 까까머리 중들이 보기 좋게 보수파 홍위병들을 바통 넘겨 주듯 이 손에서 저 손으로 넘겨주며 끌어내렸다. 보수파 홍위병들도 악에 바쳐 상대방의 머리채를 노렸건만 이미 홀딱 머리를 깎아버린 반란파 홍위병들을 어쩔 방법이 없었다.

이튿날 새벽 날이 희붐히 밝을 무렵 전투는 깨끗이 끝났다. 보수파 홍위병들이 말끔히 학교 청사에서 끌려나와 보따리를 싸가지고 어디론가 종적을 감추어버렸던 것이다.

9. 다짐

상쾌한 가을바람이 선들선들 불어왔다. 하늘은 높고 푸르다. 참말로 찾아보기 힘든 고요한 아침이다. 문화대혁명이 폭발한 이래로 대대소소 가지각색 확성기가 시시각각 울리는 건 예사로운 일이었다. 그런데 이상하게도 오늘만은 고요하다.

영호와 미선이는 조용조용 학교 앞 나무숲으로 걸어갔다. 그리고는 나무그늘 아래 언덕받이에 걸터앉았다.

"오빠, 보세요."

미선이가 바라보는 쪽으로 영호가 눈길을 돌리니 바로 머리 위에서 단풍나무가 벌써 가을을 맞아 붉게붉게 불타오르고 있었다.

"아유, 이뻐라!"

미선이는 손을 뻗쳐 불타고 있는 단풍잎을 따려 하였다. 그러나 키가 모자랐다. 이를 보고 영호가 얼른 몸을 일으켜 미선이를 건뜩 안아 올려 미선이가 단풍잎을 딸 수 있도록 키를 높여 주었다.

영호에게 안긴 미선이는 천천히 조심조심 단풍잎을 땄다. 모두 두 쌍 네 잎이다.

둘이 다시 자리에 앉았을 때 미선이가 손에 든 단풍잎을 바라보며 영호에게 물었다.

"오빠, 오빠는 소나무가 좋아, 아니면 단풍나무가 좋아?"

바로 단풍나무 옆에 소나무 한 그루가 자라있었다. 그 소나무도 단풍나무와 나이가 비슷한지 몸통이 어른들 신다리만큼 굵었다.

"그래도 사시장철 푸른 소나무가 더 좋지 않을까?"

영호의 대답에 미선이가

"아니, 단풍나무가 더 좋은 것같아!"

"왜서?"

"이것 봐요, 단풍은 날이 가면 갈수록 더욱 더 붉어지지 않나요? 우리들 홍소병들은 … 나는 단풍잎처럼 매일마다 더욱 더 붉어지는 모주석의 홍소병이 되고 싶어요!"

"아, 그렇지. 그럼 널 영홍이라 부를까? 단풍처럼 영원히 붉게붉게 불타게 말이야!"

"좋아요, 그럼 이후로부턴 절 영홍이라 불러주세요. 봐요, 오빠, 단풍잎은 반드시 친구가 있어야 되나봐요."

미선이가 내미는 단풍잎을 보니 한 쌍의 단풍잎이 대칭되게 붉디붉은 나무줄기에 5각형 형태로 자라나 있었다.

"이건 오빠, 이건 나!"

미선이가 단풍잎마냥 얼굴을 붉히며 입속말인 양 중얼거렸다.

"그럼 나는 사시장철 푸른 소나무가 될래. 비가 오나, 눈이 오나, 바람이 부나 어느 한 시각도 변하지 않고 푸르디푸른 그 모습 그대로 영원히 영원히 모주석께 충성하는 홍위병이 될래!"

"그럼 오빠는 충성, 이름을 최충성이라고 바꿔! 사시장철 푸른 소나무처럼 일편단심 당과 모주석을 따르는 영원히 충성심을 잃지 않는 홍위병!"

'김영홍!'

'최충성!'

그들의 이름은 이처럼 한 그루의 소나무와 다른 한 그루의 단풍나무 아래서 바뀌어졌다.

영호는 천천히 셋째형이 보내준 군복 윗호주머니에서 64절 노트보다 조금 더 큰 붉은 책 두 권을 꺼내었다. 《모주석 어록》 책이다. 그 당시로는 해방군에서만이 보급된 모주석의 제일 친밀한 전우 임표가 친히 편집 제작한 책이다. 어저께 셋째형님께서 북경으로부터 부쳐왔다.

충성은 그 두 권 중 한 권을 영홍에게 내밀었다. 어록책 속표지엔 이미 또박또박 한 줄의 글자가 씌어져 있었다.

'나의 영원한 홍소병 여동생에게!'

참말로 그 누구도 그 당시 꿈에도 생각 못할 선물이었다.

"오빠, 난 아무 것도 없는데 뭘 드릴까?"

모주석 어록책을 받아안은 영홍은 너무나도 기뻐 어쩔 줄 몰라 깡충깡충 뛰기까지 하였다.

그러던 영홍이가 뭐가 생각나는 듯 고개를 갸우뚱 갸우뚱하더니 손에 들고 있던 단풍잎 두 쌍중 한 쌍은 충성이 들고 있던 어록책속에, 다른 한 쌍은 자기가 들고 있던 어록책속에 정성껏 끼웠다

"오빠, 맹세하세요! 영원히 영원히 간직하실 거라고…."

한 쌍의 단풍잎이 끼워진 어록책을 받으며 충성은 힘껏 머리를 끄덕였다.

10. 장정

'국경절에는 북경에 가서 모주석의 접견을 받자!'

전국의 홍위병들이 모두 감격의 도가니에서 들끓고 있었다. 모주석을 만나뵐 수 있다는 감격의 꿈이 아닌 현실로 다가왔다. 모주석이 북경의 천안문 광장에서 8월에 한 번, 또 9월에 한 번 홍위병을 접견했다. 또한 돌아오는 국경절, 바로 66년 10월 1일에는 세 번째로 무려 100만 명 이상의 홍위병들을 또다시 천안문 광장에서 접견한다고 한다.

'가자 북경으로…, 가자 전국 각지 그 어디에로나….'

모주석의 홍위병 접견과 더불어 대활련도 시작되었다. 천하무적 홍위병들이 일떠났다. 홍위병 운동이 전국 방방 곳곳에서 마른 초원에 타번지는 불길마냥 거세차게 타올랐다. 그 누구도 그 어떤 역량도 막을 수 없는 기세로 흉흉하게 타올랐다.

"오빠, 우리도 북경으로 가서 모주석의 접견을 받아요!"

영홍이가 충성의 손을 잡고 발을 동동 구르며 애원하였다

"그러자꾸나. 때를 놓치지 말아야지."

차표를 사지 않고 무료로 기차를 탈 수 있었다. 기차에서 잠자리도, 먹을 것도 무료로 공급한다고 한다. 그뿐이 아니다. 북경에 도착하면 숙소도 무료, 식사도 무료라고 한다. 북경의 공장과 사업단위들 더욱이 각급 학교들에서 모두 일떠나 전국 각지에서 찾아온 홍위병들을 무료로 접대한다고 한다.

충성이와 영홍의 북경행은 쉽사리 결정이 되었지만 북경으로 가는 방식을 두고 결론이 나지 않아 망설이고 있었다.

"모주석의 정강산 홍군처럼 장정으로 북경에 가자요!"

이는 영홍의 주장이었다. 이미 적지 않은 홍위병들이 손에손에 "연길-북경"이라는 장정의 붉은 기를 추켜들고 장정의 여정에 올랐던 것이다. 연길로부터 북경까지 홍군이 걸은 2만5천리는 되지 않지만 3천여 리는 족히 된다고 한다. 하루에 50리를 걷는다 쳐도 60일은 걸어야한다. 벌써 9월 초순인데 10월 1일까지 도보로 어떻게 북경에 도착한단 말인가?

"그래도 기차를 타야 될 것 같다."

충성의 생각이었다. 시간도 시간이려니와 그들이 조직한 장정 대열엔 5~6명의 영홍이와 같은 홍소병 계집애들이 끼여 있었던 것이다. 그들은 아직 애들이었다. 그들이 어떻게 고중생들인 18, 19세의 홍위병들과 발걸음을 맞출 수 있단 말인가?

"아니예요, 아니예요. 홍군 대장정 때도 우리들과 같은 어린 여홍군 전사도 있었대요."

영홍이와 몇몇 홍소병 계집애들이 막무가내로 주장하는 바람에 장정대는 도보와 기차타기를 겸하여 가는 방식으로 장정을 시작하기로 하였다. 그래야만 시간도 맞출 수 있고 홍군처럼 진정한 두발로 걷는 장정의 어려움도 맛볼 수 있었기 때문이었다.

먼저 연길-장춘 사이 천릿길은 기차를 타기로 하였다. 그다음 장춘-심양 사이를 도보로 걷다가 심양에 도착하여 또다시 기차를 타서 천진까지 가고 또다시 도보로 대장정의 붉은 기를 어깨에 메고 북경에 도착하여 그 대장정의 붉은 기를 최후로 당당하게 천안문 광장에 꽂기로 하였다.

충성이네 일행 20여 명이 기차역에 도착하여 인산인해를 이룬 사람들을 헤가르고 겨우 기차에 오르고 보니 기차 안은 이미 북경으로 가는 홍위병들로 꽉 차있었다. 앉을 자리는 물론이고 사람들 다니는 복도까지도 홍위병들로 꽉 들어차 걸음 옮기기조차 어려운 형편이었다.

그런 와중에도 벌써 어느 학교 홍위병들인지 규찰대를 꾸려가지고 차내 질서를 유지하고 있었다.

"여러분, 우리들은 모두 모주석의 홍위병들입니다. 홍위병은 모주석의 무산계급 혁명노선을 집행하는 노동자, 농민 더욱이 공인계급과 빈하중농을 사랑하는 대호입니다. 우리 홍위병들은 앉을 자리를 모두 공인계급과 빈하중농들에게 양보합시다. 우리는 서서라도 끄떡없이 북경까지 갈 수 있습니다."

"노동계급 만세!"

"빈하중농 만세!"

규찰대가 선창하자 어느 학교 홍위병들이나 막론하고 모두 종주먹을 추켜들었다.

"무산계급 문화대혁명 만세!"

"홍위병운동 만세!"

홍위병들 모두가 굿굿이 차 중간 복도로 일어나서 자리를 양보하려는 어른들을 극구 만류하여 자리에 앉혔다.

참말로 모주석시대의 홍위병들다웠다. 연길에서 장춘까지는 그때의 차 속도로는 13시간 남짓 달려야 한다. 바로 저녁 6시에 떠난 열차가 그 이튿날 아침 7시에야 장춘에 도착된다는 말이다.

그런데 벌써 저녁 11시가 되기 바쁘게 문제가 생기기 시작하였다.

먼저 영홍이와 같은 홍소병 계집애들이 졸음과 다리 아픔을 참지 못하여 땅바닥에 주저앉더니 그보다 나이 많은 언니 홍위병들도 땅에 쓰러지기 시작하였다.

어느 사이 앉은 자리와 선 자리의 주인이 바뀌어지기 시작하더니 자정을 넘기면서는 완전히 위치가 바뀌었다. 규찰대 완장을 끼고 질서유지를 하던 홍위병들마저 어른들이 비워주는 의자에 주저앉고 있었다.

그래도 영홍이는 새벽 1시까지 선 자리에서 뻗치다가 끝내는 충성이의 팔뚝에 쓰러져버렸고 충성이도 더는 견디지 못하고 어느 한쪽 할아버지가 내어주는 의자에 영홍이를 안은 채로 주저앉고 말았다.

새벽 3시 전후가 되니 더욱 볼만한 광경이 벌어졌다. 짐을 얹는 짐받이에 한층, 그 아래 의자에 한층, 그리고 의자 밑에 한층, 모두 3층을 홍위병들이 차지하고 쓰러졌고 복도에는 노동자, 빈하중농들이 서서 끄덕끄덕 졸고 있었다.

참말로 누가 누구를 위하여 복무하는지 알 수 없었다.

11. 도보

장춘역에 내리니 장춘공사 홍위병들이 연길로부터 전해온 소식을 듣고 역에 나와 반갑게 충성이네 일행을 맞이하였다.

성 소재지가 다르긴 달랐다.

홍위병조직의 이름부터가 그랬다.

국제공산주의 운동의 고향이나 다름없는 파리에 그전에 파리공사라는 맨 최초의 무산계급 정권이 성립되지 않았던가? 그 파리공사를 본따 장춘의 홍위병들은 벌써 장춘공사라고 자기 이름을 부르고 있지 않는가?

장춘에서 하루 쉬고 난 충성이네 일행은 언제 그랬느냐싶듯 피로가 깡그리 씻겨 완전히 원기가 회복되었다.

"모주석의 전사들에겐 두려울 게 없다네, 고생도 죽음도 두렵지 않다네--"

충성이네는 또다시 홍위병 대장정 깃발을 휘날리며 노랫소리 우렁차게 장정의 여로에 올랐다. 이번엔 진짜 달리는 기차에 앉아서가 아니라 홍군이 설산초지를 지나던 그때처럼 자기 두 발로의 행군을 하였다.

하룻동안 행군을 하면서 보노라니 행군 대오에서 이상한 징후가 포착되었다. 일행 중의 여섯 명 홍소병들이 어느 사이 모두 처음에 신었던 신발을 벗어던지고 초신을 신고 행군을 하는 것이었다.

홍군이 장정할 때 모두 초신을 신고 행군하였으니 홍군처럼 장정에 나섰다는 홍위병들로서 운동화 농구화 같은 현대적인 신을 신고 행군할 수 없다는 것이었다. 홍소병 계집애들의 기특한 생각에 오빠, 언니 홍위병들이 깜짝 놀라 혀를 끌끌 찼다.

허나 문제는 그 이튿날부터 터져 나왔다.

초신을 신고 득의양양하여 걷던 홍소병들이 하나하나 주저앉아 걸음을 걷지 못하게 되었던 것이다. 초신을 신은 발에 물집이 잡히면서 터지기 시작하더니 피까지 흘리기 시작하였다. 맨 마지막까지 견지하여 걷던 영홍이마저 주저앉고 말았다.

할 수 없이 일행 모두가 행군을 정지하게 되었다. 신을 바꿔 신기려 해도 바꿔 신을 신이 없었다.

장춘에서 하루 쉬는 사이 영홍이의 제의로 오빠, 언니 홍위병들 몰래 홍소병들이 시장에 나가 짚신을 사 신게 되었는데 값을 흥정하다가 시끄러우니 원래 신고 왔던 신과 초신을 아예 마구 바꾸어 버렸던 것이다.

초신이 불편하면 다시 원래의 신으로 바꿔 신어야 한다는 생각을 누구도 하지 못하였던 것이다. 그 초신을 신은 그대로 천안문 광장까지 가서 모주석의 접견을 받으려고 생각하였던 것이다. 그러면 모주석께서는 얼마나 대견하게 생각하겠는가고 생각했던 모양이다.

그날 저녁 충성이를 비롯한 장정대는 어떻게 당면한 난관을 이겨나갈 것인가에 대해 열렬한 토론을 벌였다. 주숙을 정한 마을의 빈하중농들도 참가시켜 조언을 들었다.

담가대가 조직되었다. 담가대원이라 누굴 지명할 필요도 없이 전체 남자 홍위병 모두가 담가대 대원으로 되었다. 동네 어른들의 방조하에 아침식사가 끝나기도 전에 6채의 담가가 만들어져 발에 문제가 생긴 홍소병들이 타기를 기다리고 있었다.

참말로 홍군들이 장정하는 기분이었다. 단풍든 산천계곡을 홍위병 둘씩 담가 하나를 메고 줄달음쳤다. 힘겨우면 다른 홍위병들이 바꿔 메였다. 홍소병 꼬마들을 메고 걸으며 뛰며 하다보니 더 흥이 나는 듯했다.

한낮부터 가는 비가 내리기 시작하더니 점점 빗방울이 커져갔다. 그러던 하늘에 먹장구름이 드리우더니 가끔 우뢰가 울고 번개가 치면서 장대 같은 소나기가 쏟아져 내렸다.

담가에 누워 담가를 메고 걷는 충성을 보면서 영홍이가 중얼거렸다.

"오빠, 정말 잘못했어요. 진짜 홍군이 되려다 이게 뭐예요. 날 때려주세요. 죽더라도 자기 발로 걸을 거예요."

그때 영홍은 홍군 장정 때 모주석이 발에 탈이 나 담가에 누워가다가 담가를 메고 가는 경위원들을 위해 우정 담가에서 굴러 떨어졌었다는 이야기를 생각하고 있었던 것이다.

그때의 농촌 산길은 지금의 포장된 길과는 전혀 달랐다. 진흙에 돌자갈에 미끄러지고 걸리고 참말로 홍군들이 건넜다는 설산초지와도 흡사하였다.

담가대원들이 진흙탕에 미끄러져 넘어지고 돌에 걸려 넘어졌다. 모두 기진맥진하니 속도도 엄청 늦어졌다. 이때 한 홍위병이 산위로 올라가 도끼로 쾅쾅 나무를 찍기 시작하였다. 도끼는 주숙집 할아버지가 필요할 때가 있을 거라며 기어이 담가 위에 올려놓아 갖고 왔다는 것이다.

찍은 나무로는 발구를 만들었다. 발구는 원래 눈 내린 겨울에 산길에서 끄는 운수공구였는데 비 내린 진탕길에서도 효력이 있을 것 같아 농촌에서 자란 그 홍위병이 만들어 보기로 작심했던 것 같다.

먼저 하나를 만들어 홍소병을 앉히고 시험해보니 참말로 그럴 듯하였다. 담가를 메고 가기보다 발구를 끄니 힘도 적게 들고 빠르기도 하였다. 하나이던 진탕길 발구가 여섯 대로 변하여 홍소병들은 발구에 앉아 장정을 하게 되었다.

심양에 도착해서는 기차를 탔고 기차가 진황도에 도착하니 기차에서 내려 또 도보를 시작하였다. 그 사이 홍소병들의 발은 상당히 좋아져 자기들 짐만 홍위병들에게 맡기면 제법 잘 걸을 수 있었다.

12. 국경절 전야

　장정대오가 북경역에 도착한 때는 오후 3시경이었다. 바로 국경절 전날인 9월 30일 오후였다.

　북경역에 먼저 도착하게 된 것은 국경절 전날 오전중 도보로 천진에 도착한 장정대가 곧바로 천진역에 가서 북경으로 가는 기차를 탔던 것이기 때문이다. 이 기차는 상해-북경 간 기차였는데 홍위병들이 얼마나 많이 탔던지 참말로 차바구니 안 통로에도 발을 옮겨 디딜 틈이 없었다.

　그러나 연변의 장정대오는 한사람도 빠지지 않고 그 상해 홍위병들 틈을 비집고 기차에 올라탔다.

　기차에 올라 빠질빠질 땀을 빼면서 한 시간, 두 시간… 다섯 시간을 기다려도 천진역에 선 기차는 움직일 줄 몰랐다.

　북경역에서 북경에 진입하라는 지령이 떨어지지 않아 움직이지 못한다는 것이었다. 그것도 그럴 것이 모주석을 만나러 오는 홍위병이 어찌 상해랑 연변뿐이겠는가. 전국 방방곳곳에서 모두 다 올 것이니 북경역이 얼마나 큰들 홍위병들이 탄 그 많은 기차를 다 받아들인단 말인가?

　북경-천진 간은 기차로 2시간 거리였다. 오후 3시가 되어서야 기차가 서서히 움직였다.

　"만세, 만세, 만만세!"

　"모주석의 혁명노선 승리 만세!"

그때는 무엇이든 다 뜻대로 되면 모주석 혁명노선의 승리로 귀결이 되었다.

북경역에서 기차에 내린 장정대오는 홍위병장정대오의 깃발을 높이 추켜들고 보무 당당히 천안문 광장으로 향했다. 홍위병들 노랫소리도 우렁차다.

천안문 광장은 참말로 인산인해였다. 아니, 붉은 대양이었다. 수천수만의 홍위병, 아니, 수천수만의 붉은 깃발이 하늘을 가리웠다. 전국 방방곳곳에서 모주석을 만나 뵈러 북경에 모여든 홍위병들이 모두 다 천안문 광장에 모여들었다.

천안문광장 한 모퉁이에 자리 잡은 북경 장정대오 접대실로부터 얼마 떨어져 있지 않은 수도 철도학원으로 주숙처를 배치 받았다.

접대실의 홍위병 대표의 말로는 소수민족 대표단이기에 특수접대에 해당되어 제일 좋은 조건을 갖춘 수도 철도학원에 분배되었다는 것이다.

수도 철도학원에 도착하여 잠자리를 배치 받고 보니 방바닥에 다다미를 빼곡히 깐 교실이었다. 남녀가 구분 없이 장정대 30여 명이 한 교실에서 자게 되었다.

점심도 변변히 먹지 못했으므로 저마다의 배안에서 모두 꼬르륵 꼬르륵 배고프다 야단이었다. 짐을 대충 벗어놓고 식당으로 달려갔다.

홍위병 완장만 팔에 두르면 식사가 무료로 제공되었다. 허나 매인당 표준은 동일하였다. 만두 2개, 죽 한 그릇, 짠지 한 소첩이었다. 만두도 꿀맛, 죽도 꿀맛, 짠지마저도 꿀맛이었다. 배가 고프니 무엇이나 다 맛나는가 보다.

홍소병들은 만두 하나, 죽 반 그릇을 먹고 배부르다며 나머지 만두 하나 죽 반 그릇을 모두 홍위병 오빠들께 넘겨주었다. 한참 먹을 나이의 홍위병들은 홍소병들 몫까지 한 사람 반 분량을 모두 게눈 감추듯 꿀꺽꿀꺽 먹어치웠다.

홍소병 계집애들과 홍위병 사내애들은 오빠, 누이동생으로서가 아니라 모두 모주석의 홍위병으로서의 혁명 우정이 싹터 있었다. 비좁은 차안에서, 험악한 진탕길에서 저도 모르는 사이 혁명적 우정이 싹튼 것이었다.

저녁을 먹고 나니 학교 운동장에서 성대한 음악회가 개최되었다. 장족, 위구르족, 몽고족 형형색색 민족 복장의 홍위병들 수천 명이 광장을 빼곡히 메웠다. 민족들마다 서로의 언어로 목청껏 당과 모주석의 은덕을 가송하였다.

"연변인민은 모주석을 사랑한다오. 그대는 우리의 태양, 우리의 공기, 만물성장의 단비라오⋯."

연변에서 온 어느 장정대오인지의 노랫소리도 들려왔다. 이어 흥에 겨운 아리랑, 노들강변의 춤가락도 울려 퍼졌다. 아마 춤 잘 추는 연변 홍위병들이 춤판을 벌이는가 싶었다.

충성이네 장정대오는 오락회에 참가하지 않고 일찍 잠자기로 하였다.

모주석 접견이 이튿날로 잡혀 있으므로 그보다 더 중요한 것이 없다고 생각하여 원기를 조금이라도 더 축적하고 싶었던 것이다.

잠자리는 여자 한 켠, 남자 한 켠으로 갈라졌다.

모두에게나 똑같이 이불 한 채, 베개 하나씩 차려졌다.

모두들 잠자려고 전등을 금방 꺼버렸는데 홍소병 하나가 이불과 베개를 안고 남녀 사이 공간을 둔 쪽으로 살금살금 걸어왔다. 영홍이다. 남자들쪽 첫사람이 바로 충성이므로 남녀 사이 공간에 충성이가 누웠던 것이다.

"오빠, 나 오빠 곁에서 잘래!"

무작정 충성의 곁에 와 누우며 영홍이가 중얼거렸다.

"빨리 누워, 다들 잠들려는데!"

눕기 바쁘게 영홍은 쌔근쌔근 잠들었다. 영홍은 충성의 한 팔을 두 손으로 꼭 껴안고 잠들었다.

13. 모주석의 접견

드디어 바라고 바라던 그 날이 닥쳐왔다.

오늘은 중화인민공화국이 창건된 17주년이 되는 국경절이다. 이런 뜻 깊은 날에 모주석이 백만 홍위병을 접견하신단다.

아침 5시에 수도 철도학원을 떠나 북경 동단의 장안로로 가 모인단다. 모주석께서 오전 10시에 천안문 성루에 오르신다고 하니 동단 장안로로부터 천안문 광장에까지 이르기를 5시간 내에 맞춰야 하는데 당중앙에서는 소수민족 홍위병들이 바로 그 시각, 모주석이 천안문 성루에 올라서는 그 시각에 천안문 광장을 지나면서 검열을 받도록 시간을 맞추었다는 것이다.

동단 장안로로 떠나는 시간은 아침 5시인데 장정대오는 벌써 새벽 3시에 잠을 깨어 준비를 시작하였다.

홍위병 홍소병할 것 없이 모두 초록빛 군복차림이다. 왼팔엔 홍위병 완장을 둘렀고 오른손엔 모주석 어록을 들었다. 오늘은 홍소병들도 원래 둘렀던 홍소병 완장을 풀어버리고 새롭게 홍위병 완장을 둘렀다. 충성의 지시에 따른 것이었다. 전국 어디에서 온 홍위병들을 봐도 홍소병이란 완장을 두른 사람은 없었기 때문이었다. 나이 여하를 불문하고 모두 홍위병이라고 새겨진 완장만 둘렀다. 하여 충성이가 그런 결정을 내린 것이었다. 홍소병들은 누구나를 막론하고 기뻐 어쩔 줄을 몰라했다.

홍위병 완장을 두른 영홍은 이제 제법 늠름한 처녀애 같았다. 키도 더 커 보였고 얼굴도 더 아름다워 보였다.

"제법이네!"

충성이가 되뇌였다.

"오빠 참 멋쟁이야. 아니, 참말로 해방군 아저씨 같아!"

영홍이가 자기를 칭찬하는 충성이에게 화답이나 하듯 말하였다.

영홍이보다 머리 하나는 더 커보이는 충성이는 다른 홍위병들과 달리 참말로 진짜 군복 그것도 장교복 차림을 하였다. 부대에서 근무하고 있는 셋째형님이 얼마 전에 위아래 군복에 모자까지 부쳐왔기에 그것을 오늘 차려입은 것이었다. 다른 애들의 군복은 모두 자체로 지어 입은 것이었다.

누가 봐도 늠름한 해방군 전사였다.

서글서글 광채를 뿜는 두 눈에 둥그스름한 얼굴, 우뚝 솟은 코까지 미남이라 불리기에 참말로 하나도 손색이 없었다.

그날 아침은 전날 저녁 식사와 마찬가지로 만두, 죽과 짠지였지만 챙겨 받은 점심 보따리는 달랐다. 기름에 구운 떡 하나, 찐만두 한 팩 그리고 또 한 팩의 복합요리 그 외에도 절인 닭알 하나와 오리알 한 알이 더 있었다. 당중앙의 지시에 따라 수도 철도학원 측에서 특별히 준비한 국경절 맞이 음식이란다. 홍위병들은 모두 자기 생일날에조차 먹어보지 못한 음식이라면서 감격의 눈물을 머금었다.

북경 동단 장안로에 도착한 수도건축학원 소수민족 홍위병 대오는 북경 부대에서 파견한 군인들의 지휘하에 대오를 정돈하기 시작하였다. 가로 70행, 세로 70행, 정4각 형태로 행렬이 정돈되었는데 '소수민족 홍위병 모주석 접견 대표단'이라고 씌어진 대형 구호판을 옹위한 홍위병까지 모두 5천명이라고 하였다.

대오가 정비되니 벌써 오전 8시가 되었다. 어디에서 울려오는 시계

소린지 땡 땡 땡- 8시를 알리자 정4각 형태로 구성된 대오는 천천히 천안문 쪽을 향하여 발걸음을 옮겼다. 대오는 자그마한 오차도 없이 10시 정각에 천안문 광장 안에 들어섰다. 이때 난데없이 "모주석 만세!" 소리가 하늘을 찌를 듯 울려 퍼졌다.

"위대한 영수 모주석께서 천안문에 오르십니다!"

천안문 광장의 고음 확성기로부터 우렁차면서도 감격에 젖은 여 방송원의 목소리가 울려왔다.

충성이와 영홍이뿐만 아니라 모든 홍위병들의 눈길이 천안문 성루에 쏠렸다.

군복 차림의 모주석이 팔에 홍위병 완장을 두르고 천안문 성루에 나타났다. 그 뒤에 모주석 어록을 추켜든 임표가 따라 섰다.

"모주석 만세! 만만세!"

홍위병들은 만세를 외쳐대며 천안문 성루 쪽으로 달려갔다.

파도같이 밀리는 인파속에서 영홍이가 쓰러졌다. 충성이가 쓰러진 영홍이를 일으켜 자기의 어깨 위에 목마를 태우고 달릴 땐 이미 모주석께서 천안문 성루 동쪽으로부터 서서히 서쪽으로 발걸음을 옮기고 있을 때였다. 모주석께서 잠깐 걸음을 멈추고 홍위병들을 향해 손을 저었다. 그러고는 서서히 서쪽으로 사라졌다.

모주석과 모주석의 뒤를 이어 유소기, 주은래, 등소평도 천안문 성루에 오르셨다. 홍위병들이 대해의 파도마냥 천안문 쪽으로 쏠렸으므로 천안문 성루에서 손을 흔드는 이가 누구인지 가려 볼래야 볼 수 없는 형편이 되었다. 그러나 만세 소리는 의연히 우렁찼다.

"모주석 만세, 만만세!"

"모주석 만세, 만만세!"

충성이가 자기 목에 올라탄 영홍에게 물었다.

"너 진짜 모주석을 뵈였지? 지금 오른 분들은 모주석이 아니고 다른 지도자들이여?"

"난 봤어, 난 봤어! 모주석을 참말로 봤어!"

충성이의 목 위에서 영홍이가 궁덩방아를 쿵덕 쿵덕 찧으며 감격에 눈물을 흘리며 손뼉을 짝짝 쳐댔다.

14. 홍위병 선언

장정대오는 북경에서 해산을 선포하였다. 충성은 모두 북경을 떠나 전국 각지로 가서 무산계급 문화대혁명의 보귀한 경험을 배워오라고 홍위병들에게 지시하였다. 홍위병들은 상해로, 광주로, 지어 서장이나 내몽골에까지 가는 홍위병들도 있었다. 동료들을 떠나 보내고 충성은 영홍이만 데리고 귀향 길에 올랐다. 먼저 천진으로 와서 다시 천진에서 연길로 직행하는 기차에 몸을 실었다.

돌아오는 열차 역시 인산인해였다. 다행히 충성이가 열차 화장실 천정에서 두 사람이 누울 만한 자리를 찾았다. 화장실 천정 뚜껑을 열고 기어 올라간 후 다시 천정 뚜껑을 덮었다. 그리고는 영홍이를 눕히고 그 옆에 자기도 누웠다. 화장실에 드나드는 손님이 그칠 새 없었으므로 조금도 기척소리를 내면 안 되었다. 퍽 고생스러웠지만 밖의 열차 안보다는 편안하였다.

"집에서 근심을 안 해?"

밖이 조용할 때 충성이가 영홍이에게 물었다.

"아니, 우리 아빠 엄마는 우리가 딸들이기에 있으면 있고 없으면 없고 근심을 안 해."

영홍이 부모님의 남존여비 사상이 이만저만인 것 같지 않았다.

"큰 언닌 청군, 둘째 언닌 백군, 나는 홍군…."

영홍이가 종알거렸다. 대다수 집이 모두 그랬다.

식구들끼리 서로 견해가 달라 서로 다른 파벌 조직에 귀속되어 있었다. 그때까지도 파벌이 없는 건 다만 해방군뿐이었다. 청군은 노동자가 위주인 반란집단을 말하였는데 그 집단이 차지하고 있는 건물이 대부분 청색이라는 데서 청군이라 불리웠고 백군은 주로 공상인 반란파들로 구성되었는데 그들 본부가 차지하고 있는 의학원 건물이 백색이라는 데서 백군이라 불리웠으며 홍색은 주로 대중소학교 홍위병들로 구성되었는데 그들 본부가 차지하고 있는 연변대학건물이 붉은 벽돌로 되어서 홍군이라 불리웠다. 충성이네 4형제 중 큰형은 광주에서 퇀급 장교, 둘째 형은 무한에서 영급 장교, 셋째 형은 북경에서 연급 장교로 있었으므로 식구들 지간 파벌은 따로 없었다. 아버지 어머니는 농촌 농민이기에 아직까지는 문화대혁명에 관심이 없는 듯싶었다.

충성이네가 돌아오자 학교는 다시 활기를 찾기 시작하였다. 바로 이때 충성이의 세 번째 대자보가 또다시 학교 1층 현관 정복판에 나붙었다. 첫 번째 대자보는 학교 교장과 당서기는 무산계급 사령부니 보호해야 된다는 대자보였고 두 번째 대자보는 자산계급 반동노선을 반란하여 무산계급 혁명노선에로 돌아온다는 대자보였다.

'이번엔 또 무슨 대자보일까?'

충성의 세 번째 대자보가 나붙었다는 소문에 학교현관엔 어느새 홍위병들이 새까맣게 모여들었다. 그 대자보는 충성이가 쓴 〈홍위병선언〉이었다.

홍위병 선언

1. 우리의 혁명을 지도하는 이론적 기초는 맑스-레닌주의다.
2. 우리의 사업을 지도하는 핵심적 역량은 중국공산당이다.
3. 중국공산당은 모택동주의를 숭상한다.

4. 모택동주의란 맑스-레닌주의와 중국혁명실천의 결합체이다.

5. 문화대혁명의 핵심은 반란이다.

6. 문화대혁명의 주요 대상은 공산당내부에 진입한 각급 주자파이다.

7. 문화대혁명은 모주석의 무산계급 혁명노선을 따른다

8. 절대로 계급투쟁을 잊어서는 안된다.

9. 각종 수정주의와 사적인 사조와 투쟁한다.

10. 문투를 제창하고 무투를 반대한다.

이상 홍위병 10대 선언이 씌어진 대자보 아래 부분에 '이에 동의하는 홍위병'이란 사인할 수 있는 여백이 커다랗게 남겨져 있었다. 그 싸인 여백엔 이미 최충성, 김영홍이란 두 이름이 적혀져있었다.

이상 홍위병선언의 제10조를 다시 풀어 말한다면 문화대혁명은 문화적인 투쟁을 제창하고 무단적인 투쟁을 반대한다는 뜻이다.

홍위병 선언에 사인하려고 홍위병들이 물밀듯 밀려들었다. 첫날에 100여 명이 사인을 하더니 사흘이 지나지 않았는데 벌써 1000여 명 넘게 사인하였다. 일주일 후 대촬련으로 전국 방방곡곡에 흩어졌던 장정대오들이 돌아오면서부터는 이미 2천여 명 홍위병들이 사인하였다.

전교 3천여 명 학생들 중 2천여 명이 사인하였다면 학교반란파 거의 모두가 사인한 셈이다. 충성이네와 다른 파벌에 속한 홍위병들도 있었으니 그들마저 모두 사인한다는 건 불가능한 일이었다.

15. 칼날반란대군

　더욱 더 탄탄한 조직체계를 갖추어야 하는 것이 홍위병 운동의 발전 요구였다.

　이번의 대장정, 대촬련과 모주석의 홍위병 접견이 이를 보여주었고 지금 정면에 나와 친히 문화대혁명을 지휘하는 모주석으로서도 이것이 수요되는 듯싶었다.

　홍위병 선언문 발표, 또 그 사인운동에 이어 자발적인 홍위병대회가 학교 현관 대청에서 열렸다. 그 대회에서 새로운 홍위병조직성립이 선포되었다.

　조직 이름은 '칼날반란대군'이었다.

　칼날반란대군 초대 군장에 최충성이 추대되었다. 충성이가 군장에 추대된 주요 이유는 가정 성분이 좋았기 때문이었다.

　충성의 아버지는 해방 전 수십 년 지주집 머슴으로 몸을 팔다가 해방이 되어서야 겨우 자기 농토를 얻은 고농 성분의 농민이었다.

　그리고 충성이네 가족은 철두철미한 군속이었다. 형님 셋이 모두 해방군에서 근무하였다.

　더욱이 충성이 자신은 원래는 학교의 보황파였는데 신속히 보황파를 탈퇴하고 반란파에 들어왔으며 반란파 투쟁 밀치기전투에서 중대가리 머리로 승리를 쟁취하는 지혜를 발휘하였다는 것도 그가 반란대군 군장에 추대되는 또 한 가지 주요 이유였다.

　군장이 된 충성은 재빨리 대오를 재편하였다. 대군 수하에 4개의 반란단을 두었다.

요무반란단, 요무반란단이란 이름은 주로 무력을 제창한다는 의미로 반란대군의 직속 단으로서 대군의 최전선 반란단이며 경비단이기도 하였다. 단장에는 전투에 능한 정호가 임명되었다.

풍뢰반란단, 풍뢰반란단은 지금까지 반란행동에서 바람과 우뢰처럼 빠르고 잽싸 주빈관 매미차 반란 또 주당위사무실 반란을 주도한 단으로서 이혁이 단장을 맡았다.

8.1반란단은 초중생이 위주로 구성된 단으로서 고중생으로 구성된 요무반란단과 풍뢰반란단과는 달라 두려움이 없이 언제나 앞장서는 반란단이다.

고중생들은 필업 후 직접 대학으로 가야 하므로 금후 전도에 관한 고려가 있었으나 초중생들은 아직 그 고려가 필요 없는 시점이어서 그런가보다. 단장에는 박철이 선임되었다.

요문반란단, 요문반란단은 문자 그대로 문투- 즉 문화적인 투쟁을 위주로 하는 반란단으로서 대외선전, 여론조성과 재료정리, 문예연출 등을 책임진 단으로서 단장에 장민, 부단장에 영홍이가 임명되었다. 영홍은 주로 문예연출 활동을 책임지었다. 단장 장민은 조선어와 한어에 능숙하여 이미 한어자전, 사전, 사자성어 사전을 줄줄 내리 암기하여 읽는 전교에서도 유명한 문객이었다.

반란대군의 이름은 '칼날반란대군'이라 부르기로 하였다.

"우리는 칼날처럼 예리하다. 내밀어대면 뭐든지 베고야만다. 절대 굽혀지지 않는다.

우리는 칼날처럼 서슬푸르다. 이런 칼날 앞에선 누구라도 부들부들 떨거다.

우리는 칼날처럼 단도직입적이다. 두말없다. 단칼에 벤다. 베면 피를 본다. 피를 보지 않을 거라면 칼을 빼들지 않는다."

'칼날반란대군'의 이름을 두고 충성이가 열변했다. 각 단을 500여 명 홍위병들로 구성하였다.

충성의 열변에 칼날반란대군 홍위병들은 '무산계급 문화대혁명을 끝까지 진행하자!'는 우렁찬 구호소리로 화답하였다.

16. 파구립신

칼날반란대군이 칼날을 빼어든 이상 무엇이라도 보기 좋게 잘라야 했다. 그렇지 않고선 강대한 조직으로 성장하기 어려웠다. 충성은 깊은 고민에 빠졌다. 빼든 칼을 어디부터 찔러야 할까?

홍위병은 낡은 세계의 반란자다. 낡은 사상, 낡은 문화, 낡은 풍속, 낡은 습관 같은 네 가지 낡은 것을 견결히 깡그리 비판하고 부서버려야 한다. 신문과 방송이 날마다 시간마다 울부짖는다. 신문과 방송은 또 전국 각지 홍위병들의 파구립신 공로도 상세히 전하고 있다.

8월 18일 모택동이 첫 번째로 홍위병을 접견한 이래로 지금까지 다섯 차례 홍위병을 접견했다. 그에 힘입어 전국적으로 파구립신 운동이 파죽지세로 거세차게 앞으로 내달렸다.

요무반란단 홍위병을 실은 트럭 두 대가 연길시로부터 40여 리 떨어진 팔도하자 촌으로 내달렸다. 거기에서 외국 신부 하나가 아직도 나라에서 주는 월급을 타가면서 예수 하나님을 선전하고 있단다.

그 마을 어느 집에서 혹은 누구가 모주석 저작이나 모주석 어록을 읽으면 읽지 못하게 할 뿐만 아니라 모주석 저작과 어록을 거두어가고 하나님의 책 성경책만 나누어주어 읽도록 한단다.

요무반란단 홍위병들은 그 마을 성당에 도착하자마자 다짜고짜로 성당 앞에 세워져있는 십자가와 예수 석고상에 돌총을 들이댔다.

예수 석고상이 박살이 나고 십자가가 깨어져 내렸다. 코 큰 신부와 노랑머리 수녀가 깨어진 석고상 앞에 합장을 하고 울음을 터뜨렸건만 홍위병들은 파구 행동을 멈추지 않았다. 성당 안으로 쳐들어가 신부가 선교하는 강당과 신도들이 엎드려 예배할 때 쓰는 책상 걸상과 같은 집기들을 짓부셨다.

성당 전체가 쑥대밭이 되어서야 혁명적 행동을 그만두었다. 그러나 코큰 신부와 노랑머리 수녀는 자동차 운전석에 억지다짐으로 끌어올려 앉혀가지고 연길로 돌아오기 시작하였다. 홍위병을 실은 두 대의 자동차는 연길시에 들어섰건만 학교로 향하지 않고 시 동쪽 아래 개방지로 향했다. 연길시 아래 개방지엔 알라신을 모신 무슬림 성당 하나가 있었던 것이다. 홍위병들이 자동차에서 내려 들어가보니 무슬림 성당 안은 비어 있었다. 해괴망측한 괴상한 석고상 수십 개와 이상한 글발들이 씌여져 있는 널판지들이 성당 곳곳마다에 세워져있는 것이었다.

"여기도 모조리 부셔라!"

단장 정호의 명령소리가 떨어지기 바쁘게 석고상들의 머리는 모두 떨어져내려 땅바닥에 데굴데굴 굴러다녔고 이상한 글자가 씌어진 널판지들은 검은 페인트칠을 당한 채 이리 삐뚤 저리 삐뚤 넘어져버렸다.

여기서도 선교자 두목들을 붙잡아 갈 예정이었지만 아무리 뒤져도 비슷한 사람이 없어 그만두었다. 홍위병들이 하나님 예수도, 무슬림 알라 신도 모두 반란했으니 이젠 학교로 돌아갈 것인가 했더니 아니었다. 이번엔 홍위병 트럭이 연길시 남쪽 모아산으로 향했다. 모아산 기슭에 자그마한 절 하나가 있었는데 그때까지도 까까머리 남자 중 몇과 여승 몇이 기거하고 있었던 것이다.

예수도 반란했고 알라도 반란했는데 석가모니만 그만 둘 리 만무한 홍위병들이었다.

절에 도착해보니 까까머리 중들 몇이 홍위병들을 보는 척 만 척 합장하고 눈을 지그시 감고 주절주절 염불에만 몰두하고 있었다.

"불이야!"

홍위병 누군가가 소리쳤다. 아마 자기들을 무시하는 중들을 놀래우려 한 홍위병이 엄포를 놓은 것 같다. 그래도 중들은 아랑곳없이 그냥 그 자세 그대로 염불하는 것이었다.

이때 참말로 염불하고 있는 중들 옆에 불붙은 신문지 하나가 날아왔다. 그리고 절 부근에 쌓아두었던 땔나무 무지에 불이 옮겨 붙었다.

"불이 절을 태운다!"

한 여승이 집안으로부터 뛰어나오며 새된 소리를 질렀다. 그제야 염불하던 중들도 자리를 차고 일어났다.

참말로 나무무지에 불이 절로 옮겨 붙었다. 중들도 홍위병들도 처음엔 불을 꺼보려고 하였건만 소용이 없었다. 난데없이 회오리바람이 불어와 절이 이미 불바다로 변했기 때문이었다.

"후퇴하라! 모주석 사상에 어긋나는 성경과 알라경 그리고 불경 책들을 모두 불더미 속에 던져버리거라!"

성경, 알라경, 불경 등 트럭 한쪽에 실려 있던 책들이 모두 불속에 던져졌다.

홍위병 트럭이 모아산을 떠났다.

트럭에 달아맨 확성기에선 반란의 노랫소리가 울려나왔고 홍위병들은 목청껏 외쳤다.

"파구립신 만세!"

"모택동 사상 만세, 만세, 만만세!"

붙잡아 가지고 오던 신부와 수녀가 사라진 걸 발견한 것은 홍위병들 트럭이 학교로 돌아온 후였다.

17. 돼지와 소에 대한 반란

요무반란단의 반란행동은 칼날 홍위병 군장 충성의 표양을 받았다. 전군 홍위병 대회에서 충성이 언성을 높여 말했다.

"오늘 요무반란단의 반란이 바로 낡은 사상에 대한 파괴고 반란입니다. 모택동사상과 철학외 이 지구 덩어리 위에 또 다른 사상과 철학이 있을 수 있습니까? 없지요. 예수도, 알라도, 석가모니도 모두 모택동사상이 창립되기 전 자산계급 유심주의자들이 인민을 속이기 위해 만들어낸 자산계급과 봉건 통치배들 철학사상입니다. 오늘날 이를 어찌 수수방관할 수 있겠습니까? 우리 요무반란단 홍위병들의 반란이야말로 공산주의 모택동사상을 옹호하는 혁명적 행동입니다. 우리는 그들을 따라 배워 진일보 파구립신 운동의 고조를 일으킵시다!"

충성의 말에 모두 박수갈채를 보냈고 각 단마다 더욱 큰 파구를 하리라 결심을 하고 있었다.

다음날 풍뢰반란단 홍위병들이 거리에 떨쳐나섰다. 역시 짐실이 트럭에 빼곡히 앉아 나섰다. 시가지 골목마다 천천히 차를 몰고 다니며 각 단위나 가게마다에 붙어 있는 간판을 검사하고 있었다. 자산계급 냄새가 풍기는 낡은 간판을 개혁 반란하기 위해서였다.

반란하기 반나절밖에 되지 않았는데 벌써 50여 개 간판을 파구립신 하였다.

〈아리랑 가극단〉을 〈동방홍 가극단〉이라 혁명했고 〈중쏘협회〉를 〈반수협회〉라고 반란했으며 〈협화병원〉을 〈반제병원〉이라 파구립신했다.

풍뢰반란단 홍위병들이 〈하서도축장〉을 반란하려고 부르하통하 서쪽에 위치한 도축장에 도착했을 때다. 이미 간판이 바뀌어 있었다. 〈하서도축장〉이던 것이 〈행복도축장〉으로 바뀌어 있었다. 누가 바꿨냐고 따지니 어저께 벌써 한패의 홍위병들이 와서 혁명했고 그 대가로 도축장 냉장고에 저장되어 있던 소고기, 돼지고기들을 모두 실어갔다는 것이었다.

"〈행복도축장〉이 다 뭐야. 혁명적 냄새가 전혀 풍기지 않아. 〈동풍도축장〉이라고 하자!"

풍뢰반란단 단장 이혁이 말했다. 이혁의 말에 홍위병들은 물론 도축장 직원들마저 좋다고 환호하였다.

요즈음 학교에는 큰 문제거리가 하나 생겼다. 식량 배급과 부식품 배급이 전부 끊겨 식당에서 하루 건너 한 번씩 식사 준비를 하지 못하였다. 연변일중은 전 주에서 유일하게 전 주 범위에서 초생을 하였으므로 외지 학생이 수백 명이나 되었다. 그리하여 배급이 끊긴 후로 대부분 칼날반란단 홍위병으로 있는 외지 학생들이 식사를 제대로 하지 못하였다.

이혁 자신부터 외지학생이라 이혁은 도축장에 온 김에 고기라도 얼마간 빌려갈 예정이었다. 그런데 비축돼있던 고기는 이미 다른 학교 홍위병들이 다 가져갔다 한다. 그리하여 이혁은 도축장 측에 고기를 빌려달라는 말도 꺼내지 못하고 돌아오는 수밖에 없었다. 그런데 이때 한 홍위병이 소리쳤다.

"우리 안에 산 것들이 가득해! 우리 그걸 가져가면 안 돼?"

이혁이 살펴보니 참말이었다. 돼지우리 안에 100여 마리 얼룩돼지, 소 우리 안에 50여 마리 황소가 갇혀 있었다.

이혁이 도축장 책임자에게 조심스럽게 청을 넣었다.

"소 몇 마리와 돼지 몇 마리를 빌립시다. 요즘 배급이 끊겨 홍위병들이 굶고 있어요. 후일 문화대혁명이 끝나면 학교에서 꼭 값을 물도록 할게요. 우리가 좋은 이름까지 지어줬는데 어떻게 좀…."

그 책임자가 한참 머리를 갸우뚱거리다가 말했다.

"그럼 그러세. 명세표를 작성할테니 사인만은 꼭 해주게."

그러자 트럭에 올라타고 있던 홍위병들이 전부 내리고 그 트럭 한 대에는 돼지, 다른 한 대에는 소를 실었다. 직원들이 실어주었기에 돼지도 소도 고분고분 차에 잘 올라탔다.

이혁이 명세표에 서명하면서 보니 돼지 50마리, 소 20마리였다. 돼지와 소를 실은 트럭이 앞에서 달리고 홍위병들은 2열종대로 줄지어 트럭을 따라 달렸다. 차와 홍위병행렬이 시가지 중심 십자가를 지날 때다. 푸른 등이 켜져 있길래 대오가 지나치려는데 교통 지휘봉을 손에 든 홍위병 몇이 달려와 차 앞을 가로막았다. 이제부터는 푸른 등에 서고 붉은 등에 지난다는 것이었다. 그들이 그토록 파구립신을 했다는 것이다.

붉은 등은 혁명의 등이어서 멈추면 안된다는 것이었다. 그 말에 이혁이 외쳤다.

"차를 몰아라, 청색은 깔아뭉개고 붉은 색은 보호해야 돼!"

대오는 계속 푸른 등을 지나쳐 앞으로 달렸다. 학교에 도착해 이혁은 충성이에게 보고도 없이 우선 돼지와 소를 학교지하실 안에 부렸다. 그리고는 지체 없이 다시금 차와 일부 홍위병들을 데리고 〈이민양식점〉을 〈애민양식점〉 이라고 자기들이 이름을 파구립신했던 양식점으로 급히 찾아갔다.

마침 양식점 책임자가 있었으므로 그한테 아까 차안에서 오면서 이혁이 혼자 백지에다 오려쓴 빌림 영수증을 건네고는 다짜고짜 창고문을 열고 양식 포대와 밀가루 포대를 차에 싣기 시작하였다.

이혁이 쓴 양수증을 받아본 양식점 책임자는 저도 모르게 입을 딱 벌렸다. 영수증에는 입쌀 2만근, 밀가루 만근이라고 썩어져있었던 것이다.

한 차에는 입쌀을 다른 한 차에는 밀가루를 싣고 차가 학교에 돌아와서는 역시 충성이에게 보고도 없이 실어온 양식을 식당 창고에 부렸다.

그날 저녁 늦게나마 홍위병들은 돼지고기 국에 이밥을 맛나고 배부르게 먹을 수 있었다.

그때에야 충성은 무슨 영문임을 알고 말없이 이혁의 어깨를 다독여주었다.

18. 반동 소설원고 한 권

요무반란단이 낡은 종교 세력들을 반란했고 풍뢰반란단이 낡은 간판들을 반란하여 큰 공들을 세우자 8.1반란단과 요문반란단이 안달이 났다. 머리가 총명한 장민이 가만 있을 수가 없었다. 영홍이네와 같은 홍소병 계집애들을 빼고 50여 명씩 한개 단위로 돌격대를 조직하였다.

돌격대들은 밤중에만 활동하였다. 주로 집 수색이었는데 매 돌격대마다 임무가 달랐다. 전문 고위 간부들 집을 수색하는 돌격대가 있는가 하면 전문 예술가들 집만 수색하는 돌격대도 있었다. 요 며칠간 이미 백여 집을 수색해 적잖은 낡은 사상과 문화를 파구립신했다. 그러나 장민은 아직도 그렇다 할 반란성과가 눈에 띄지 않아 끙끙 머리를 앓고 있는데 하루 저녁은 전문 우파들 집만 수색하던 돌격대에서 장민에게 종이장들이 가득 들어있는 마대 하나를 갖다 바쳤다. 마대에서 종이장들을 꺼내 이리 저리 뒤져보던 장민은 그것이 소위 작가들이 쓴다는 소설원고라는 것을 어렴풋이나마 알아보았다.

그 원고지를 내리읽던 장민은 아예 숙소 문을 닫아걸고 필기장에다 필기까지 해가며 그 원고를 꼼꼼히 탐독하기 시작하였다. 연속 사흘 동안 밥도 먹지 않고 잠도 자지 않으며 읽어서야 그 원고를 모조리 읽고 충성이에게 보여주려고 중요하다는 부분을 필기장에 옮겨 적기까지 하였다.

"이것 봐라, 모주석께서 문화대혁명을 일으키시길 잘하셨지. 그렇지 않았다면 우리가 어떻게 신변에 이런 반동들이 숨어있다는 걸 알았겠어!"

장민이가 필기장 하나를 충성의 책상 위에 홱 집어던지며 말했다.

"뭐길래?"

"뭐긴 뭐겠어! 우리가 아주 큰 놈 하나를 잡았어! 지금 이러고 있을 때가 아니야! 잘못하다간 그놈이 도망칠 수도 있어. 빨리 가서 잡아와 야겠어."

장민은 충성이에게 이처럼 대답하고 부랴부랴 충성의 방에서 달려 나갔다.

장민이 나가자 충성은 필기장을 한장 한장 넘겨가며 장민이 적은 그 반동소설의 요점들을 읽어 내려가기 시작하였다.

모택동의 불호령 한마디만 떨어지면 코끼리가죽 같은 땅가죽으로 뒤덮인 중국의 연로한 대륙은 불시에 학질에라도 걸린 것처럼 와들와 들 떨었다.

세상에서 가장 노련한 당이라고 하는 중국공산당이 양떼를 보호하 는 목양견과 양떼를 잡아먹는 승냥이도 분간하지 못하고 한 몽둥이로 목양견이건 승냥이건 마구 때려죽인다.

원고도 모택동 일당, 판사도 모택동 일당, 변호사도 모택동 일당인 데 그 어디에 가서 공평한 판결을 운운한단 말인가!

모택동과 그 일당이 꽃 고운 저녁을 순주로 보내고 달 좋은 밤을 가 무로 즐기는 바로 그 같은 시각에 이 땅의 수천수만의 선량한 남녀들 은 한숨으로 꽃을 맞이하고 눈물로 달을 바래야 했다. 한번 모택동 도 당에게 저주받은 인간의 정화들은 참기 어려운 고통 속에서 앞이 내다 보이지 않는 지루한 나날을 소같이 맞이하고 말같이 바래었다.

모택동시대란 오래비가 황밤을 훔쳐 먹었다는 죄로 판결을 받고 고 자가 강간죄로 기소되는 것쯤은 하등 신기하게 여길 필요가 없는 시대이다.

대약지, 총노선, 인민공사란 말도 중국공산당사에 특호 활자로 남아 가지고 당이 쇠망하는 날까지 개인숭배의 위험을 알리는 붉은 신호등으로 될 것이다.

굶어서 운동장에 쓰러지면서도 영명하고 위대한 모택동주석의 은덕을 잠시라도 잊어서는 안 되는 새 중국의 행복한 어린이들을 생각하니 그의 가슴에서 불덩이가 치밀었다.

그가 안 모택동은 6억 인구의 운명을 제 손아귀에 틀어쥐고 도박을 노는 인류 역사상 최대의 협잡꾼이었다. 공산당의 탈을 쓴 독재자였다. 전제군주였다. 황제폐하였다.

모교가 국교로 되고 모경이 막스, 엥겔스, 레닌의 저작들을 압도해 버린 이 광란의 나라 중화 모교군주국에서 백가쟁명이란 웬 말인가?

남을 만신창이 되도록 헐뜯으니 이번에는 모택동을 신에 비기고 태양에 비기고 무엇에 비기고 또 무엇에 비기고 해야 할 판이었다.

그는 모택동의 사회주의가 자신을 흉악한 범죄의 예비범으로 점찍어놓고 드나나나 감시를 하고 있음을 깨달았다.

곽말약의 애비는 셋인데 하나는 이미 사천땅에 묻힌 생애비요, 둘째 애비는 대만으로 도망간 장개석이요, 셋째 애비는 저보다도 두살이나 어린 터럭 모가 모택동이었다.

모택동 일당은 대내로 계급투쟁 소동을 벌이고 대외로 반미 반소를 벌이지 않고서는 도저히 그 통치권을 유지할 수 없는 그런 곤경에 빠져 있었다.

모택동의 나라에서 독립적으로 사고하는 사람들은 모두 반당분자가 아니면 우파분자였고, 현대수정주의자가 아니면 반혁명분자였다. 독립 사고는 오직 모택동 한 사람만의 신성불가침특권이었다.

그전에 배우던 정치 교과서는 막스, 엥겔스, 레닌의 이름과 더불어 사라진 지가 오랬고 모택동 선집 몇 권이 아예 정치 교과서로 돌변했다. 그 통에 저자 모택동은 인세를 기수없이 벌어서 부자 위에 덧부자가 되었다.

모택동이나 김일성이나 지금 멈춰 세우려고 하는 것이 뭔지 아십니까? 그게 바로 역사의 수레바퀴예요.

모택동의 눈에 왜 모든 게 다 극우로 보이시는지 아우? 그게 바로 그가 극좌로 멀리 멀리 달아나 버려있기 때문이라오!

태수놈의 등불놀이는 한 고을 백성들을 못살게 만들지만 모씨놈의 원자탄놀이는 6억 백성을 못살게 만든다.

내 보기엔 인민일보, 홍기잡지는 년, 월, 일만이 정말이구 그 외건 모두 거짓이오!

지구상에서 제일 추운 곳은 남극주지만 가장 우매한 곳은 중국 대륙이요!

진시황 + 뜨로쯔끼 = 모택동

모택동 – 반미, 반소 = 주림

모택동 ÷ 신격화 = 0.000

철조망만이 둘러지지 않았을뿐 중국 대륙 전체가 강제 노동수용소인 건 틀림없다.

충성은 끝내 다 읽어내려 가지 못하고 보던 필기장을 내동댕이쳤다. 그리고 외쳤다.

"장민아, 빨리 그놈을 잡아 와! 그리고 투쟁해! 모주석 초상 앞에 무릎을 꿇려!"

19. 반동작가 투쟁대회

반동작가를 투쟁하는 비판대회는 그날 오후에 진행되었다.

생각과는 달리 그 반동작가는 한 다리가 없고 어깨 밑에 길다란 목발을 짚은 작달막한 키의 얼굴이 거무틱틱한 노인이었다.

목발을 짚은 그 반동작가가 연변일중 대청 위에 머리를 우로 건뜩 올리 치켜세우고 서있었다.

모택동에 대한 만세 소리와 반동작가에 대한 타도 소리가 쩌렁쩌렁 대청을 울렸건만 그 반동작가는 건뜩 쳐든 머리를 이리 저리 끼우뚱거리며 못들은 척 태연하였다.

"머리 숙여!"

홍위병들이 머리 숙이라고 외치자 그 반동작가는 되려 하늘을 쳐다보듯 더욱 머리를 높이 치켜들었다.

반동작가의 주위에는 8.1반란단 홍위병들 몇몇이 둘러서있었다. 그들이 그 거만하기 짝이 없는 반동분자를 가만 둘 리 만무하였다.

홍위병 둘이 달려들어 힘껏 그자의 머리를 아래로 내리 눌렀다.

그러나 홍위병들이 손을 떼자 그 반동작가는 또다시 머리를 건뜩 쳐들었다.

"허리를 굽혀라!"

대청에 빼곡히 들어선 홍위병들이 그 반동작가가 고개를 숙이지 않자 이번엔 허리를 굽히라고 소리쳤다. 허리를 굽히면 고개까지 숙여지기 마련이니 그처럼 소리치는 듯싶었다.

그 반동작가는 허리도 굽히지 않고 그냥 그 모양 그대로 목발을 꽉 틀어잡고 서있었다.

그런 광경을 지켜보던 박철이가 이번엔 대청으로 뛰어 올라갔다. 박철이가 어쩔 줄 몰라 하는 홍위병들을 물리치고 직접 그 반동작가의 목덜미를 잡아 힘껏 아래로 내리 눌렀다. 그러자 악착같이 목발에 의지하여 버티던 그 반동작가는 더 버티지 못하고 폴싹 바닥에 꺼꾸러졌다.

"일어서라, 일어서서 머리 숙여 모주석께 죄를 빌라!"

"완고하면 죽음뿐이다!"

박철과 두 홍위병이 그 반동작가를 일으켜 세우려 하자 그 반동작가는 홍위병들의 손을 뿌리치고 목발을 더듬어 찾아 짚고 간신히 몸을 일으켜 세웠다. 그리고는 또다시 머리를 꼿꼿이 세운 그 자세로 손을 뒤로 가져가 허리를 탕탕 두드렸다. 머리도 숙이지 않고 허리도 굽히지 않겠다고 시위하는 것이 틀림없었다.

"모주석 만세! 만세! 만만세!"

충성이가 모주석 만세를 선창하자 대청에 모인 수천 명 홍위병들이 따라 합창하였다. 만세 합창이 끝나기를 기다려 충성이가 말을 이었다.

"이 놈은 우리 당과 모택동 동지를 모독한 반동 악질입니다. 이 놈의 죄장을 공개하려 해도 너무나도 억울하고 더러워 입을 열 수가 없습니다. 이 놈의 죄장은 특별재료로 모든 칼날반란단 홍위병들에게 발급할 테니 오늘은 이 놈을 혹독히 투쟁하는 것으로 모주석에 대한 우리 홍위병들의 충성심을 이 놈 앞에 낱낱이 보여드립시다!"

"위대하고 영광한 중국공산당 만세!"

"우리의 위대한 태양이신 모택동주석 만세!"

"모주석은 영원히 우리 마음속에 계신다!"

홍위병들의 만세 소리가 오랫동안 학교 대청 안에서 멎지 않고 쩌렁쩌렁 메아리까지 쳤다.

만세소리가 멈추자 그 반동작가가 입을 열고 웅얼거렸다.

"모택동 도당을 타도하자!"

"중국 인민의 공적 모택동을 타도하자!"

그 반동작가의 목소리가 쉭쉭하여 똑똑히는 들리지 않았지만 우리 당과 모주석에 대해 타도를 외쳤다는 건 그 놈의 표정을 봐도 알 수 있었다.

박철이 타도를 외치는 그 놈의 입을 손으로 막아보려다 잘 안되니 옆의 두 홍위병을 보고 소리쳤다.

"뭐가 없냐, 아갈잡이를 시켜야겠다!"

"아갈잡이! 아갈잡이!"

수천 명 홍위병들이 일제히 외쳤다.

잠깐 단상을 비웠던 두 홍위병이 다시 모습을 나타냈을 때는 하나의 손엔 화장실 걸레, 다른 하나의 손엔 화장실 구멍을 쑤시는 쇠꼬챙이가 들려있었다.

이젠 영락없이 아갈잡이를 당했다고 생각하는 모양인지 그 반동작가는 최후 발악인 양 제법 똑똑한 소리로 만세를 불렀다.

"맑스 만세!"

"엥겔스 만세!"

"레닌 만세!"

"팽덕회 만세!"

만세 속에 모주석 만세도 있을 줄 알고 기다렸던 두 홍위병 아갈잡이가 더는 못참겠다는 듯 달려들어 그 놈의 아가리에 똥걸레를 물리고 내뱉지 못하도록 쇠꼬챙이로 힘껏 그 똥걸레를 목주래까지 쑤셔넣었다. 끝내 그 반동작가는 투쟁 단상에 목발을 던지며 폴싹 꼬꾸라졌다.

이때 문득 대청 안으로 정복을 한 10여 명 경찰들이 달려들었다.

경찰들은 현행반혁명분자를 죽이면 홍위병들도 살인죄를 진다며 단상에 올라가 그 반동 작가의 아갈잡이를 풀고 손에 수갑을 철컥 채워서는 대청 밖으로 끌고 나갔다.

이미 다른 경찰들이 장민의 방에서 수색하여 낸 원고마대를 차에 싣고 있었는데 그 차에 반동작가까지 함께 실었다.

얼마 후에야 그 반동 작가는 나라로부터 노홍군 대우를 받는 항일전쟁에서 다리 하나까지 잃은 항일투사 김학철이었다는 걸 알았다.

20. 투석전

인류 역사상 사람과 사람지간 싸움에서 밀치기, 주먹질로부터 총포 싸움에 이르기까지 아마 수천 년이란 시간은 걸쳤을 것이다. 씨족과 씨족지간 먹을 것을 독차지하기 위해 밀치고 밀리고 결국은 약한 놈이 강한 놈에게 밀치워 쫓겨나고 강한 놈이 먹을 것을 독차지하는 일은 벌써 원시씨족사회에서부터 일어났던 일이고 밀치기보다 더 진보적인 투석전은 가정을 단위로 한 인류가 사유재산이 생겨나기 시작한 계급사회 초기로부터 시작되었을 것이다. 후에 투석전은 창, 칼과 활의 발명으로 창칼활싸움으로 발전했으며 그때는 이미 인류가 봉건 사회로 진입한 시대였다.

활쏘기가 총포 싸움으로 발전한 것은 화약이 발명된 자본주의 초기로 봐야 될 것이다. 밀치기로부터 총포싸움까지 인류는 수천 년이란 시간을 허비하였다. 그런데 문화대혁명은 그 무슨 특수성이 있었길래 그 수천 년에 걸친 싸움 형식을 단 2년간에 전부 재현시켰다. 그것도 홍위병이란 10대 어린이들의 손에서 말이다.

연변 홍위병들의 싸움은 이미 밀치기 단계를 거쳐 각 파마다 자기의 고정적인 진지를 가지고 있는 진지전 시기에 이르렀다. 이젠 차지하고 있는 진지를 근거지로 자기의 세력범위를 확장해야 되었다. 그리하여 투석전이 일어나게 되었다.

연변 홍위병들의 제일 치열했던 투석전은 홍군파 칼날반란대군 홍위병들과 백군파 홍위병 사이에 일어났던 투석전이다.

홍군파 홍위병들은 연변일중, 연변이중과 사범학교를 진지로 차지하고 있었고 백군파 홍위병들은 주로 연변의학원과 연변병원을 진지로 차지하고 있었다.

이 두 진지 사이에는 광활한 남새밭이 있었는데 그 당시는 늦은 가을이라 남새밭이 텅텅 비어 있었다. 이 남새밭이 두 파 투석전 전쟁터로 되었다.

백군 홍위병들도 그리 만만치 않았다. 근 3천여 명의 백군 홍위병들이 홍군 칼날반란단 홍위병 2천 5백 명과 대치하고 있었다. 일선은 정호단장과 이혁단장 그리고 8.1단 단장 박철이 지휘하는 천5백여 명 투석꾼들이고 2선에는 요문반란단과 시민들 중 홍군 홍위병을 지지하는 치맛자락 아주머니들이다. 그 치맛자락 아주머니들이 근 천여 명은 되었다. 그들은 치맛자락에 돌멩이를 담아 투석을 책임진 일선 홍위병들에게 공급하고 있었다. 투석꾼 맨 앞엔 충성이가 버티고 섰다. 참말로 장관이다. 수천 명 투석꾼들이 돌멩이를 뿌리며 공격해 나가면 공격을 받은 수천 명 상대방 투석꾼들이 밀려 후퇴를 한다. 그 밀고 밀리는 전선 너비가 수천 미터다. 이미 공격을 받던 쪽에서 공격해온다. 그러면 이번에는 공격을 하던 쪽에서 밀리어 후퇴를 한다. 얼마쯤 후퇴를 해서는 다시 치맛자락 아줌마들께 돌멩이를 받아가지고 또다시 공격을 들이댄다.

충성은 이 전투에서 져서는 결코 안 된다고 생각하였다. 반란대군이 갓 성립되었으므로 첫 전투에서부터 진다면 그 다음 전투의 승리를 기약하기 어려울 것이라고 생각하였기 때문이다.

밀고 밀리고가 수십 번이 반복되었을까 끝내 백군파 홍위병들의 기세가 꺾이기 시작하였다.

돌멩이가 더 많은 채소밭이 홍군파 홍위병 쪽에 위치해 있었고 치맛자락 아줌마들의 역량이 홍군파 쪽이 더 강했기 때문이다.

투석전이 끝났을 때 보니 상대방에는 수백 명의 부상자가 나타났는데 칼날반란대군에선 수십 명만이 경상을 입었다.

"만세! 만세! 만만세! 칼날반란대군 승리 만세!"

학교 확성기에서

"무적이다, 무적! 그 누가 우리 칼날반란대군에 맞설소냐!"

아마 영홍이네가 지어낸 노래인가 싶다.

이처럼 충성은 첫 승리를 투석전 승리로 매듭을 지었다.

이날 이후로부터 문화대혁명 홍위병 전투가 끝날 때까지 그 어느 파의 홍위병도 칼날반란대군과 싸워 이긴 적이 없었고 또한 칼날반란대군은 승리에서 승리로 승승장구하며 앞으로 나아갔다.

전해지는 말에 의하면 그때 당시 칼날반란대군의 기세가 얼마나 대단했던지 어린애가 있는 집에서 어린애가 울면 "우지 마, 우지 마, 칼날반란대군이 와서 잡아갈라!"라고 말하면 어린애들마저 울음을 뚝 그쳤다고 한다.

21. 충성노래

　벌써 겨울이 온 듯싶었다. 맵짠 초겨울 바람이 쌩쌩 불어왔다. 흐린 날에는 눈발이 날리기도 하였고 하천은 얼어붙기 시작하였다.
　허나 이미 지펴진 문화대혁명의 불꽃은 수그러들 기미가 하나도 없이 가면 갈수록 더더욱 활활 타올랐다.
　그 불길은 홍위병들이 장정을 갔다가 모주석의 접견을 받고 대촬련을 하면서 더더욱 세차고 거세게 타올랐다.
　충성의 노래 울려 퍼졌고 충성의 춤 흥겨웠으며 충성의 구호소리 우렁찼다.

> 태양은 제일로 붉다네,
> 모주석은 우리와 제일 친하다네,
> 모주석의 빛발이 우리의 마음속을 비추니,
> 우리의 앞길은 광명 찬란하다네.

　청군의 확성기가 이 같은 충성 노래를 방송하니 화답이라도 하듯 백군의 확성기가 또 다른 노래를 방송했다.

> 높은 층집들 우뚝우뚝 일어서고,
> 높은 산마루에 용과 범이 누웠다네,
> 태양은 붉고도 붉다네,

이것이 모두 모주석, 모주석 때문이라네!

　청군, 백군의 확성기가 모두 이처럼 울리는데 홍군의 확성기라고 가만히 있을 리 없었다.

　　붉은 태양이 변강을 비추네,
　　청산, 녹수가 서광을 받았네,
　　백두산 아래에 과일이 무르익고
　　해란강변에 벼 향기 그윽하다네,
　　변강 인민은 투지높이,
　　변강을 건설한다네!

　여성 합창이다. 틀림없이 영홍이 이끄는 홍위병예술단의 노래일 것이다. 확성기의 노랫소리는 끊임없이 흘러나왔다.

　　촌마다 마을마다 북소리, 꽹과리소리 요란하네,
　　모주석의 빛발이 촌과 마을을 비추니,
　　산도 웃고 물도 웃고 사람도 웃는다네,
　　공산당을 노래하세, 모주석을 노래하세
　　우리는 영원히 모주석을 따르려네!

　모주석의 저작도 노래하였다.

　　모주석 저작은 태양과도 같다네,
　　글자마다 구절마다 황금 빛발 빛난다네,

읽으면 읽을수록 마음이 밝아지고
보면 볼수록 나아갈 길 뚜렷해진다네!

모주석 저작을 읽으니,
마음이 따사로와지네,
만물이 급시우를 만난 듯,
포기마다에 이슬이 맺히네.
모주석의 빛발이 모두를 비추는데,
혁명 열이 어찌 구중천에 닿지 않을손가!

또한 모주석이 이끌었던 홍군도 노래하였다.

정강산우에 붉은 해가 떠오르네,
붉은 해가 바로 모주석이라네,
그이가 만수천산을 비추니,
천만 백성들 마음속에, 기쁨이 넘친다네!

혁명의 성지 연안도 노래했고 대생산 근거지 남니만도 노래하였다.

꽃향기 그윽하네,
내 노래를 들어보소,
남니만에 와 보세요,
남니만은 좋은 곳이라네!

좋은 곳이니 좋은 풍경이요,

간 곳마다 오곡백과요,
왕년의 남니만은 황산 초지였지만
지금의 남니만은 풍요로운
강남이라네!

22. 충자춤

충성춤이 유행되기 시작하였다. 모주석께 충성을 표시하는 춤이었기에 충성춤이라고 하지만 그때는 충자무라고들 불렀다. 문투단 부단장 영홍의 명령이 하달되었다. 무릇 칼날반란대군의 홍위병이라면 모두 충성춤을 출 줄 알아야 되며 춤을 출 줄 모르면 춤을 배워 출 줄 알 때까지 홍위병 완장을 몰수하여 문투단부에서 보관하게 된다는 것이었다.

충성춤이 이미 사회에 유행된 지 오래되므로 적지 않은 홍위병들은 이미 충성춤을 출 줄 알았다. 다만 충성이를 비롯한 고중생 홍위병들 다수가 잘 추지 못하고 있었다.

학교의 4층 지붕은 소련식으로 기와가 아니라 시멘트로 된 평면소광장으로 되어 있었다. 매일 아침과 저녁에 그 4층 소광장에서 영홍이를 비롯한 홍위병 예술단 성원들이 춤을 가르쳤다.

충성무의 형태는 중국 서장 장족의 전통 춤과 비슷하였다. 역시 장족의 노래 곡조에 발놀림과 손놀림을 맞추었다.

> 북경에는 황금 태양, 금 태양이 있다네,
> 그 금 태양은 천만리를 비추네,
> 그 금 태양의 빛을 받으며,
> 온 누리가 찬란하다네.

영홍이와 예술단 단원들이 앞에서 곡에 맞추어 춤을 추면 수백 명 홍위병들이 따라서 춤을 추었다. 춤에 서투른 충성이가 멋지게 춤을 추는 영홍이를 바라보며 흐뭇한 미소를 지었다.

설이 지나 한살 더 먹어 그런지 자못 의젓해보였다. 키도 더 큰 듯싶었다. 같은 또래 홍소병들보다 반 뼘은 더 큰 것 같다. 예술단중 제일 이쁘고 춤도 제일 잘 춘다.

> 모주석은 바로 금빛 태양이라네,
> 금빛 태양이 우리들을 비추니,
> 백만 농노의 마음엔,
> 웃음꽃 활짝 핀다네.

영홍이가 다가와 충성이의 팔을 잡고 틀린 춤동작을 규정하여 주었다. 영홍의 그처럼 갸날펐던 손맥이 이젠 제법 굳세다.

"아니 팔에 너무 맥을 주지 말고…."

말소리마저도 더 의젓하다. 충성은 입가에 미소를 머금은 채 영홍이의 가르침대로 서투른 팔과 발을 움직였다.

그날 저녁 춤추는 시간이 끝날 때 영홍은 충성을 비롯한 100여 명 홍위병의 완장을 몰수한다고 선포하였다. 그 후로부터 충성이네는 춤추는 시간을 더 연장해 가면서 춤을 배웠다.

영홍이도 열심히 춤을 가르쳤고 충성이네도 더 열심히 춤을 배웠다.

> 경애하는 모주석이시여,
> 당신은 우리 맘속의 붉은 태양,
> 우리는 얼마나 많은 말을 당신과 하고 싶으며,

우리는 얼마나 많은 노래를
당신께 불어드리고 싶은지 몰라요,

연변인민은 축복합니다,
당신께서 영원토록 만수무강하시기를….

영홍이가 연변의 노래에 맞춘 춤을 홍위병들에게 배워주었다. 그
춤, 그 노래가 더더욱 멋졌다.

23. 숭배의 물결

모주석은 중국 무산계급혁명의 창시자이시고 조직자이시며 중국 공농홍군의 건립자이시다. 이는 이미 중국 혁명 실천이 증명하였다. 세계 문명사에서 걸출한 인물에 대한 군중의 숭배는 아주 자연스러운 것이며 또한 사회발전을 위한 필연적인 것이라고 볼 수 있다.

다 알다시피 세계 4대 위인을 놓고 말하자면 기독교사회나 천주교사회에서 신으로 받드는 예수님, 불교사회에서 신으로 받드는 석가모니, 동방 유교사회에서 신으로 받드는 공자 그리고 무슬림사회에서 신으로 받드는 알라가 바로 만민의 숭배 대상이다.

모주석에 대한 숭배 역시 아주 자연스러운 것이었다. 정강산에서 이미 장개석과 같이 중국의 영수로 받들리었고 연안에서 인민의 구성으로 떠받들리어 붉은 태양에까지 비유되었다.

중국공산당 7기 2중전회에서 먼저 유소기가 모택동사상을 제출하면서 중국 인민은 오직 모주석을 수령으로 받들어야 승리에서 승리에로 나아가며 최종 혁명을 완수할 것이라고 말했다.

모주석은 벌써 연안시절부터 자기가 신이 되는 것을 반대했다. 개인의 이름으로 지명이나 건물을 명명하지 못하도록 하였고 기념일에 개인의 이름을 달지 못하게 하였다. 허나 개인숭배에 대한 군중의 욕구역시 그 누구도 막을 길 없었다.

동방이 붉어오니 태양이 떠오르네,

중국엔 모택동이 나타났다네,

인민에게 모택동이 있으니,

후얼하이오, 인민은 해방을 맞아오리오.

연안 인민들이 부른 노래다. 그때 벌써 인민들은 모택동을 태양으로 우러렀고 대 구성으로 추대했다.

임표는 모택동을 위대한 영수, 위대한 통수, 위대한 도사, 위대한 키잡이라고 하였다. 이에 모주석은 영수도 아니고, 통수도 아니며, 키잡이는 더욱 아니라고 말하면서 도사는 그래도 될 말인 듯싶다고 말하였다. 그는 혁명전 원래 글을 가르치는 교원이었고 지금도 교원 사업은 할 수 있기 때문이라고 토를 달았다.

모택동 본인이야 어떠했듯 문화대혁명은 그에게 엄청나게 많고 무거운 모자를 갖다 씌었다.

24. 혈서

　문화대혁명운동은 또한 홍위병운동이기도 하였다. 운동의 참가자도 홍위병이었고 운동의 주요 역량도 홍위병이었다.

　홍위병들은 모두가 당중앙과 모주석의 전사라고 자칭하였다. 참말로 그랬다. 무산계급 문화대혁명 중 어느 한 홍위병도 모주석의 전사라고 하지 않은 사람이 없었을 것이다.

　그러나 실제상 홍위병들은 각 파별로 분류되어 있었고 모두들 당중앙과 모주석을 보위한다는 명의하에서 파벌싸움에 참가하고 있었다.

　각 파 홍위병들은 모두가 자기가 진정한 모택동의 보위자이고 전사라고 하면서 싸움하였다.

　칼날반란대군 홍위병들은 이 변강 도시에서 어느 면으로 보나 그 어느 파벌에도 뒤지지 않는 진정한 모주석의 홍위병이라고 할 수 있었다.

　주정부, 주당위도 제일 먼저 반란했고 학교 내 교장과 당위서기도 제일 먼저 반란했으며 네 가지 낡은 것도 제일 먼저 제일 견결히 반란했다. 그러나 그보다 더욱 뚜렷한 증거가 하나 더 있었다.

　칼날반란대군이 이 도시에서 제일 인기가 있는 데는 영홍이가 이끄는 홍위병 예술단의 작용이 제일 컸다고 말할 수 있었다.

　칼날반란대군의 홍위병 예술단은 순 15세 이하 계집애들로 조직되었고 인물 역시 특별히 아름다웠다.

　그뿐만이 아니다. 노래며 춤이며 모두가 어느 파벌의 예술단보다 월

등하였다. 그중 더욱더 특출하게 보여지는 건 무어나가 다 창조성적이었다.

다른 파벌의 예술단들은 북경이나 장춘 등 대 성시에서 유행되고 있는 절목들을 모방하였다면 칼날 홍위병 예술단의 절목은 거의 모두가 연변 그 자체를 배경으로 하고 연변 고유의 예술 방식을 전국 유행에 접목시킨 창조적인 절목들이었다. 그들의 공연에는 매번마다 수만, 수천의 관중들이 모였고 어느 파벌의 관중도 절찬의 박수를 보내지 않는 사람이 없었다.

요 며칠 전에 있은 공연도 그랬다.

마지막 절목에 이르러 수만 명 관중이 모두 숨소리 하나 내지 않고 엄숙히 서있었다.

그 절목의 이름은 칼날의 혈서였다.

충성노래와 충성춤 끝에 무대에 서서히 흰 명주천이 펼쳐졌다.

먼저 영홍이가 홍색 낭자군의 춤동작에 맞추어 무대에 오르더니 손에 든 칼로 손가락을 벤다. 이어 춤동작에 맞추어 흰천으로 다가가더니 선혈이라는 선자를 그 천에 쓴다. 얼마나 깊게 상처를 냈던지 글자가 씌어지는 중 내내 피가 아래로 뚝뚝 떨어진다. 연이어 기타 연원들이 그 뒤를 따라섰다. 모두 손에 든 칼로 손가락에 상처를 내고 글 구절을 써내려 간다.

'선혈과 목숨으로 당중앙과 모주석을 보위하자!'

마지막 감탄부호까지 모두 20명의 칼날반란대군 홍위병예술단 단원들이 홍색 낭자군의 노래와 춤 동작에 맞추어 계속하여 절주있게 혈서를 써내려갔다.

"모주석 만세! 만만세!"

쥐 죽은 듯 조용하던 공연장에서 우레 같은 만세 소리가 울려 퍼졌다. 관중들의 외침소리였다.

진정한 홍위병이 아니면 어찌 저런 공연이면서도 진짜 행동인 혈서 쓰기가 이루어진단 말인가?

무대 아래에서 공연을 관람하던 충성은 손가락에 피를 흘리는 영홍이를 바라보며 군복 입은 팔뚝을 올려 슬며시 흘러내리는 눈물을 훔치었다.

25. 화공전

양력설이 지나가고 음력설이 지나가는가 싶더니 벌써 새 봄이 와서 아지랑이 아물아물 피어나고 새싹도 파릇파릇 돋아났다. 67년도 5.1절도 코앞에 닥쳐왔다. 각 파 홍위병들은 투석전과 같은 운동전을 피하여 주로 진지 고수전에 들어갔다. 청군은 공장구역인 하남가를 차지했으며, 백군은 상업중심인 하북가를 차지했고, 홍군은 학교구역인 공원가와 북산가를 차지했다. 모든 것이 평온한 듯하나 실은 더욱 크고 치열한 격전이 각 파 홍위병들을 기다리고 있었다.

5.1국제노동절이 닥쳐오니 청군파와 백군파의 거동이 심상치 않았다. 청군파는 노동자가 대다수다. 그러기에 자연히 공장이 많은 하남가를 차지했고 백군파는 상공인이 위주다. 그리하여 상업구역인 하북가를 차지했으며 홍군파는 학생들이 위주다. 하여 학교구역인 공원가와 북산가를 차지한 것이었다.

그 세력들을 놓고 보면 아직까지는 칼날혁명반란대군을 위주로 한 홍군파가 제일 강했고 청군과 백군은 아직 막상막하다. 역량 대비가 이러니 청군과 백군은 홍군과의 직접적인 대립을 꺼렸다. 그러나 저들 간엔 언젠가는 꼭 자웅을 가려야 된다는 기세였다.

청군과 백군의 격전은 연변일보사로부터 시작되었다. 당시 연변일보는 전국 각지 지방 신문들과 마찬가지로 신화사 전문만 찍어냈다 하여도 역시 연변의 가장 핵심적인 여론 매체였다. 당중앙과 모주석의 지시와 전국 각지 문화대혁명의 형세 등을 일보사가 제일 먼저 접수하고 전파하였다. 일보사는 공상구역인 하북가에 위치해 있었으나 하남 다리를 사이에 두고 청군 지역인 하남가와 직접 대치하고 있었다.

일보사 내부는 주로 두 개 파벌로 나뉘어 있었다. 인쇄공장을 위주 로 한 청군파와 편집, 기자를 위주로 한 백군파다.

반란은 청군파 노동자들이 일으켰다. 청군파 노동자들은 육체적인 우세를 빌어 사무실로부터 편집, 기자들을 몰아내려 하였다. 편집, 기 자들도 역시 가만있을 수 없었다. 구역이 백군구역인지라 외부 백군들 의 지원에 힘입어 편집실을 굳게 지키고 있었다.

청군 구역으로부터 난데없이 불덩이가 하나가 날아왔다. 하남다리 길 이가 천 미터는 족히 되었으니 사람이 던져 날아올 수 있는 물건이 아 니었다.

"청군이 활을 쏘고 있어!"

누군가가 소리질렀다.

또다시 불덩이가 하나가 날아왔다. 그 불덩이를 자세히 살펴보니 자동 차 타이어를 잘라 세 줄로 꽁꽁 농구공만큼 크게 묶은 것이다. 석유나 휘발유에 잠궜다가 불을 붙여 무엇으로 쏘아보낸 모양이다. 그것이 어 떻게 날아온단 말인가? 백군 지휘부에서 끝내 그 비밀을 알아내었다. 하남다리 남쪽에 5층 건물 하나가 있었는데 그 꼭대기에 자동차 타이 어 내피로 된 활이 여러 개 걸려있었다. 그 타이어 내피에 불덩이를 싸 서 활쏘기처럼 장정 몇이 힘을 합쳐 힘껏 당겼다가 놓으니 그 불덩이 가 화살마냥 공중으로 날아가는 것이었다.

일보사 건물에 불이 달렸다. 백군이 밀리는 듯싶었다. 그러나 그날 새벽녘부터 시작한 화공전은 저녁때에 접어들면서 대치 상태로 변하 였다. 하루 낮 사이 백군도 자기 구역 고층 건물에 적잖은 타이어 내피 활을 걸고 대방을 향해 쏘아대기 시작하였기 때문이다.

먼저 일보사 건물에 불이 붙더니 불에 타는 건물이 하나 둘 늘어나기 시작하였다. 하북에도 하남에도 불이 달렸다. 다만 홍군 구역인 공원가와 북산가에만 불타는 건물이 없었다.

충성이를 비롯한 칼날반란대군 단장들이 학교4층 콘크리트 소광장에 올라서서 불타는 시내와 불덩이가 날아다니는 광경을 바라보고 있었다.

혈서 때문에 피를 많이 흘린 영홍이도 손에 붕대를 감은 채 두 눈이 휘둥그레져서 충성이의 옆에 서있었다.

"이대로는 안 돼. 기다릴 사이가 없어. 더 큰 전쟁이 일어날거야!"

충성이가 혼잣말처럼 중얼거렸다. 단장들 모두가 고개를 끄덕였다.

청군과 백군 사이 활 화공전에서 여러 명이 사망했다는 소식이 전해왔다. 불타 죽은 사람과 불탄 건물이 무너지면서 그 잔해에 깔려 죽었다면 당연한 일이었겠지만 청군측에도 백군측에도 총에 맞아 죽은 사람이 있다니 참으로 이상한 일이었다. 어디서 총이 났단 말인가.

끝내는 해방군이 연변일보사에 나타났다. 잠시 군사관제를 진행한다고 선포하였다. 이리하여 청군과 백군의 전쟁은 일단락을 지었다.

26. 확성기 반란

똥파리 윙- 윙 귀찮아 죽겠네,
대가리도 파랭이
꼬랑지도 파랭이
어디가 곱다고 윙- 윙
어디가 붉다고 윙- 윙
귀찮다, 어서 제 집에나 돌아가!
윙- 윙 제 집이 어디냐고?

오냐, 알려 주마,
네 집은 사람들의 똥구녕, 검은 굴,
자산계급 반동노선!

연변의학원 4층 꼭대기에 달아맨 확성기에서 울려나오는 방송소리다. 목표가 연변일중이다. 반복하고 반복하고 또 반복하여 방송한다. 꽤나 그럴듯한 풍자시다. 원래 의학원은 백군의 거점이었는데 이번 화공전 때 청군이 우세하여 빼앗아 이젠 청군의 거점으로 되었다. 연변일중에도 확성기가 걸려 있었건만 공률이 낮아서 청군의 확성기에 소리가 짓눌린다.

칼날반란대군의 확성기는 '문투하자, 무투는 안 된다. 무투는 자산계급 반동노선이다!'를 반복적으로 방송한다. 충성이의 지시대로 정치적 공세를 들이대는 것이다. 총상을 맞은 사람중 청군의 사망자는 모두 공기총이나 체육용 사격총에 맞았지만 백군의 사망자는 모두 군용 보총에 맞아 사망되었다는 말을 듣고 군용 보총을 가진 청군을 비꼬아 하는 홍군의 방송이다. 화공전에서 우세하여 의기양양한 청군이 그런 홍군을 보고 가만있을 리 없었다. 하여 풍자시를 연속 읊어대는 것이었다.

> 똥파리 윙- 윙 귀찮아 죽겠네!
> 주둥이도 파랭이 ,
> 꼬랭이도 파랭이
> ......

들다못해 충성이가 꽝- 책상을 내리쳤다.
"가만 둬선 안 되겠다. 가서 정호를 불러 오너라!"
재빨리 정호가 달려왔다.
충성이와 정호는 하루 종일 이마를 맞대고 의학원 4층에 달린 확성기를 반란할 계획을 세웠다.
반란시간은 그날 저녁 자정으로 정하였다.
반란대는 자정 15분전, 저녁 11시 45분에 출발하였다. 반톤 짐실이가 달린 지프차가 동원되었다. 차를 운전할 줄 아는 박철이가 운전석에 타고 그 옆 조수석에 정호가 탔다. 그 뒤 자리에는 충성이와 이혁이 탔다. 모두 단장들이다. 원래는 충성이가 정호와 박철이만 데리고 가려 했는데 이혁이가 기어코 따라나선 것이었다. 네 사람 모두 단도 하나씩만 몸에 지녔다. 충성이만이 단도 외 허리에 권총 하나를 찼다. 박철이가 벤지, 스파나가 든 작은 가방을 메었다.

전조등을 켜지 않은 차가 슬며시 의학원 담벽 밑에 멈춰섰다. 차에서 내린 네 사람이 한 사람, 한 사람씩 담장 밑구멍을 통해 담장 안에 기어들어갔다. 그리고는 다급히 1층 벽에 몸을 붙였다. 창문 하나를 잡아당기니 삐거덕 하는 소리를 내며 유리창문이 열렸다.

먼저 정호가 날쎄게 몸을 날려 건물 안으로 들어갔다. 예측한대로 경비대원들이 없었다. 정호가 내미는 손을 잡고 나머지 세 사람마저 건물 안에 들어갔다. 넷은 복도 맨 뒤켠에 난 층계를 따라 살금살금 4층으로 올라갔다.

3층 복도까지 도달했을 때다. 삐꺽- 문이 열리는 소리가 나더니 군복 차림을 한 웅장한 체구의 텁석부리 하나가 나타났다.

오줌이 마려워 잠을 깬 듯한 그놈은 오줌이 몹시 마려운 듯 변소쪽을 향해 달렸다. 그 놈이 바로 정호가 몸을 감춘 벽쪽까지 왔을 때 기다렸다는 듯 정호의 주먹이 날아들었다.

어이쿠! 소리와 함께 그 웅장한 체구가 복도 한쪽에 보기좋게 나뒹굴었다. 그 놈이 무슨 영문인지도 모르고 가까스로 몸을 일으켜 세웠을 때 이번엔 밴지골 머리통 하나가 날아들었다. 이혁의 골치기다. 코피가 터져 얼굴이 피투성이 된 텁석부리가 이젠 무슨 영문인지 대충 알고 허리춤에 손을 뻗었다. 이제야 살펴보니 그 놈의 허리춤에 커다란 권총 하나가 붙어있었다.

"꼼짝 말어! 움직이면 쏴버리겠다!"

그 놈이 권총을 뽑아들기 전에 먼저 충성이의 권총이 그놈의 이마통에 닿았다.

"살려주, 뉘들이신지?"

텁석부리가 두 손을 번쩍 들었다.

충성의 총을 잡지 않은 왼손이 잽싸게 덥석부리의 옆구리에서 그 커다란 권총을 채어갔다.

충성이네게 포박을 지운 턱석부리가 그 놈이 나왔던 방으로 다시 끌려 들어왔다.

방엔 턱석부리 하나뿐이었다. 알고 보니 턱석부리는 청색 무공대의 대장으로 며칠 전 백군과 싸워 이긴 기세를 믿고 경비대원들을 모두 집으로 돌려보내고 자기 혼자만 경비를 서고 있었던 것이다. 경비는 무슨 놈의 경비, 책상 위에 빈 맥주병이 즐비하게 널려있는 걸 보아 혼자 술을 처먹고 있는 것 같았다.

"어쩔테냐? 당장 확성기를 뜯어라! 그렇지 않겠다면 단방에 요절을 낼테다."

충성은 권총을 그 놈의 이마에다 대고 윽박질렀다.

"제발 목숨만 살려주. 내일 모래를 다투는 에미가 집에서 나를 기다리우…."

보니 마흔 살은 넘어 먹은 듯한 장년이다.

넷은 턱석부리에게 공구를 쥐여가지고 4층 꼭대기로 올라갔다. 그 놈은 익숙하게 확성기를 해체하여 떼어 내었다. 그리고는 방송실에까지 안내하여 필요한 기재를 모두 내어 놓았다.

턱석부리를 방송실에서 얻은 전기선으로 두 손을 꽁꽁 묶었다. 소리를 지르지 못하도록 수건으로 입까지 틀어막았다.

"앓는 네 에미를 봐서 오늘 네 놈을 용서한다. 내일아침 다른 사람들이 올 때까지 꼼짝 말고 있거라. 아래서 칼날홍위병들이 지켜볼 것이다."

여러 가지 방송 기재들을 차에 실은 지프차는 올 때와는 달리 전조등을 환히 켜고 나발소리를 빵빵 울리며 연변일중으로 돌아왔다.

차안에서 충성은 빼앗은 권총을 꺼내어 총집에서 그 안에 든 권총을 꺼내었다.

　엄청나게 큰 권총이다. 육혈포다. 구라파식 구식권총이었다.

　충성이가 육혈포를 옆구리에 차며 원래 옆구리에 찼던 권총을 꺼내어 차문 밖으로 내던졌다.

　"이놈의 장난감권총 수고했네!"

　"하하하…."

　넷은 통쾌하게 웃음보를 터뜨렸다.

27. 귀를 남겨줘

　무슨 영문인지 의학원 청군은 확성기를 복구하지 않았다. 연변일중에선 의학원으로부터 빼앗아 온 확성기까지 합쳐 공률이 아주 큰 확성기로 방송을 하였다. 아주 후에야 의학원 청군이 작은 공률의 확성기를 내달았지만 다시는 '똥파리 윙윙….'과 같은 풍자 방송은 하지 못하였다.

　"총대에서 정권이 나온다."

　각 파 홍위병들의 방송에서 총대를 운운하기는 해방군이 연변일보에 진입하여 군사 관제를 선포한 후부터였다.

　떠도는 소문에 의하면 청군은 이미 백여 자루의 군용무기를 손아귀에 넣었고 백군도 공기총, 사격총 외 군용보총까지 50여 점의 무기를 가지고 있다는 것이었다.

　그런데 홍군은 지금 충성이가 가지고 있는 육혈포 단 한 자루뿐이었다.

　총싸움은 피할 수 없는 시간상 문제인 듯싶었다. 충성이도 손에 총을 넣을 수 있는 기회를 노리고 있었다.

　노리던 기회가 찾아온 듯싶었다.

　연길역으로부터 한 정거장 떨어진 계동역에 청군의 무장 경위대 한 패가 파견되어 있다는 것이다. 철로를 장악하려는 청군의 목적 같았지만 연길역에 무장대오를 보낸다면 목표가 뚜렷하여 연길역보다 작은 계동역에 무장대오를 붙인 것이었다.

자동보총 10여 자루, 돌격총 5~6자루, 구식3.8식 9.9식 보총까지 20여 자루 군용 무기가 배치되어 있단다. 충성이네는 그 무기를 손에 넣기로 하였다.

60여 명으로 된 요무반란단의 홍위병들이 정호의 지휘하에 도문으로 가는 여객으로 가장하여 가지고 연길역에서 도문으로 향하는 열차에 올라탔다.

열차가 계동역에 도착하여 멈춰섰다. 정차 시간은 2분이었다. 열차가 멈춰서자 무장 요원들이 나와 각 차간 문에 지켜섰다. 이상한 사람들이 내리면 검문하기 위해서였다. 그런데 열차에선 내리는 사람이 없었다. 내리는 사람이 없으니 무장 요원들이 방심을 하고 돌아섰다. 전혀 열차에 대하여 관심을 보이지 않았다.

열차가 서서히 발차하였다. 이때다. 뜻밖에도 각 열차마다에서 여러 명씩 사람들이 뛰어내렸다. 뛰어내린 사람들은 바로 정호가 이끄는 칼날반란대군 홍위병들이었다. 뛰어내린 홍위병들이 몇 사람씩 짝을 짓더니 한 짝씩 무장대원들을 에워쌌다. 그리고는 무장대원들의 목을 죄는 사람은 목을 죄고 팔을 잡는 사람은 팔을 잡고 총을 잡는 사람은 총을 잡았다. 갑자기 들이닥친 공격에 청군의 무장대원들은 속수무책이었다.

대부분 무장대원들이 총을 버리고 투항하였다. 칼이 목에 닿으니 별수 없는 모양이었다. 그런데 단장 정호가 붙잡은 무장대원은 한사코 자기의 돌격총을 품에 끌어안고 놓지 않았다. 마침 정호와 같은 짝을 지었던 홍위병들이 자기들이 빼앗을 총은 여하튼 단장 몫이니 바라지 못하겠으니 다른 짝들의 총이라도 자기 손에 넣을까 정호 곁을 떠난 상태였다.

총을 끌어안은 무장대원과 정호의 일대 일 대결이었다. 권투에 능한

103

정호인지라 혼자라도 문제가 안됐건만 총을 끌어안고 한사코 놓지 않으니 별 뾰족한 수가 없었다.

정호의 머리에 문득 꾀 하나가 생각났다. 불쑥 손을 내밀어 그 무장대원의 귀를 잡았다. 그리고는 손에 든 단도를 귀에 바싹 들이댔다.

"귀를 떼울래? 총을 놓을래?"

어찌나 바싹 단도를 들이댔던지 귀방울에서 피까지 흘러나왔다.

"총을 놓을게. 귀를 남겨줘. 귀가 없으면 어떻게 장가를 들어?"

그제야 그 놈이 총을 놓았다. 총을 빼앗은 정호도 그자의 귀에서 칼을 떼였다. 결국 그 놈은 귀를 살리고 총을 잃었다.

20여 자루의 총이 깡그리 칼날반란대군들 손에 들어왔다.

청군의 후원부대가 도착했을 때는 이미 정호네가 계동역 뒷산 속에 몸을 숨긴 뒤였다.

28. 백군의 도강

각 파 진영에는 점차 무기가 증가되었다. 어디에서 나타난 무기들인지는 알 수 없다. 무기 종류도 가지각색이다. 무기가 많아지니 총소리도 잦았다.

'퐁- 퐁, 탕- 탕, 따따따- 따따-'

무슨 무기들의 소리인지 잘 모르겠다.

'꽝- 꽈르릉-'

수류탄이 터지는 소리도 가끔 울렸다.

요즘 싸움은 여전히 청군과 백군간의 싸움이었다. 백군들 거점이 점차 줄어들고 청군들 거점이 점차 늘어났다.

신화사 전문에 의하면 모주석께서 무산계급 문화대혁명의 주도적 역량은 노동자계급과 빈하중농이라고 하였단다. 상공인은 혁명의 보조자라고도 말씀했단다. 그래서 그런지 노동자가 위주인 청군이 점점 더 기세를 올렸다.

그러나 백군도 완전히 물러앉을 기미를 보이지 않았다. 진짜 백군을 없이 여길 수 없었다. 백군의 역량 중 중심 역량은 제대군인들이다. 중국의 항일전쟁, 해방전쟁에서 연변은 특수공헌을 한 지역이라 말할 수 있었다. 그것은 무엇보다도 전선에 많은 군인을 지원했기 때문이다. 그러니 제대 군인도 많을 수밖에 없다. 그 제대 군인들이 주력이니 이젠 다른 싸움도 아닌 총싸움에서 백군의 역량이 만만치 않을 수밖에 없었다.

청군은 백군을 완전히 연길 시내로부터 몰아낼 의도 같았다. 점점 더 공세가 강해져갔다.

이때 홍군은 상대적으로 평온한 상태였다. 청군을 도와 백군을 치자니 제대 군인들 위주인 백군에게 그렇다 할 죄가 없었다. 그렇다면 백군을 도와 청군을 칠 수도 없었다. 공인계급은 혁명의 주력군이 아닌가?

6월이 지나고 7월이 닥쳐왔다. 7월부터는 연변의 우기다. 장마철이다.

우뢰가 울고 번개가 치면서 소나기가 쏟아졌다. 이런 때를 이용하여 청군은 백군에 총공격을 들이댔다.

백군은 밀려 용정 방향으로 퇴각하기 시작하였다. 연길의 백군이 위태롭다는 소식에 안도, 화룡 쪽 백군들이 지원해왔다. 이리하여 청군과 백군의 백병전은 용정과 투도구 사이에서 일어났다. 청군도 수천 명, 백군도 수천 명이다.

인원수로는 비슷하였지만 장비로 놓고 보면 현저한 차이가 났다.

청군은 수십 대의 차량에 기관총, 돌격총 보총으로 무장했는데 백군은 대부분 도보로 구식 3.8식, 9.9식으로 무장했다. 청군은 차를 몰고 좌충우돌했고 백군은 지형지물을 이용해 반격했다.

날씨도 청군에 유리하고 백군에 불리했다. 소나기가 억수로 퍼부으니 백군은 앞을 분간 못해 헛총질이 많았는데 청군은 기동력이 강해 집중 공격에 유리했다.

백군의 용정-투도방선이 무너지기 시작하였다. 후퇴가 시작되었다. 백군은 팔도하자 골짜기를 따라 개산툰 방향으로 퇴각하기 시작하였다.

개산툰은 연변의 국경 도시다. 두만강을 끼고 건너쪽은 조선이고 이

쪽은 중국이다. 그러니 백군은 조선쪽을 향해 퇴각할 수밖에 없었다.

백군이 두만강 기슭까지 퇴각당했을 때는 밤중이었다. 하루종일 내린 장대비에 두만강이 엄청 불어있었다. 우기가 아니고 가뭄때라면 물이 보통 엉덩이를 넘기지 않을 정도였는데 지금은 아마 키를 넘길 물결이다.

백군은 망설였다. 강을 건너야 되냐? 건너지 말아야 되냐? 천방지축 쫓기는 패잔군들이라 온전한 지휘자도 없었다.

그러나 청군은 차를 몰고 총을 쏘며 바싹 더 공세를 들이댔다. 청군도 백군이 강을 건너지 못할 거라고 생각하였다. 강 너머는 수정주의 조선이다. 그래도 중국의 당당한 제대군인 혁명가인데 수정주의 국가에는 못 넘어가겠지, 투항만이 그들의 유일한 길일 것이다.

'뚜르르, 뚜뚜-'

기관총이 울부짖었다.

따따따, 따따-'

돌격총도 울었다.

누가 먼저라 없이 백군들이 강에 들어서기 시작하였다. 총소리도 멈췄다. 자동차도 멈췄다. 청군도 더는 총을 쏠 수 없었다.

상대방 국가가 수정주의라고는 하지만 양국이 전쟁상태가 아닌 이상 상대방 국가를 향해 총을 쏠 수는 없었다.

이처럼 청군은 백군을 완전 섬멸하였다.

29. 8월 폭란

날이 밝았다. 광풍도 멎고 소나기도 멎었다. 수백 명 백군이 두만강을 건너 조선측 백사장에 쓰러져 있었다. 얼마나 강물에 들어섰는지는 모르나 강을 건너온 백군은 수백 명에 달한다.

승리한 청군도 철퇴를 한 모양이다. 두만강의 중국 측도 조용하다. 조선 측 두만강 강언덕에는 총을 든 군인들이 줄지어 서있었다. 밤사이 강물도 퍽 줄어든 것 같다.

강에 들어설 때와 마찬가지로 누가 먼저랄 없이 백군들이 다시 강물에 들어서기 시작하였다.

역시 중국인민해방군 군인다웠고 중국인민지원군 군인다웠다. 그 수백 명 백군은 한사람도 남김없이 다시 두만강을 건너 중국으로 돌아왔다.

그 후 며칠 사이 중조변경과 연길시는 관사관제 지구로 넘어갔다. 무장한 군인들이 여기저기서 검문을 한다. 모든 지역에 경계가 삼엄하다.

이게 바로 연변의 '8월폭란'이다

소위 폭란 후 연길에는 백군이 소멸되고 청군과 홍군이 대치하는 전국으로 변해졌다.

청군이 백군의 거점을 차지하여 하남가 공장구역, 하북가 공상구역 모두를 차지했고 공원가 대학구역과 북산가 학교구역만을 여전히 홍군이 차지하고 있었다. 그때 사람들은 홍군을 일명 노반란파라 했고 청군을 일명 신반란파라 하였다. 청군은 다시 의학원에 고성능 확성기를 달았다. 홍군도 연변일중 확성기의 성능을 한 급 제고시켰다.

"백군은 철두철미한 반혁명 집단이다."

"8월폭란의 주모자를 타도하자!"

"백군은 당을 배반하고 조국을 배반했다."

"백군의 잔당을 철저히 숙청하자!"

청군의 확성기가 밤낮없이 울려댔다.

그런데 홍군 확성기에선 오히려 이상한 방송이 흘러나왔다.

"낮에 낮에나 밤에 밤에나 모주석만 생각한다네. 모주석은 영명하다네, 위대하다네, 그이는 언제나 백성들 편이라네… 우리는 오매에도 그이만 믿는다네."

노랫소리다. 정강산투쟁 때 가난한 백성들이 모주석을 생각하며 불렀다는 노래이다.

홍군이 이런 노래로 청군의 방송을 응대한다는 건 그들의 방송에 대한 일종 반격이었다.

홍군은 청군이 백군에 대한 진압을 일종 음모라고 생각하였으며 당 중앙과 모주석이 언제든 시비를 가려줄 것이라고 생각하였다. 홍군과 청군의 관계는 이처럼 격화되어 가기 시작하였다.

30. 수술

화공전으로 건물 절반이 타버린 시립 병원에서 폐절개 수술이 진행
되고 있었다. A형 혈액 부족으로 수술실 한 켠에는 수혈을 대기하고
있는 사람들이 줄을 서서 웅성거리고 있었다. 수술 환자는 백군의 한
전사였다. 바로 영홍의 아버지였다.

청군의 마지막 총공세가 벌어져 연길시의 백군 거점이 거의 모두 함
락이 되었다.

제일 마지막 거점으로 시 중심의 4층 건물 복무청사가 공격을 받고
있었다.

사면으로부터 화염병이 날아들었고 창문마다에 불이 달려 거센 불
길을 내뿜고 있었다. 바로 이 건물에서 영홍의 아버지가 마지막 백군
의 거점을 고수하고 있었던 것이다.

해남도 해방전쟁에서 특등공을 세우면서 다리를 부상당한 그였건만
그래도 다리를 절룩거리며 이리저리 나머지 사람들을 퇴각시키느라
분주히 보내고 있었다. 이제 더 버티다간 사상자가 더 날줄 알고 지휘
부로부터 이미 퇴각 명령을 받은 상태였다.

영홍의 아버지는 40을 넘겨 50을 바라보는 중년의 사나이로 문화혁
명전 전기 기계공장의 용접공이었다.

불타는 복무대루를 겨우 빠져나와 원 식료품 상점 담벽까지 기어왔
을 때다. 화염병 하나가 날아와 식료품 상점 담벽에 부딪쳤다. 삽시에
주위는 불바다로 변했다. 상점에도 불이 달렸다. 그는 무작정 담벽 밑

에 엎드렸다. 옷에 불이 달린 것도 몰랐다. 얼마나 지났는지 주위가 조용한 듯싶었다. 그러더니 사람의 말소리가 들려왔다.

"죽지 않았어, 죽은 시늉을 하고 있어!"

이어 누가 목덜미를 잡아일으켰다.

"백군이 틀림없어."

"두목인가 봐, 아직도 죽지 않고 견딘걸 보면⋯."

"이놈의 손 봐, 장알이 제 격인데."

"팔은 상처투성이야!"

"잡아갈까?"

"잡아가긴 어디로?"

"깔겨버려, 살려두면 후환이 될 걸."

"땅--"

총소리가 울렸다.

영홍의 아버지는 해남도 해방전쟁 때 적을 향해 돌진하다 다리에 총 상을 입고 쓰러지던 기억을 되살리다가 정신을 잃고 까무라치고 말았다.

목덜미를 뚫은 탄알이 심장을 비껴 폐를 관통하고 웅크리고 앉은 정 갱이까지 관통한 것이었다.

폐수술은 탄알이 폐를 관통할 때 남긴 파편 때문이었다. 그 파편 때 문에 지혈이 되지 않고 있었던 것이다.

전쟁터를 수습하던 위생학교의 홍군 홍위병에게 구조되어 시립병원 에 온 후로 지금껏 의식을 회복 못하고 있었다.

충성이가 영홍이와 같이 달려왔을 때 마침 영홍의 큰 언니가 수혈을 끝내고 둘째 언니가 수혈하고 있었다. 모두 충성이가 처음 보는 사람 들이다. 그러나 영홍이와 닮았으므로 대뜸 알아볼 수 있었다. 넋을 잃고 앉아 흐느끼고 있는 여인이 영홍이의 어머니인가 보다. 역시 딸들처럼 이쁜 얼굴이다.

이어 영홍이가 수혈을 받았다. 영홍이의 어머니는 혈액형이 다른 관계로 수혈이 안 되는 모양이었다.

"많이, 많이 뽑아요! 아버지가 죽으면 안돼요!"

영홍이가 애원하였다.

영홍이의 수혈이 끝나자 충성이도 무작정 팔을 걷어붙이고 달려들었다.

"혈액형이 뭐요?"

"O형인데요!"

"O형도 괜찮네만, 군인 구조대가 온다니 좀 기다려 봅시다,"

"환자가 위급하니 빨리 뽑읍시다!"

의사가 말리거나 말거나 충성이는 물러서려 하지않았다. 마침 군인 구조대인 듯한 군인 몇이 나타났다.

"모두 A형입니다. 금방 군의료대에서 검사하였습니다."

그제야 충성이는 그 군인 구조대에 자리를 내주었다.

그날 저녁 영홍이의 아버지는 혼미상태에서 깨어났고 그 이튿날 아침에 퇴원하였다. 불탄 병원이라 환자가 입원해 있을 병실이 없었기 때문이었다.

31. 총격 맞은 시위대

　오늘은 8월 8일이다. 모주석께서 제일 첫 번째 대자보를 써 무산계급 문화대혁명을 일으킨 바로 그날이다. 공원가에 자리 잡은 대학가에서 확성기 소리가 요란하다.

　자세히 들어보니 확성기에선 오후 1시부터 대학의 홍위병들이 시위행진으로 8월 8일을 기념한다는 것이었다. 시위 행렬은 2천여 명으로 될 것이며 공원 대학가로부터 출발하여 하북 공상거리를 거쳐 하남다리를 건널 것이며 하남거리까지 행진을 하고 다시 공원 대학가로 돌아올 것이라고 하였다.

　대학으로 말한다면 그때는 변강대학 하나밖에 연변에 없었다. 의학원, 농학원도 있었지만 대학보다는 반급 낮은 학원이었다. 대학의 홍위병들은 모두 25, 6세에 가까웠고 필업과 동시에 공작터가 기다리고 있었기에 행동상에서 매우 주의하는 편이었다. 대부분 홍군편 홍위병이었건만 처음부터 밀치기도 피하였고 투석전도 하지 않았으며 화공전도 하지 않았다. 총, 포와 같은 무기와는 더욱 거리를 두었다. 그러나 북경과 대 도시의 소식이 빨랐고 당중앙과 모주석의 지시를 접수하는 데는 노동자, 공상인보다, 중학생 홍위병들보다도 더 빠르고 정확하였다.

　그러므로 홍색의 주도적 역할은 그들 대신 중학교 학생들인 칼날반란대군이 맡아하였다.

　그런데 이번은 달랐다. 가두 시위행진을 해본 적이 없는 대학생들이 주동적으로 나섰다.

시위행진도 시위행진이겠지만 그 위치가 더욱 걱정이 되었다. 모두 청군이 차지하고 있는 거리다.

정확히 오후 1시가 되니 시위대가 대학교 교문을 나와 곧추 공원교로 향하였다. 공원교는 그들이 시가지 중심인 하북가로 가는 필수 도경이기도 했고 유일한 도경이기도 했다. 근 2,000여 명의 대학생들이 가지각색 현수막과 깃발을 들고 구호소리 드높게 호호당당 흘러나왔다.

"모주석의 첫 번째 대자보 발표 일주년을 경축한다."

"무산계급 문화대혁명 만세!"

"무산계급 혁명노선 만세!"

그런데 색다른 구호 소리도 섞여 들렸다.

"문투를 옹호하고 무투를 반대하자."

"폭란이란 속임수다. 연변 인민에게 폭란의 죄를 씌우려는 음모를 견결히 배격하자!"

첫 번째로 듣는 구호다. 구경 나온 시민들이 박수갈채를 보냈다.

"옳소!"

어떤 시민들은 큰 소리로 맞장구를 쳤다.

시위대오가 공원다리에 들어섰을 때다. 청군의 무장대오가 앞을 가로막았다.

서너 대의 트럭에 총을 멘 무장대가 탔는데 그 트럭들이 시위대를 가로막은 것이다.

트럭에는 모두 기관총이 걸려있었다.

"다리를 건너려면 모든 현수막과 깃발을 버리고 건너라. 현수막과 깃발은 무기가 될 수 있다."

문제가 될 만도 했다. 맨 앞에 선 시위대가 든 현수막에는 '폭란이란 속임수다. 소위 폭란을 견결히 배격하자!'라고 씌어 있었다.

정치에 민감한 대학생들이 작심이나 한 듯 연변 주 씨름대회에서 일 등하여 소까지 탄 거구의 학생 마일동과 같은 그처럼 체구가 웅장한 체육계 학생들더러 그 현수막을 들게 하였다.

어떤 현수막을 든 시위대에서는

"우리의 자유다. 물러서라, 물러서지 않으면 우리는 시위를 강행할 수밖에 없다."

시위대는 좀처럼 물러서려 하지 않았다.

"결심을 내리고 죽음을 겁나하지 않으며 만난을 박차고 승리를 쟁취 하자!"

연변대학의 고음 확성기에서 노랫소리가 울려나왔다.

체육계의 힘장사들이 모주석 만세소리 드높게 청색 무장대 트럭 앞 으로 돌진해 들어갔다.

기관총소리가 울린 건 바로 이때였다.

'따따따, 따따따—'

기관총알이 돌진하는 시위대 앞에 작렬했다.

총까지 쏘리라고는 전혀 생각지도 못했던 시위대인지라 주춤주춤 돌진을 멈추었다.

"목숨으로 모주석과 당중앙을 보위하자!"

"무산계급 혁명노선을 위하여 목숨인들 못바치랴!"

앞에 섰던 시위대가 돌진을 멈추건 말건 뒤따르던 시위대는 계속 앞 으로 돌진했다.

'따따따, 따따—'

'따르르, 따르르—'

또다시 기관총소리가 울렸다. 여러 개의 돌격총소리까지 함께 울렸다.

맨 앞에 섰던 씨름 장군 마일동이 꺼꾸러지더니 이어 체육계의 거장들이 꺼꾸러지기 시작하였다.

처음엔 청군이 경고사격을 하여 시위를 막으려 했으나 그것이 효력을 잃자 정식 조준사격을 들이댄 것이다.

"홍군도 폭란에 가담했다. 모두 일떠나 반혁명 폭란을 짓부수자!"

조용해 있던 청군의 확성기도 울부짖기 시작하였다. 모든 청군무장대가 총을 쏴대기 시작한 것이다. 대부분 시위대를 조준하지 않고 허공중에 총을 쏘았지만 그 기세가 하늘을 찌를 듯하였다.

시위대는 샅샅이 흩어졌다.

홍군 대학생 홍위병들이 학교에 후퇴하여 점검해보니 20여 명이 총상을 당했고 마일동을 비롯한 3명이 사망하였다.

32. 홍청대결

　시위대에 대한 총격은 표면화까지는 되지 않았던 홍군과 청군의 대결을 전격 표면화시켰다.
　대결의 초점은 백군의 도강을 폭란으로 보는가 보지 않는가 하는 문제였다.
　또한 총격사건은 홍군 내부의 분쟁도 가속화시켰다. 충성을 대표로 하는 중학생 홍위병들은 무력대 무력으로 청군과 투쟁하여야 된다고 주장하였고 변강대학을 위수로 하는 대학파 홍위병들은 반드시 청군과 견결한 투쟁을 벌여야 하지만 무투가 아닌 문투로 투쟁하여야 한다고 주장하였다.
　북산가 연변일중에서 흘러나오는 방송소리를 들어봐도 알 수 있다.

　　　고통받고 버림받는 무산대중아
　　　최후 격전의 순간이 닥쳐왔다.
　　　인터나쇼날 주의는 꼭 실현될 것이다.

　이것은 연변일중 방송인데 변강대학 방송은 다르다.

　　　정책과 책략은 우리에 생명이다.
　　　혁명적 반란파는 모주석의 정책과
　　　책략을 떠날 수 없다!

총대에서 정권이 나온다.
결심을 내리고 죽음을 두려워하지 말고
승리를 향해 돌진하자!

이것이 연변일중 중학생 방송이라면

문투를 제창하고 무투를 반대한다.
모주석과 당중앙을 믿으라.

이것이 변강대학 대학생들의 방송이다.

변강대학이 어떤 관점이든 관계찮고 연변일중은 그 행보 그대로 발걸음만 재촉하였다.

칼날의 거점속에 연변 예술학교가 있었는데 무투에 연약한 예술학교 홍위병들이 경계심을 잃고 있는 사이 청군 무장대 한 개 연이 숙소 건물을 점령했다. 이렇게 되어 북산가 홍군 구역에 청군 거점 하나가 생겨났다. 이것이 칼날에게는 눈에 든 가시처럼 보이지 않을 수 없었다.

충성은 마침내 그 거점을 소멸해버리려는 결심을 내리게 되었다. 영홍이네 홍위병 예술단 애들과도 같이 어리고 사랑스러운 애들이 청군의 행패로 숙소에서 쫓겨나는 것을 보고만 있을 수 없었던 것이다.

충성은 원래 이번 임무를 정호네 요무반란단에 맡기려 했지만 이혁이 이번 임무는 반드시 자기네가 맡아야 한다고 억지다짐을 부리는 바람에 풍뢰반란단에 그 임무가 맡겨졌다.

정호네도 자기네 무장이 이혁이보다 나은 것이 마음에 걸려 양보하였다.

이혁은 30여 명 대원들에 기관총 두 자루, 돌격총 10자루, 수류탄 100여 개 그리고 20여 대 자동보총으로 전부 무장하고 저녁 10시 공격시간만을 기다리고 있었다.

밤 10시가 되었다. 이혁은 30여 명의 무장부대를 거느리고 예술학교 숙소를 향해 포복전진하였다.

'꽈르룽- 꽝'

예술학교 숙소와 20여 미터 사이 둔 목표에까지 돌진해왔을 때 문득 폭발소리가 들려왔다.

지뢰 폭발소리였다.

홍군의 포위 속에 있어 어느 때든 꼭 기습을 당할 수 있을 것이라 믿은 청군이 암암리에 지뢰까지 설치해놓고 있었던 것이다. 전날 이미 여러 번 정찰하여 습격 진로는 파악해 놓았으나 지뢰까지는 탐지 못하였다. 누가 지뢰선을 건드린 것이었다.

일단 대오는 납작 엎드려 지뢰의 습격을 피하였다.

'따따따- 따따--'

'퐁퐁--'

탐조등이 비쳐오더니 기관총소리와 보총소리가 울려 퍼졌다.

총알이 빗발친다. 허나 총알은 목표가 뚜렷하지 못하였다. 아직까지는 이혁이네를 발견하지 못한 것 같다.

"탐조등을 부셔라!"

이혁이 명령했다.

'따따따- 따따--'

'따르르, 따르르,'

기관총과 돌격총이 동시에 탐조등을 향해 사격하였다.

탐조등이 꺼졌다. 허나 청군의 총탄은 오히려 더 정확히 이혁이네를 향해 쏘아왔다.

"돌격!"

돌격명령이 떨어졌다. 그러자 먼저 수류탄 묶음을 안은 대원 셋이 앞으로 뛰쳐나갔다.

"엄호 사격!"

기관총, 돌격총, 보총소리가 한데 어울려 뭐가 뭔지 모르게 총소리가 요란했다.

쏜살같이 돌진하던 대원 하나가 폴싹 앞으로 꺼꾸러졌다. 나머지 두 대원도 땅에 납작 엎드렸다.

"뿌려라!"

누가 소리 질렀는지는 모르나 그 소리가 떨어지기 바삐 수류탄이 빗발치듯 날아갔다.

대다수 수류탄이 숙소 건물 벽에 맞았다. 그러나 숙소 벽은 무너지지 않고 수류탄이 숙소 벽쪽에서 작렬했다. 모두들 처음 뿌려보는 수류탄이고 처음 쏘는 총이라 뭐가 뭔지 몰랐다.

숙소 담벽 앞에 먼저 쓰러진 것은 한철이었다. 변강대학 씨름장군 마일동과 화룡 한 마을에서 자란 한철은 자기 마을 형의 원수를 갚는다며 결사코 폭파조에 가담한 것이었다.

동료들이 뿌린 수류탄이 벽에 맞아 되레 자기에게로 굴러온다. 이미 다리에 총상을 맞은 듯하지만 그는 정신을 바짝 가다듬어 굴러오는 수류탄을 다시 주어 뿌렸다.

'꽝―'

희미한 폭발소리를 들으며 한철은 정신을 잃었다.

자정쯤 전투는 끝났다.

청군이 진지를 버리고 도망쳤다.

홍군이 승리하였다.

다행이도 사망자는 없었다.

한철이만이 수류탄 파편에 맞아 전신 모두가 만신창이 되었다. 그것도 다리를 스친 총알 하나만이 청군의 것이고 나머지 파편 모두는 자기편의 수류탄이 터진 것이었다.

33. 충성이를 향한 총격

참말 오랜만에 충성이와 영홍은 마주 앉게 되었다. 너무나 많은 일
들이 발생했고 그 일들에 대처하느라 충성은 충성이대로 영홍은 영홍
이대로 바삐 돌아쳤기 때문이었다.

"오빠, 청군 무장대가 오빠를 벼르고 있대요."

"어떻게…."

"거야 모르지요…, 그러니 오빠가 항상 주의하란 말이예요."

참말 충성은 청군의 목표가 된 듯싶었다.

청군 확성기는 변강대학 대학생 홍위병들이 아니라 연변일중 중학
생 홍위병들에 대한 선전 공세를 퍼붓고 있었다. 완고분자의 앞길은
죽음뿐이라는 것이다. 완고분자의 두목인 충성의 이름을 딱 찍어 방송
하기도 했다.

수하 단장들의 건의로 사무실마저 여러 번 바꾸었건만 그래도 영홍
은 안심할 수 없는 모양이었다.

"형세는 갈수록 복잡하게 번져나가고 있어. 앞으로 어떠한 국면이든
발생할 수 있어. 그러니 넌 더욱 주의해야 돼, 알았지?"

충성이는 되려 영홍이가 염려되는 모양이었다.

'땅- 땅--'

난데없이 총소리가 들려왔다.

'퐁--'

이어 자동보총 소리인 듯 아츠러운 총소리가 울리더니 무엇이 충성

의 귀밑머리를 스쳐지나는 듯싶었다.

충성의 맞은쪽 벽에서 커다란 거울이 박살났다. 영홍이가 깜짝 놀라
납짝 책상에 엎드렸다.

"눈 먼 총알이야."

충성이가 죽은 듯 납짝 엎드린 영홍이를 바라보며 되뇌었다.

'퐁- 퐁-'

뒤이어 연속 두 발의 총알이 날아왔다.

이번엔 책상 위의 탁상등이 부서졌고 벽에 걸렸던 돌격총 한 자루까
지 땅에 떨어졌다.

정호도 이혁도 박철이도 달려왔다.

"뭐야, 다친데 없어?"

정호가 충성을 살펴보며 물었다.

"완전히 조준사격이야!"

이혁도 박철이도 떠들었다.

그제야 영홍이가 머리를 들어 창문을 가리키며 소리질렀다.

"오빠들 봐요. 총알 자리가 저런가요?"

영홍이가 가리키는 유리창문을 보니 유리창에 가지런히 구멍 세 개
가 나 있었다. 구멍 크기가 자동보총 탄알 두께의 크기다. 그 탄알들이
모두 충성을 향해 날아왔던 것이다.

영홍이가 왔기에 자리를 좀 바꿔 앉았으니 말이지 원 자리 원 자세
였다면 틀림없이 충성이가 총탄에 명중되었을 것이다.

"당장 사무실을 바꿔!"

"이번엔 다른 건물로 옮겨!"

단장들이 떠들어댔다.

사무실은 즉시로 옮겨졌다.

정호가 이미 봐둔 자리인데 연변 일중과 연변 이중 사이에 있는 교직원 숙소다. 3층 건물인데 2층에서 한 칸을 택했는데 그 칸은 지하 통로와 연결되어 있었고 그 연결 통로는 또한 학교 본 건물과 연계되어 있었다.

비밀을 보존하기 위하여 몇몇 단장들과 영홍이만이 직접 이사를 도왔다.

침실에는 침대를 놓아 사무도 보고 침식도 직접 할 수 있도록 하였고 소파 여러 개를 놓아 회의도 할 수 있도록 하였다.

무기에 익숙한 정호의 말에 의하면 충성을 겨냥해 쏘아온 총은 65식 자동10연발 보총으로 지금 군에서 쓰는 자동보총 중 가장 성능이 우수한 총이란다.

다른 총은 유리에 쏘면 유리가 산산 조각으로 박살이 나지만 이 총은 유리 파손이 없이 유리를 관통한다는 것이었다.

이는 이미 홍군파 주력인 칼날반란대군과 그 군장 충성이가 청군의 주요 제거 대상이고 그 제거 계획이 이미 세밀하게 진행이 되고 있다는 설명이다.

이사가 끝나니 이미 저녁해가 기울었고 저녁식사까지 마치니 저녁이 되어 어둑어둑하였다.

충성이와 같이 저녁식사를 하였고 충성이한테로 온 지도 이미 한나절이 되었건만 홍영이는 아직도 새로 이사온 충성의 방에 눌러앉아 떠날 생각을 하지 않았다.

"이젠 가야지."

충성이가 재촉하였다.

"못가, 안가."

"왜?"

"총알이 또 날아올 것 같아."

"그럼 더 빨리 자리를 떠야지."

"오빠 혼자만 두고?"

"그럼 오빠 데리고 네 침실로 가려고?"

"아니…."

겨우 겨우 영홍이를 달래 보내놓고 충성이가 침대에 이불을 풀어놓고 누우려던 참이었다.

똑-똑- 가볍게 문 두드리는 소리가 들려왔다.

"누구기에?"

충성이가 문의 안전장치를 풀고 살며시 문을 열자 영홍이가 충성이의 겨드랑이 밑으로 쏘르륵 흘러들어왔다.

"나도 여기서 자면 안돼?"

영홍이가 울상을 해가지고 말하였다.

"안돼."

충성이가 딱 잘라 말했다.

"그럼 오빠 잠드는걸 보고 돌아갈래."

이렇게 말하며 영홍이는 입은 옷 그대로 충성이의 침대에 드러누웠다. 참말로 방법이 없었다.

눕자마자 영홍인 새르릉 새르릉 코까지 골며 잠들었다. 신발을 벗기고 베개를 다시 베워 영홍이를 바로 눕힌 후 이것저것 정리하며 한식경이나 기다려도 영홍이는 잠에서 깨어나질 않았다. 잠이 든 영홍이를 충성이는 물끄러미 내려다보았다.

일 년 사이 퍽 숙성한 영홍이다.

언제나처럼 여전히 단발머리 초록색 군복 차림이었건만 동그스름하던 얼굴이 좀 갸름해졌고 가슴과 엉덩이가 그전보다는 좀 더 푸짐해보였다.

'이젠 열여섯 살인가?'

충성인 자기 말처럼 중얼거리며 걸친 옷 그대로 살며시 영홍이의 옆에 드러누웠다. 그리고는 손을 펴 영홍이를 감싸안았다.

그러자 잠자는 듯하던 영홍이의 두 눈에서 주루룩 두 가닥 눈물이 흘러내렸다.

34. 대변론

소위 폭란 진압 이후 청군 세력은 점점 더 확장돼 나갔다. 군사관제 사령부도 청군에 대한 지지를 대폭 확대하는 것 같았다. 두만강지구의 변방 관제는 점차 청군에 이양되는 듯 싶더니 관제부대는 점차 철거하기 시작했다. 그 대신 각 현 시 청군 세력에겐 무기가 분배되기 시작하였다. 현대식 군장비는 아니지만 비교적 구전한 군장비다. 바로 연변 군분구 산하 민병장비였는데 그 장비가 청군에 분배되는 듯싶었다.

그 바람에 연길시를 제외한 각 현 시는 완전히 청군의 세력 범위에 들어갔다. 그래도 연길시 공원가 대학지붕에 달린 확성기에선 여전히 애처로운 노랫소리만 흘러나온다.

> 머리를 들어 북두성만 바라본다네.
> 마음속으론 모주석을 그리고 또 그린다네
> 낮에 낮에나 밤에 밤에나…

변강대학 홍군 대학생 홍위병들이 상소문을 들고 북경에 갔단다. 당중앙과 중앙문협 그리고 우리네 수령 모주석은 변강 인민을 이대로 놔둘 수 없을 것이란 것이다. 바로 사람들을 파견하여 폭란의 모자를 벗길 것이며 홍군을 진정한 반란파라고 인정할 것이다. 이것이 대학생 홍위병들의 생각이었다.

허나 충성이의 생각은 달랐다. 진리는 투쟁 중에서 검증될 것이며 진리를 고수하는 유일한 무기는 투쟁이라고 생각하였다.

> 진군이다, 진군. 우리에 대오는 진군한다.
> 해방을 위하여, 새 중국을 위하여
> 태양을 향하여, 붉은 태양을 향하여
> 힘차게 적진을 향하여 진군한다.

변강대학 대학생 홍위병들더러 정신을 차리라고 연변일중 확성기는 의용군 행진곡을 연속 우렁차게 방송한다. 참말로 정신을 차려야 할 일들이 발생하고 있었다. 중앙군위의 명의로 연변 군사관제 사령부가 표창을 받았다. 당중앙과 군위의 명령에 따라 변강을 잘 보위하여 연변 인민의 애대를 받는다는 것이었다.

표창문은 신화사 전문으로 한 번 또 한 번 연속 방송되었고 또한 청군의 확성기로 끊임없이 중계 방송되었다.

참말로 당중앙과 중앙문협 그리고 중앙군위가 연변의 백군 도강사건을 폭란으로 규정하고 그를 조작한 청군을 지지하고 그를 동정하는 홍군을 폭란의 추종자로 몰아가는 것이었다.

충성이의 제의로 연변대학의 대 강당에서 변론회가 벌어졌다. 변론 내용은 이제 홍군은 어떻게 해야 하냐는 문제였다. 대변론은 대학파 홍위병들과 중학생파 홍위병의 대결로 진행되었다.

강당에 오른 충성이가 외쳤다.

"총대는 총대로…."

"무력은 무력으로…."

"착오적인 것은 치지 않으면 물러나지 않을 것이며 철저한 대항과 투쟁만이 우리의 전도다."

그러나 대학파 홍위병들은 달랐다.

"인민들 사이의 모순은 인민내부 모순이다."

"인민 내부 모순은 인민 내부에서 평화적 방법으로 해결하여야 한다."

"무력은 안 된다."

"무장도 안 된다."

"무력과 무장은 해방군만의 권리다."

"무력과 무장에는 도전할 수 없다."

대학생 홍위병들의 무기력한 발언에 충성은 격분하여 외쳤다

"모주석의 홍위병은 두려울 것이 없다."

"모주석의 지시에 어긋나는 지시라면 당중앙도, 중앙군위도, 중앙문협도 두렵지 않다. 중앙에 중앙이 있고 군위에 군위가 있을 수 있으며 중앙문협에 또 다른 중앙 문협이 있을 수도 있다. 우리에겐 타협이란 있을 수 없으며 오직 투쟁과 반란만이 전도이다. 우리는 누구든 모주석의 지시에 어긋나는 일을 한다면 반란할 것이다."

변론은 격렬했지만 누구도 누구를 설복할 수 없었다. 그러나 대학생이나 중학생 모두가 더 엄중한 시련이 닥쳐올 것이라고 똑같이 예견하였다.

35. 군분구 습격

충성이네는 북경이 연변에 대한 태도에 강경하게 맞서기로 하였다. 청군과 군부가 아직 홍군에 대해 감히 보수파 홍위병이라 지적 못하고 얼떠름한 태도를 취하고 있는 점을 이용하기로 하였다.

늦가을이 지나가고 초겨울을 맞는 어느 날 저녁이었다. 정호가 이끄는 칼날반란대군 요무반란단 500여 명 홍위병이 급시에 연변 군사관제위원회 사무실이 있는 연변 군분구 사령부 청사를 포위하였다.

그 어떠한 무기도 소지하지 않은 초록색 홍위병 차림의 홍위병들이었다.

중국 인민해방군은 두 개 부문의 무장 역량으로 구성되었다. 하나는 주로 대외 침략에 대응하는 야전군이고 또 다른 하나는 변방 그리고 지방 민병 역량을 통제하는 지방군이다. 전국 지구급 이상 성시에는 야전군과 지방군이 동시 주둔한다. 연길시도 마찬가지다. 야전군은 하남가에 사령부를 두었고 지방군은 북산가에 사령부를 두었다. 평소 야전군은 지방 사무에 크게 간섭하지 않으나 지방군은 그 지방의 행정수장과 군수장이 동시책임을 진 지도체제로 있으므로 지방군 바로 군분구가 지방 사무에 관여한다. 그리하여 연변 군사관제위원회 역시 연변 군분구가 책임을 맡은 것이다.

충성이네는 전부 무장한 풍뢰반란단과 8.1반란단 1,000여 명으로 청군과 홍군의 경계선을 봉쇄했고 전부 무장이라 했지만 실질적으로는 적지 않은 홍위병들은 칼과 창 그리고 돌주머니를 메었다. 군분구가 바로 홍색구역인 북산가에 위치해 있었으므로 경계선 봉쇄와 포위가 순조로웠다.

학교는 문투반란단이 수위하고 있었다.

군분구를 포위한 정호네가 구호를 외쳐댔다.

"군분구 사령원은 빨리 홍군의 홍위병 대표들을 접견하라!"

"우리 홍군에게도 무기를 달라!"

바로 그것이 홍군이 군분구를 포위한 명분이었다.

"우리 홍군에게만 무기를 발급하지 않고 계속적인 고립정책을 고취한다면 우리는 곧 북경에 가서 중앙군위에 무장을 요구할 것이다."

군분구 포위가 이미 1시간가량 진행되었건만 군분구 내부에서는 가타부타 아무런 반응도 보이지 않았다.

30여 명 전부 무장한 군인들이 굳게 대문을 지키고 섰을 뿐이다. 그러나 아무런 무기도 가지지 않고 구호만 외치는 홍위병들을 어찌한단 말인가? 무력대응을 한다 해도 이긴다는 승산이 없었다. 군분구엔 평소부터 한개 연의 군인들만 경위했고 그 군인들도 경무기 외엔 중무기가 없었다. 이러한 정황은 이미 충성이네가 모두 장악하고 있었던 터였다.

한 시간 후부터 홍위병들이 움직이기 시작하였다. 군인들이 지켜선 대문을 포기하고 담장을 뛰어넘기 시작한 것이다. 담을 넘은 홍위병들이 처음엔 몇 십 명에 불과하더니 이젠 점점 늘어나 100여 명이 넘는다.

대문만 지키고 섰던 군인들이 담을 넘는 홍위병들을 보고만 있을 수 없었던 모양이었다. 일부가 대문을 버리고 담장을 넘는 홍위병을 막으려고 담장 쪽으로 달려갔다.

대문 쪽의 군인 역량이 적어지니 이번엔 대문 쪽에 몰려있던 홍위병들이 우싸우싸 대문을 밀기 시작하였다. 철대문이라 해도 수십 명이 힘껏 미니 대문기둥이 기울며 끝내 문이 열렸다. 그러자 대문으로 홍위병들이 몰려들어왔다.

총을 쥔 군인들과 맨손의 홍위병들이 뒤엉켜 난장판이 벌어졌다. 사무실을 지키던 군인들까지 모두 뛰쳐나왔건만 겨우 백여 명밖에 안 되었다. 군인들이 총으로 홍위병을 밀치니 홍위병들도 할 수 없이 군인들에게서 총을 빼앗기 시작하였다. 군인들이 난처해졌다. 총을 빼앗겨도 총을 쏠 수 없었다. 군인들 규정상 명령이 없으면 총을 쏠 수 없었고 또한 그 판국에 누가 감히 적수공권인 홍위병들에게 총을 쏘라고 명령한단 말인가?

또 한 시간가량 흘렀다. 이때 이미 100여 자루의 총이 거의 모두가 홍위병들 손에 들어왔다. 군인들이 철거하기 시작했다. 100대 500이다. 빈손이 된 군인들이 수백이나 되는 홍위병과 밀치기로는 어쩌는 방법이 없었던 모양이다.

'땅- 땅- 땅'

바로 이때다 총소리가 울렸다.

정호네 요무반란단더러 철거하라는 신호였다. 청군과 홍군 경계지역에서 경계를 맞고 있던 이혁이와 박철네가 보내온 신호였다.

'따르릉- 후르릉--'

이어 자동차소리인지 탱크소리인지 어쨌든 군용차량소리가 들려왔다. 야전군 사령부 쪽에 탱크가 나타났다.

먼저 군분구에 농성을 갔던 정호네가 철거했다. 이어 풍뢰와 8.1도 철거했다. 철거가 끝난 후 점검해보니 사망도 부상도 없었다. 많아진 건 돌격총, 보총, 권총 등 갖가지 무기 150여 자루다. 철거가 시작되니 홍위병들은 군분구 내 사령부에까지 들어가 모든 무장을 몰수해왔다.

36. 특파원

칼날반란대군의 군분구 습격은 연변에서의 또 하나의 엄청난 사건이었다. 모두들 조마조마한 마음으로 그 후폭풍을 기다리고 있었다. 그런데 이틀이 지나도 아무런 반응도 보이지 않는다. 이상한 일이 아닐 수 없었다. 제일 초조하게 그 반응을 기다리는 건 충성이었다. 그 반응에 따라 충성이네의 다음 보조가 진행되기로 되어 있었던 것이기 때문이다.

마침내 사흘째 되던 날 반응이 나타났다. 그러나 그 반응은 이상하게도 군부도 청군도 아닌 홍군 본신 변강대학에서 나타났다.

변강대학 홍군 지도부에서 충성이를 부르는 것이었다.

충성이가 곧바로 변강대학에로 달려갔다.

빼앗아온 무기를 반납하자는 제의였다.

그러한 제의를 하면서 이 제의는 그들의 제의기도 하고 상급의 부탁이기도 하다고 말하였다. 그러나 상급이 누구냐는 충성의 질문에는 입을 딱 다물고 대답을 하지 않았다.

충성은 당연히 거절하였다. 형님 홍위병들이 동생 홍위병들이 무슨 생각을 하고 있는지도 모르며 간섭하련다고 조소하듯 싱긋 웃어버리고 돌아왔다.

그런데 또 이상한 반응이 나타났다. 이번에도 바라고 있는 군부도 청군도 아니다.

할빈 군정대학 8.8홍색반란단 대표부로부터 충성이에게 면담을 요

구해왔다.

할빈 군정대학은 중앙 군위직속 군사대학이다. 당중앙에서 중국인민해방군 현대화 장비를 개발하기 위해 세운 군사 공정 기술대학이다.

중국인민해방군의 핵무기, 미사일기술 개발을 모두 이 학교가 책임지고 있었던 것이다. 이 학교의 이러한 중요성으로 하여 이 학교에는 중국 당과 정부의 고위급 인사들의 자녀들이 많이 입학하여 공부하고 있다고 한다.

무산계급 문화대혁명과 홍위병 운동도 이 학교가 북경의 대학들보다 먼저 발동하고 앞장섰다 한다.

그리하여 지금 전국 각 주요 지역에 대표부를 파견하여 그 지방 문화혁명과 홍위병 운동을 지원하고 있었다.

이미 전부터 이러한 정황을 알고 있는 충성인지라 몇몇 단장들과 상의한 후 그들이 요구하는 면담에 응하기로 하였다.

면담은 연변일중 2층 회의실에서 이루어졌다.

할빈 군정대학에서 2명의 대표가 왔다.

모자에 오각별 하나, 양쪽 목깃엔 붉은 기 표식, 초록색 상의에 청남색 바지, 진짜 해방군 복장이다. 군인이라면 바지도 초록색이었겠지만 학생이니 청남색인가부다.

왼팔엔 다른 홍위병들과 다름없이 홍위병 완장을 둘렀다.

"오래간만입니다. 우린 모두 노반란파입니다."

두 사람 중 키가 좀 더 커보이는 애가 말했다. 말하면서 자기 팔에 두른 홍위병 완장을 가리키는 것이었다. 그제야 충성은 그들이 두른 홍위병완장 아래 켠에 '8.8'이라는 8자가 둘이 새겨져 있다는 것을 발견했다.

전국적으로 할빈 8.8이라면 모르는 사람이 없었다. 모두들 진짜 노반란파라고 알고 있었기 때문이다.

"오래서 미안합니다. 우리가 가서 뵈여야 하는데…."

충성은 그들도 참말로 자기와 비슷한 홍위병이라는 걸 느꼈다. 나이도 비슷해 보였고 얼굴에 혈기가 역력했다. 그도 그럴 것이 그들은 이제 금방 대학 초급학년 학생들인 것이었다.

"…자네들은 제일 처음 주정부, 주당위를 반란했고 주내의 각급 주자파들을 투쟁했소. 참말로 당당한 반란파요."

"당신네들이야말로 당당한 반란파지요!"

충성이가 무슨 꿍꿍이냐는 듯 의아한 눈초리로 그들을 바라보며 응수했다. 언제 빼앗아온 군분구의 무장을 바치고 과격한 행동을 하지 말라는 제의가 나올까를 기다렸다.

"다름 아니라 칼날 홍위병대군과의 축구시합을 제의하러 왔습니다. 듣는 말에 의하면 연변일중은 축구가 전국 학생축구에서 1등이라지요?"

의외의 제의였다. 충성은 말문이 막혀 입만 쩝쩝 다셨다.

"우리를 너무 업수이 보면 안 됩니다. 우리 군사공정학원도 할빈 시에선 대학교 축구 1등입니다."

그들이 긴장한 국면을 타개하려는 듯 얼굴에 미소를 지으며 말했다.

"좋습니다. 한번 붙어보지요!"

충성이가 축구시합 제의를 받아들였다. 다른 거라면 몰라도 축구만은 자신이 있었다. 지금 연변일중 축구대 성원 거의 모두가 칼날반란대군에 속해있다는 걸 충성이가 잘 알고 있었기 때문이다.

시합장소는 연변일중 축구장으로 하였고 한쪽은 연변칼날반란대군 한쪽은 할빈 군사공정학원 8.8반란대군으로 하였지만 8.8반란대군에서 청군의 연변일중 학생 중에서 임의로 4~5명 선수를 보충하여 연합 축구대 형식으로 출전할 수 있도록 하였다. 연변에 있는 할빈 군사공정학원 홍위병대표들은 20여 명 되나 그중 여학생들을 빼면 축구대 한 팀을 형성하기 어려웠기 때문이었다.

"앞으로 우리 두 노반란파들의 협조와 단결을 위하여⋯."

할빈 군사공정학원의 키가 좀 커보인는 애가 충성이의 앞에 손을 내밀어 악수를 청했다.

"축구시합의 성공을 위하여⋯."

충성이도 손을 내밀어 상대방의 손을 굳게 잡았다.

그들이 학교를 떠나자 영홍이가 헐떡이며 충성이를 찾아왔다.

"오빠, 그가 모원신이래!"

"뭐, 모원신?"

충성이는 깜짝 놀란 듯 눈이 휘둥그래졌다.

37. 축구시합

　모택동은 중국 호남성 출신이었다. 남매 5형제였는데 남자 셋 여자 둘이었다. 남자 중 둘째로 위로 형 하나 아래로 동생 하나가 있었다. 모두 모택동을 따라 혁명에 참가하였는데 건국 전 모두 희생되었다. 그중 동생 모택민이 모주석의 학생시절부터 모택동을 보좌했는데 정강산 홍군시절을 거쳐 연안시절까지 모택동의 혁명 자금 조달에 아주 큰 역할을 하였다. 그는 중국 혁명의 초대 중앙은행장이었다.

　바로 그 모택민의 아들이 모원신이다. 모원신은 소년시절 누가 돌보는 사람이 없음으로 하여 모택동의 몇몇 아들들과 함께 소련에서 망명생활을 했다. 그때는 모주석의 둘째 부인 원민이 소련에서 역시 망명중이었으므로 그의 도움을 받으면서 생활했고 해방 후에는 모택동의 집 북경 중남해에서 모주석의 세 번째 부인 강청의 슬하에서 공부를 하였다.

　모주석의 친 조카 모원신이 연변에 와서 연변의 문화혁명을 돕고 있다는 이야기를 충성이는 여기저기서 여러 번 들었건만 믿지 않았다. 만약 모원신이 연변에 와 있다면 연변의 문화대혁명이 왜서 요 모양 요 꼴이겠는가? 반혁명폭란이라니? 모원신에 관한 이야기를 충성은 되지도 않는 헛소문이라 생각하였다.

　허나 그 헛소문이 진실로 변했다. 모원신이 자기를 찾아왔고 둘은 굳은 악수까지 나누었다. 그리고 또 그와 친선 축구시합까지 벌이게 되었다.

벌써 12월이다. 새 겨울을 잡아 눈이 여러 번 내렸건만 큰 눈이 아니라 내리면서 녹아버려 눈이 쌓여있는 곳이 없었다.

축구장에도 눈은 없었다.

오전 10시부터 시작되는 축구시합이라 9시가 되니 사람들이 몰려들기 시작하였다. 응원단 인원은 사전에 결정되어 있었다. 홍군 500명, 청군 500명이다. 홍군이든 청군이든 무기를 휴대할 수 없으며 상대방을 공격하는 구호도 방송도 할 수 없도록 하였다. 그러나 홍군과 청군의 구경꾼들이 있다면 인원 제한 없이 받아들이되 무기는 엄격히 단속하기로 하였다.

10시 경기가 시작될 때 보니 관중이 관람석을 빼곡히 메웠다. 홍군의 응원군은 칼날과 변강대학 인원으로 구성되었으므로 변강대학에서도 2백여 명 홍위병이 내려왔다.

꽤나 매서운 초겨울 날씨였건만 구름 한 점 없고 바람도 없는 날씨라 축구하기에 맞춤하였다.

축구가 시작되었다. 운동 시합이라곤 찾아볼 수 없던 문화대혁명 비상시기였으므로 운동복이 따로 없이 선수들은 웃도리만 벗고 바지는 입은 채로 경기하기로 합의보았다.

초록색바지가 홍군 칼날반란대군이고 남색바지가 청군 8.8 반란대군이었다.

서로 상대가 되지 않는 경기인가 싶었다.

칼날의 일방적인 공격이 계속되었다. 8.8이 수세에 몰려 쩔쩔 맸다. 군정대학인원 7명에 연변일중 청군 홍위병 넷으로 구성된 8.8팀은 그래도 그 4명의 원 연변일중 축구대에 있었던 청군 홍위병 덕에 겨우 골을 먹지 않고 버티고 있었다.

그러나 원래 드센 칼날팀이고 원 전주 1등팀이 거의 총동원되듯한 실력이었으므로 20분을 못 넘겨 골이 났다.

골을 하나 넣고는 칼날팀이 더 골을 넣을 생각을 하지 않고 상대방을 가지고 논다. 전반전에 골 3개를 초과 말라는 충성이의 지시가 있었으므로 그러는 모양이었다. 전반전이 끝났다. 홍군 칼날이 세 개 넣고 청군 8.8이 세 개 먹었다.

후반전도 이 형세라면 골 다섯 개를 넣는 것은 식은 죽 먹기 같았다.

경기 휴식시간에 변강대학 홍위병 지휘자가 충성일 찾아왔다. 우호적인 친선경기인데 꼭 이겨서는 뭘 하나 비겨주라는 것이었다.

"너들 다 들었나? 형님들 말이 비겨주란다!"

충성이가 축구대원들에게 말했다.

모두들 시무룩해 말이 없었다.

"아무리나."

마지못해 몇몇 주력대원들이 입속말처럼 중얼거렸다.

후반전이 시작되었다.

"우의가 제일이고 시합은 제2이다."

청군의 구호소리가 높다.

홍군과 변강대학도 청군의 구호소리에 합창했다.

청군이 선수교체를 하더니 한 선수가 대회장에 들어선다. 바로 충성이한테로 축구시합 제의를 왔던 그 애다.

"모원신이다!"

관중들이 수근거렸다.

청군대원들이 활기를 찾기 시작하였다.

청군 8.8이 공격을 들이댔고 홍군 칼날이 수세에 몰렸다.

그러나 좀처럼 골이 나지 않았다.

"우의 제일! 시합 제2!"

"할빈 8.8반란단의 체육정신에 경의 드린다."

청군보다 변강대학 홍군측의 구호소리가 더 드세었다.

경기결속 시간이 5분밖에 남지 않았다.

3대 3이다. 참말로 모두가 바라던 대로 비김으로 경기가 끝날 것 같았다. 이때 충성이가 칼날팀 감독을 맡은 정호를 불러 무슨 지시인지 귓속말로 지시한다. 이어 정호가 한창 공을 차고 있는 대장 박철을 부른다. 이때는 이미 경기 종료 1분가량을 남겼을 때다.

바로 이때 공을 잡은 박철이 공을 몰아 청군 8.8대문으로 돌진한다. 달려드는 8.8팀 수비를 세 명이나 빼고 키퍼 앞에 와서 주춤하며 변강대학 홍군 응원팀 쪽을 보고 피씩 웃더니 악을 먹고 발을 날린다.

"철썩!"

공이 그물에 가서 걸렸다.

대회는 4대 3 홍군 칼날의 승리로 끝났다.

38. 괴상한 가방

축구경기가 거의 막바지에 도달하던 시간이었다. 문투반란단 단장 장민이 헐떡거리며 달려와 충성이의 호주머니에 무엇인가 넣어주었다. 그러면서 귓속으로 소곤거렸다.

"권총이오, 권총자루에 이상한 사진도 붙어 있어요."

충성이가 호주머니에 손을 넣어 만져보니 아주 자그마한 권총이었다. 국내에서 최근에 만든 권총보다도 더 정교한 걸 봐선 국내산 같지 않았다.

"어디서 난거야?"

"군분구에서 가져온 물건을 정리하다 발견했어. 총은 한 가방 안에 들어있었어."

"가방 안엔 또 다른 물건이 없었어?"

"무슨 재료 같은 것들이 있었는데 총이 이상하여 먼저 총만 가져왔어."

"아니야, 빨리 가서 그 가방을 가져와!"

충성이가 장민을 재촉하여 돌려보냈다.

칼날반란대군 수하 각 단들에선 저마다 무기확보 경쟁에 뛰어들었다. 모두들 금후 무장투쟁에 서둘러 준비하고 있었던 것이다. 하여 군분구로부터 얻은 무기도 서로 차지하고 내놓지 않았다. 하여 충성이가 그래도 무기 욕심이 적은 문투단에 빼앗아온 무기를 집중시켜 장민이더러 먼저 검수하게 하였던 것이다.

장민이 가방 가지러 간 사이 충성은 조용히 관람대 뒤로 몸을 뺏다. 그리고는 다른 사람들의 눈을 피해 호주머니에서 권총을 꺼내보았다. 손바닥 안에 들어오는 자그마한 검정색 권총이었다. 그런데 권총자루에 사진 한 장이 붙어있었다. 사진을 알아보는 순간 충성은 깜짝 놀랐다.

'모원신?'

틀림없었다. 바로 자기와 축구시합을 상의하러 왔던 그 할빈 군사공정학원 8.8반란단 대표다. 그가 지금도 축구장에서 뛰고 있지 않는가?

이때 또 장민이 가쁜 숨을 헐떡이며 가방을 찾아 가지고 왔다.

가방은 국방색 가죽가방이었는데 고급장교들이 들고 다니는 서류가방이었다.

가방을 여니 여러 가지 홍두문건이 들어있었다.

사람들의 눈이 무서운 곳이다. 충성은 두 눈을 둥그렇게 뜨고 홍두문건들의 제목만 훑어보았다.

'연변 폭란진상에 대한 보고'

'연변 변방군과 야전군을 시급히 표창할데 관하여.'

'연변 각 파 반란군들에 대한 정황 보고'

이상 여러 가지 문건들이었는데 모두 당중앙문협으로 보고가 되는 것이고 문건의 작성자와 보고자는 당중앙 문협 연변특파소조 할빈 군사공정학원 8.8반란단이라고 씌어 있었다.

"가방을 가져다 잘 보관해!"

충성은 호주머니에서 권총을 꺼내 가방에 넣고 그 가방을 장민에게 주며 말했다. 그리고는 바삐 관람석으로 돌아왔다. 그때가 바로 축구경기 마감 5분가량 남겨두고 쌍방이 3:3으로 비기고 있을 때다.

"하마터면 멋도 모르고 비겨줄 뻔했군. 원래는 우리의 진정한 적수였는데!"

충성은 이처럼 혼잣말처럼 중얼거리며 관람석에 돌아왔고 먼저 정호를 불렀고 또다시 축구대 대장 박철을 불러 급히 골을 넣으라고 지시하였던 것이다.

"비기면 안 돼. 반드시 이겨. 빨리 골을 하나 더 넣어라."

이리하여 축구경기가 거의 끝날 무렵 박철이 혼자 공을 몰고 청군 8.8의 골문을 향해 돌진하는 장관이 펼쳐졌었다.

39. 결심

충성은 몇몇 단장들을 데리고 학교 4층 콘크리트 소광장에 올랐다. 청군 확성기가 방송하는 신화사전문 내용을 듣기 위해서였다.

"군민이 한사람 같이 단결하였으니 세상 천하에 당할 자 그 누구일고…."

먼저 청군 방송원이 모주석 어록 하나를 방송하더니 이어 신화사전문이 중앙방송국 방송원 목소리 그대로 방송된다.

"중국인민해방군 연변 주둔군 부대는 변방에서 계속하여 기꺼운 성과를 올리고 있다."

소위 폭란 후 다섯 번째로 연변 주둔군부대를 표창하는 신화사전문이다.

"연변 주둔군 부대는 군민단결을 위하여 지방 반란파 조직속으로 깊숙이 들어가 그들과 어깨 걸고 문화대혁명의 승리를 위하여 노력에 노력을 경주하고 있다."

"언제 어디에 누가 들어왔단 말인가? 저게 바로 귀 막고 아웅한다는 소리여."

풍뢰반란단 단장 이혁이 비꼬았다.

그런데 신화사전문은 더욱더 엉터리같은 소리를 내뱉고 있었다.

"연변 주둔군 부대는 요즘 반란파 홍위병들과 축구시합까지 하면서 군민간의 우의를 다졌다."

모두들 억이 막히고 말문이 막혔다. 참 소식이 빠르기도 빨랐다. 할빈 군사공정학원 8.8반란단과 어저께 축구시합을 하였는데 24시간도 지나지 않은 오늘 바로 방송되다니, 그것도 그래 할빈 대학생들이 주둔군부대 해방군으로 둔갑하다니.

"모원신 사무실이 연변 주둔군부대 야전사령부로 장소를 옮긴대."

누군가가 이렇게 말하자 여기저기서 더욱더 언성을 높여 떠들었다.

"이젠 모든 게 명확해졌어. 모든 근원은 모원신이야!"

"옳아. 청군 지휘부도, 군분구도, 야전군도 아니야! 바로 모원신이야. 모원신이 막후 지휘자야!"

"폭란도 모원신이 조작했고 무기도 모원신이 발급했어."

"이젠 그가 발을 빼려 해. 그 죄상이 폭로될까봐 연막을 치고 있어. 무슨 개뿔 같은 축구시합이야…."

"옳아, 이젠 남은 길은 하나뿐이야. 북경이야. 북경에 가서 직접 모주석을 만나 모원신을 고발해야 돼. 모주석의 조카란 명의로 모주석의 무산계급 혁명노선을 반대했다면 모주석도 그 조카를 가만두지 않을 거야!"

"가자, 회의실로 가서 구체적 방안을 의논하기로 하자!"

마침내 충성이마저도 결심을 내린 듯 두 주먹을 불끈 쥐었다. 모두들 2층 회의실에 다시 모였다.

자리를 잡고 앉자 충성이 먼저 문투단 단장 장민을 보며 말했다.

"장민이 먼저 요즘 전국 형세를 말해 보거라."

그러자 이미 준비가 됐다는 듯 장민이 지체 없이 입을 열었다.

"모주석께서 무산계급 혁명노선과 자산계급 반동노선에 대해 투철하게 말씀하셨어. 중공중앙이래서 진공상태가 아닌 바로 계급투쟁이 가장 치열한 곳이라면서 당내에 당이 있고 정부 내 정부가 있다면서 투쟁의 중점을 지방과 기층에 둘 것이 아니라 중앙에 두라고 하셨대.

그래서 얼마 전에 청화대학 홍위병들은 유소기와 왕광미를 투쟁했고 북경대학 홍위병들은 등소평과 팽덕회를 투쟁하였는데 유소기는 비행기를 타다 쓰러졌고 등소평은 꼬깔모자를 자기의 키보다 더 큰 걸 썼대.

그리고 중학생 홍위병들도 대단하다는데 사대부중 홍위병들이 북경시위와 정부를 반란하고 팽진을 끌어내어 투쟁하였는데 '유, 등을 타도하자! 팽진을 타도하자!'란 구호가 북경시내 방방곳곳에 나붙었대!"

"가만, 그런 소문은 우리도 들었고…, 그런데 중앙군위와 중앙문협은 어떻대? 따로 소식이 없어?"

장민의 말을 끊고 충성이가 물었다. 장민이 계속하여 말했다.

"중앙군위는 지금 모주석을 대표하여 임부주석이 장악하고 있는데 모주석께서 후계자를 유소기로부터 임표로 바꿔 생각하시는 모양이야. 그리고 중앙문협도 좀 변화가 있는데 조장 강생이 경질되고 부 조장인 강청이 조장 대리로 되었다는데 문협은 강청이 지휘하는 것 같애."

"그렇다면 모원신은 직접 강청의 지휘를 받고 강청은 임표의 지휘를 받는다는 말이 되잖아."

충성이가 이맛살을 찌푸렸다.

"상관없어. 우린 모주석의 홍위병들이야! 누가 모주석의 혁명노선을 반대한다면 우린 그만 반란하면 되는 거야."

충성의 우려에 도리가 없다는 듯 이혁이가 말했다.

박철도 장민도 영홍이도 머리를 끄덕였다.

쟁론에 쟁론을 거듭한 끝에 북경에로의 진군이 마침내 결론을 보았다.

인원은 400명으로 결정되었는데 각 단에서 100명씩 뽑고 총 지휘는 충성이가 맡고 부지휘는 정호가 맡았다. 그 외 각 단 단장 부단장은 모두 연길에 남아 연변 청군과 대결하기로 하였다.

그러나 단장들이 견결히 북경반란에 참가하기를 원하여 마지막엔 연길에 부단장들만 남기고 단장들은 모두 북경반란에 참가하기로 하였다. 그리하여 북경반란지휘부를 다시 출범시켰는데 총 지휘에 충성이 부지휘에 정호 성원에 이혁, 박철, 장민이 선출되었다. 모두들 지휘부 성원에 영홍이까지 참가시키자고 하였지만 충성이의 반대로 영홍은 지휘부성원이 되지 못하였다.

가진 장편소설 / 홍위병

제2장

북경반란

가진 장편소설 / 홍위병

40. 북경으로

충성이네가 북경에 가서 과감한 반란으로 북경과 전국을 놀라게 하려는 데는 주로 중앙방송이 반복적으로 거듭하는 연변 야전군부대, 바로 연변 주둔군부대에 관한 중앙의 보도를 차단하기 위해서였다.

우리 속담에 거짓말도 여러 번 듣다보면 정말로 변한다는 말이 있다. 소위 신화사 전문의 그릇된 보도를 그냥 내버려둔다면 소위 폭란도 진짜 폭란이 될 것이고 군부가 주도한 청군의 민간인 무장도 합법화 될 것이다. 그러면 지금까지 소위 폭란을 조작이라고 하고 번번이 청군의 민간 무장을 반대하고 군부까지 습격한 홍군 칼날은 뛸 데 없이 반군 반혁명이 될 것이다. 그들은 청군의 문제가 연변 내부에서 풀릴 수 없는 것은 모원신 때문이라고 생각하였다. 때문에 모원신이 아닌 다른 조사조가 연변에 파견되어야 한다고 생각하고 그러자면 북경을 놀라게 하지 않고서는 안 된다고 생각하였다.

북경행동은 극비에 붙여졌다. 충성이네가 북경으로 간다는 것이 청군에 알려지면 청군도 극력 제지하려 할 것이고 군부도 반대할 것이며 더욱이 모원신이 그렇게 하도록 놔두지 않을 것이다.

새해 2월 음력설이 닥쳐올 때였다. 왕청현에서는 홍색 칼날이 왕청 군비창고에 있는 무기를 노리고 왕청현에 모여든다는 소문이 파다히 퍼졌다.

충성은 하루에 한두 번씩 전부 무장한 칼날대원들을 실은 트럭 몇 대씩을 왕청쪽으로 출발시켰다. 실은 동일한 그 몇 대 트럭이 낮에 왕청으로 출발했다간 밤에 감쪽같이 돌아오기를 반복하였던 것이다.

연길 홍색구역은 왕청과 맞붙어 있었다. 그리하여 홍군 칼날대오가 그 교통 요도를 장악하고 있었다. 그러니 그 진위를 청군이 알 수 없었던 것이다. 또한 충성이네는 진짜 소부대를 파견하여 왕청현 무장부를 습격하였다. 왕청의 군비창고는 왕청현 무장부가 그 경비를 책임지고 있었다.

한편 진짜 북경으로 갈 홍위병들은 몇 십 명씩 분산되어 기차를 타고 교화현으로 갔다. 교화현은 연변지구에 속하지 않고 길림지구에 속한다. 그러니 청군도, 연변 군부도 간섭할 권리가 없었다.

10여 일간의 성동격서 작전을 거쳐 400여 명 칼날반란대군 홍위병들이 교화현에서의 집결을 완성하였다. 이번 작전에서 충성이네는 무기 한 자루도 휴대하지 않기로 하였으므로 변복하기도 쉬워 청군과 군부를 감쪽같이 속여 넘길 수 있었다.

내일 모레가 섣달그믐이다. 중국 사람들은 섣달 그믐날 설을 쉰다. 그러므로 섣달 그믐날에 집에 도착하려고 한 달 전부터 대이동을 한다. 그 대이동이 그믐날에 가까와 올수록 더 대량적이다. 충성이네가 이때를 택한 것도 역시 그 때문이었던 것이다. 그 대이동 때 사람들의 눈을 수월히 피할 수 있었기 때문이다.

완전 백성 모양으로 변복을 하고 교화역에 모여온 칼날반란단 홍위병들은 교화역에 도착하여선 홍위병 차림으로 그 복장을 바꾸었다.

초록색 군복에 팔에 붉은 홍위병 완장을 둘렀다. 그리고 질서정연하게 줄을 섰고 맨 앞엔 '연변홍위병북경방문단'이란 현수막을 들었다.

그리고는 철로역 철길에 들어서서 도문-천진행 직행열차를 가로막았다.

정시에 차가 발차할 수 없자 차안에 탄 손님들이 아우성을 쳤다.

"발차하라!"

"빨리 발차하라!"

이때 충성은 교화역 반란파들과 담판하고 있었다.

"우리는 중앙군위와 신화사가 승인하는 연변 반란파요. 중앙에서 그처럼 관심하여 우리 지구가 중앙방송에 다 보도되도록 하지 않았소. 우린 이번에 그러한 관심에 조금이라도 보답하고자 북경에 가는 거요. 같은 반란파끼리 좀 돌봐주오."

담판중인데 차안에 탄 손님들이 조급한 나머지 구호까지 외쳐대기 시작하였다.

"연변 홍위병은 당중앙과 모주석이 승인하는 홍위병이요. 빨리 그들을 차에 태우고 발차하오!"

점점 더 소란해지는 기차역을 살펴보던 교화역 반란파 두목이 호탕하게 소리쳤다.

"각 차 바구니에 고루 고루 나누어 타오. 북경에 가서 모주석을 만나면 우리의 공로도 한마디 해주구려."

"그러구 말구!"

충성이가 정호에게 눈치를 하니 정호가 차렷, 쉬엇을 몇 번 반복하고 승차하라고 명령했다.

충성이네는 조금도 당황해하지 않고 사오십 명씩 분조를 가르더니 질서정연이 차에 올랐다.

반시간가량 지체된 차가 움직였다.

"만세! 만세! 홍위병 만세!"

차가 떠나자 차 안에서도 차 밖에서도 다 같이 만세를 합창하였다.

41. 중앙민위 반란

충성이네의 북경 반란은 주로 4개 목표가 있었는데 중앙민위, 신화사, 중앙군위, 중앙문협이었다. 그들은 전략을 쉬운 것부터 시작하여 어려운 데까지 점진적으로 행동하기로 하였다.

첫 번째 목표는 중앙민위였다. 전국 소수민족 지구를 중앙민위가 책임졌기에 먼저 연변 조선족 문제를 중앙민위에 상소하는 것이 합법적인 순서라고 생각하였다. 북경에서의 주숙처 해결도 먼저 중앙민위를 찾은 주요 원인이기도 하였다.

북경역에 도착하여 기차에서 내린 칼날반란대군은 여전히 질서정연이 역을 빠져나왔고 역시 앞에 '연변홍위병북경방문단'이란 현수막을 들고 장안대로를 따라 서쪽으로 행진하였다.

중앙민위는 천안문과 서단을 지나 장안로가 거의 끝나가는 위치에 자리잡고 있었다. 충성이네가 중앙민위에 도착하니 그때가 음력 섣달 그믐날 오후 3시쯤이었다.

문화대혁명 형세는 북경도 지방과 비슷하였다. 중앙민위도 반란파가 두 패로 나뉘어 한파는 사무청사를 차지했고 다른 한 파는 사무청사에서 멀리 떨어져있는 장춘로 초대소를 차지하고 있었다.

충성이네가 먼저 찾아간 곳이 사무청사이므로 사무청사를 차지하고 있는 반란파들이 그들을 맞았다.

대오는 여전히 줄지어 청사 밖에서 대기하고 있었고 충성이가 정호, 이혁, 박철, 장민 네 단장을 데리고 청사 안으로 들어갔다.

중앙민위 반란파 두목이 충성이네가 이번에 북경에 온 것은 '연변 인민들께 반혁명폭란이란 모자를 씌워 인민을 진압한 지방군과 야전군을 고발하고 이러한 죄상을 왜곡하여 신화사통신이 연변 주둔군을 연속 부단히 찬양하여 지방 문화대혁명을 파괴하는 행동을 막고자 불원천리 북경 중앙민위까지 찾아왔다'고 하니 이미 알고있는 듯 눈을 껌벅이더니 고개까지 끄덕이는 것이었다.

"우리도 알고 있소. 무슨 놈의 폭란이란 말이오. 국토의 60%를 차지하고 있는 소수민족들이 폭란을 일으켰다면 우리 조국이 아직도 이처럼 평화스럽겠소."

그는 얼마 전 연변 백군에서도 찾아와서 상소했다면서 충성이네가 어느 파인가고 물었다.

"우리는 홍군파요. 백군은 이미 진압당해 존재하지 않소."

충성이가 홍군파라고 말하자 그 반란파 두목은 더욱 더 잘 알았다는 듯 더 크게 머리를 끄덕였다.

"수백 명 홍위병이 왔다는데 주숙처는 잡았소?"

그 반란파 책임자가 물었다.

"못 잡았소. 소수민족이 왔는데 중앙민위가 주숙처를 잡아주지 않는다면 우린 방법이 없소."

충성이가 거처 잡아줄 것을 요구하니 그 반란파 책임자는 또 의미 있게 머리를 끄덕이며 다른 책임자와 상의하여보겠으니 조그만 기다리라고 하면서 자리를 떴다.

한식경이 지나서 그 나갔던 반란파 책임자가 다른 한 책임자인 듯한 사람과 같이 돌아왔다.

"자네들 주숙처가 마련됐네. 이제 장춘로 우리 초대소로 찾아가세. 이미 그쪽 우리 반란파들에게 전화를 해놓았으니 지금 기다리고 있을 거네. 그 초대소를 다 차지하면 400명은 너끈히 들 수 있을 거네. 식사도 무료로 식당에서 제공할 거네. 그런데 혹시 좀 시끄러운 일이 생길 수도 있네. 초대소에 지금 우리 반대파 반란파들이 100여 명 들어있을 건데 자리를 내달라고 하게. 자리를 안 내주면 쫓아내게. 초대소는 손님이 드는 곳이지 그들의 사무실이 아니라네."

"강제로 쫓아내도 괜찮을까요?"

"괜찮네, 원래 자네들이 들어가야 할 곳이니까. 허나 우리 파 반란파들이 가서 쫓아낸다면 좀 시끄러울 거네. 허니 자네들이 가서 쫓아내게."

"그럽시다. 후사는 내부에서 잘 처리하세요."

100명 북경 사람들이야 문제될 거 없다고 충성이는 생각하였다. 400명이 100명을 쫓아내는 것은 이미 연변에서 밀치기로 소문난 그들로는 식은 죽 먹기라고 생각하였다.

충성이네 대오가 민위초대소에 도착했을 때는 이미 저녁식사 때가 지난 오후 6시경이었다. 초대소 앞마당에는 사무청사로부터 걸려온 전화를 받은 듯한 남녀반란파 5~6명이 충성이네를 기다리고 있었다.

초대소 건물은 5층으로 되어 있었는데 1층은 식당, 회의실 등 공용장소로 쓰여지고 있었고 2층부터 5층까지는 손님들이 유숙하는 방이었다.

민위 다른 한 반대파들은 2층을 전부 차지하고 있었고 3층부터 5층은 비어있었다.

충성이네는 자기네를 기다리던 사람들과 상의하고 3층부터 5층까지 먼저 차지하고 여장을 풀었다. 그리고는 2층에 내려와 반대반란파 책임자를 찾았다. 섣달그믐날 저녁이라 책임자들 같은 몇몇 사람들이 한창 식사하고 있었는데 얼굴이 지지벌개진 걸 봐선 술도 얼근히 한 것 같았다.

충성이가 나서지 않고 정호가 나서 말했다.

"3층부터 5층까지 사람이 다 들었으나 아직도 100여 명 홍위병들의 거처가 부족하니 2층을 비워줘야겠소."

"뭐야, 2층은 사무실이 부족해서 사무실로 쓰고 있는데 비워달라니? 너희들 어디서 온 무슨 일하는 사람들이야. 얼른 물러가지 않으면 이미 든 3층부터 5층에서도 쫓아낼 거야!"

원래부터 예견한 바라 정호가 더 말도 하지 않고 그 말하던 사람의 멱살을 잡아끌었다. 어느 사이 칼날대원들이 몇씩 달라붙어 그 몇몇 책임자들부터 복도로 끌어냈다.

2층 복도에는 이미 두 줄로 칼날대원들이 빼곡히 들어서있었다. 끌려나온 그 몇몇은 영문도 모르고 이 사람들 손에서 저 사람들 손으로 옮겨지면서 깜짝할 사이 없이 1층 마당에까지 끌려나왔다.

1층 마당까지 끌려나온 그 몇몇 우두머리들이 반항하자 이번엔 이혁이 몇몇 반란파들을 끌어다 그들의 허리로부터 바지띠를 풀어내었다. 그리고는 힘껏 궁둥이를 차서 대문 밖으로 내쫓았다.

이 광경을 지켜보고 섰던 민위 반란파들도 칼날반란파들도 너무나 우스워 깔깔 웃어댔다. 북경에선 이런 싸움을 처음 보는 것 같았다. 대문 밖으로 쫓겨난 그 몇몇이 바지춤을 움켜잡고 어쩔 줄 몰라 했다. 이 사이 2층에서 뻗치던 그 100여 명 민위반대파 반란파들은 너도 나도 바지띠를 거머쥐고 저절로 도망해 내려오기 시작하였다. 싸움이 붙어 30분도 안 되었는데 벌써 승부가 가려졌다. 100여 명 북경 반란파가 모두 대문 밖으로 쫓겨났다.

"내 물건, 내 물건을 못 가지고 나왔어!"

밖에 쫓겨난 사람들이 자기 물건을 챙기지 못하고 나온 것을 걱정할 때였다.

"받아라, 어서…."

소리와 함께 2층 복도로부터 1층 대문까지 줄을 이어선 연변반란파들이 계주 바톤 받듯 이 사람에서 저 사람으로 그들의 물건을 옮기더니 몇 분 사이 쫓겨난 사람들의 소지품까지 모두 대문 밖에 내쳐졌다.

쫓겨난 사람들이 그제야 자세히 대문 안을 들여다보니 안에 사람이 밖의 사람의 몇 배는 될 것 같았다. 할 수 없다는 듯 그들은 내쳐진 자기 소지품들을 주어들고 슬금슬금 뺑소니쳤다.

그날 저녁 초대소 식당에선 설날맞이 음식을 푸짐히 차렸다. 연변에서 북경까지 오느라고 이삼 일간 밥도 제대로 먹지 못하며 고생한 충성이네는 배부르게 저녁을 잘 먹고 포근히 꿈속에 빠져들었다.

42. 항일투사

이튿날 충성이는 중앙민위 반란파들의 부름을 받고 중앙민위 사무
청사로 가게 되었다. 정호, 이혁, 박철, 장민도 동행하였다.

사무청사에 도착하니 어제 충성이네를 만나주었던 그 반란파 대표
가 그들을 맞았다.

"오늘이 정월 초하루인데 불러 미안하오. 어제 일에 감사드리오. 그
들이 초대소를 근 반년간이나 점령하고 있었소. 원 초대소 직원들이
앓던 이를 뽑아던진 것처럼 속이 다 시원하다오."

"그렇게 어려운 환경에서도 우리의 주숙처를 위하여 그처럼 처분해
주시니 우리가 더 고맙죠."

충성이가 대답했다.

"오늘 부른 건 다름이 아니오. 우리 원 민위주임 정문일 동지를 알
죠. 조선족이니 잘 알리라 생각하오. 그분이 연변 홍위병들이 북경에
왔다는 말을 듣고 오늘 점심 자기 집에서 연회를 열어 연변 홍위병들
을 접대하겠다오. 그분은 연안간부요. 아주 훌륭한 간부죠. 그러나 지
금 일부 반란파들이 타도하겠다고 물고 늘어진다오. 어떻소, 가보겠
소?"

"가보고 말고요."

충성이가 대답했다. 충성이도 중앙민위에 조선족 주임 한분이 계신
단 말을 들었고 그전엔 연안에서 활동한 분이라는 걸 알고 있었다.

그날 점심, 충성이네 다섯과 중앙민위 반란파 두 사람 모두 일곱 사

람이 정문일 동지네 집에서 설날 접대를 받았다.

정문일은 비록 일흔에 가까운 분이나 아직은 정정한 편이었고 비교적 명확한 정신세계를 갖고 있었다.

모태주 한 잔이 들어가자 정문일은 말이 많아지기 시작하였다.

"우리나라에 56개 소수민족이 있는데 민족마다 다 우수하고 장점이 많아. 조선족도 마찬가지야…."

여기까지 말한 정문일은 민위 반란파 대표를 바라보며 묻는 것이었다.

"항일전쟁시기 우리가 소멸한 일본 장교 중 제일 높은 급이 어느 급인지 알고 있어?"

"모릅니다, 무슨 급인데요?"

민위 반란파 대표가 되묻자 정문일이 대답했다.

"모두들 소장급이라고 말하는데 그 말은 틀린 말이야. 해군대장도 육군대장도 총리대신마저 우리가 다 중국 국내에서 죽여버렸어. 다만 이 두 총사령 모두 조선족이 죽여버린 거야. 해군대장은 윤봉길이 상해에서 폭탄을 던져 죽여버렸고 육군대장 겸 총리대신은 안중근이 할빈에서 권총으로 사격하여 죽여버렸어."

모두들 이제야 알았다는 듯 혀를 끌끌 찼다.

"중국인민해방군 군가를 누가 지었는지는 알아?"

정문일이 또 물었다.

모두들 또 고개를 절레절레 저었다.

"정률성이지. 역시 조선족이야. 나와 연안에 같이 있었어."

모두들 또 혀를 끌끌 찼다.

"조선민족은 우수한 민족이야; 그러기에 장개석이 중국 군대 백만이 하지 못하는 일을 조선족은 한사람이 해치운다고 말하지 않았겠어. 모주석도 연안시기 여러 차례 조선족의 혁명성에 대해 표창을 했어."

"중국인민해방군 초대 포병사령관이 누군지도 모르지. 무정 장군이야. 역시 조선족이지. 중국해방전쟁후기 해남도 해방전쟁 때 첨병사단 중 80% 이상이 모두 조선족이었고 조선전쟁 때 조선인민군 첨병사단 인원들, 바로 남조선 포항까지 밀고 내려갔던 그 부대 역시 중국의 조선족 병사들이었어."

정문일은 좀 흥분한 듯 싶었다.

"연변에 백군이 있다지. 폭란을 일으켰다는 그 백군말이야. 그 백군 반란파 중 적지 않은 사람들이 모두 해남도 해방 때와 조선전쟁 때의 그 첨병사단 전사들이야. 그런 사람들이 폭란을 일으켜? 말도 안 되는 소리지!"

정문일은 술잔을 들어 단번에 들이켜더니 식탁에 젓가락을 뿌리쳤다. 사모님이 달려와서 이젠 더 권하지 말라고 손시늉 하면서 정문일을 부축하여 안방으로 들어갔다.

정문일의 집을 떠나 돌아올 때 충성이가 안방에 들어가 인사 남기려고 침대 가까이로 갔더니 정문일이 눈을 감은 그대로 누워서 충성의 손을 덥석 잡는 것이었다.

"젊은이들 연변으로 돌아가게. 지금 북경의 형세는 누구도 짐작할 수 없네. 중앙민위는 더구나 말이 아니야. 나도 출근할 수도 일할 수도 없게 되었네!"

그러는 정문일의 손을 충성은 그저 힘 있게 잡아 흔들어 줄 수밖에 없었다.

43. 중앙군위 반란

정문일네 집으로부터 돌아온 충성이네는 저녁 내내 금후의 행동에 대하여 의논하였다. 민족문제를 앞세워 중앙민위를 통해 문제를 해결하려던 제일 방안을 포기할 수밖에 없었다. 중앙민위 본신이 이미 자기 직능을 수행할 만한 능력을 잃고 있었을 뿐만 아니라 중앙민위 최고 상급인 중앙정부가 이미 그 전반 기능을 상실하고 있었기 때문이다. 국가 주석 유소기를 타도하자는 구호가 이미 북경은 물론이고 지방 곳곳 만천하에 울리고 있다. 이런 판국에 정문일도 어떻게 하며 중앙민위도 어떻게 한단 말인가?

이번 북경 행동을 접고 연변으로 돌아가 방법을 찾자는 의견도 있었다. 그러나 충성이네는 한 보의 후퇴가 영원한 실패로 이어질 수 있다는 것을 유의하지 않을 수 없었다. 무장세력이 우세한 청군이 군부의 지지까지 받고 있는데 어떻게 그런 청군과 싸워 이길 수 있단 말인가?

최후로 충성이네는 북경에서의 행동 수위를 더욱더 높이기로 결정하였다. 다음 보조로 중앙군위를 습격하여 그들더러 연변 주둔군을 계속 지지한다는 것이 옳은 일이 아니니 독자적인 조사조를 파견할 필요가 있다는 것을 인식시키려 하였다.

중앙정부는 그 직능을 상실했지만 아직 중앙군위는 그 직능을 상실하지 않고 있기에 중앙군위를 습격하는 것이 타당한 행동이라고 충성이네는 생각하였다.

중앙군위는 북경시 중심에서 30여 리 떨어진 조양구역에 위치해 있었다. 민위초대소로부터 도보로 3시간은 걸릴 것 같았다. 대오는 오전 8시에 초대소로부터 출발하였다. 400여 명 칼날반란대군 홍위병들이 질서정연이 하나, 둘, 셋, 넷 발을 맞추어 앞으로 전진하고 있었다. 대오 앞에는 '청화대학 부속중학교 정강산홍위병'이란 현수막이 들려져 있었다. 북경시내에 붙여진 구호 중에 청화대학부속중학교 정강산 홍위병이 쓴 구호가 제일 많이 눈에 띄었고 '당내, 군내 진정한 주자파를 타도하자!' '무산계급 문화대혁명의 명의를 빌어 중앙정권을 탈취하려는 야심가들을 타도하자!' 등 과감한 구호도 그들이 써 붙였던 것이다. 충성이네는 잠시 그들의 이름을 빌려 쓰기로 하였다. 연변 홍위병이라는 이름으로는 중앙군위는커녕 북경 시내 주요 구역도 벗어나기 어려울 것 같았기 때문이었다.

천천히 행진하는 목적은 3시간 걸을 길을 4시간 걸어 정각 12시에 중앙군위 사무청사에 도착하기 위해서였다.

대오는 계획대로 정각 12시에 중앙군위 사무청사에 도착하였다. 예측한대로 대문엔 무장한 해방군 군인 두 명이 경비를 서고 있었다. 대문 안은 널따란 마당이고 그 마당 뒤가 바로 7층은 족히 되어 보이는 사무청사다.

충성이네 대오는 중앙군위 대문 앞에 도착하기 전 50여 미터 거리로부터 전진 태세를 걸음걸이로부터 달음박질로 고쳤다. 달음박질로 대문 앞에 도착한 대오는 사전 허락이라도 받은 듯 대문 안으로 곧추 달려 들어갔다. 경비원이 와서 막으려 했지만 때는 이미 늦었다. 5분도 채 걸리지 않고 충성이네 대오는 모두 마당에 들어섰고 이미 사무청사 앞에 질서정연이 줄을 맞춰 섰다.

사처에서 호각소리가 나면서 긴급 집합이 이루어지는 듯하더니 하낫, 둘 구호소리에 맞추어 해방군 대오가 달려왔다. 한창 점심식사를 하던 군인들이라 손에 무기가 없었고 맨 주먹이었다. 시간을 12시 정각에 맞추어 행동한 것은 바로 이를 위해서였다, 천여 명 군인들이 충성이네를 겹겹으로 에워쌌다.

"모주석 만세!"

"중국인민해방군 만세!"

"군민 대단결 만세!"

충성이네가 저마다 손에 붉은 모주석 어록 책을 꺼내들고 힘차게 구호를 불러댔다.

그러는 홍위병들을 보고 군인들은 어안이 벙벙하여 어쩔 줄을 몰라 했다. 이때 홍위병들이 든 현수막은 이미 원 '청화대학 부중 정강산 홍위병'으로부터 '연변일중 칼날반란대군 홍위병'으로 바뀌어져 있었다.

"중앙군위는 변강 연변에 조사조를 파견하라!"

"연변 주둔군 부대는 폭란이란 모자를 씌워 연변 인민을 진압하고 있다!"

"연변 주둔군 부대는 진정한 반란파를 지지하지 않고 있다!"

"중앙군위가 이런 연변 주둔군부대를 표창한다는 것은 모주석의 혁명노선에 어긋나는 것이다!"

이때 나이 지긋하고 몸이 뚱뚱한 군인 하나가 5~6명 경위병의 호위하에 칼날반란대군 앞 지면보다 일 미터 가량 높은 층계 단상에 올라섰다. 그리고는 엄숙한 표정으로 홍위병들과 그들을 거느린 충성이를 뚫어지게 바라보았다.

이때 충성이는 단상 위의 경위병들 중에서 낯익은 얼굴을 발견하였다.

"형님!"

틀림없이 북경 부대에서 근무하는 충성의 셋째 형님이었다. 그러나 형님이란 소리는 입속 마음속에서만 불렀을 뿐 소리는 내지 않았다.

셋째형의 눈길도 충성이를 뚫어지게 바라보고 있었다. 그러던 셋째형이 깜짝 놀라며 한 걸음 앞으로 발걸음을 옮겼다. 그러나 금새 몸을 그 뚱뚱한 군인 쪽으로 돌리며 서류 한 장을 꺼내어 호위하여 온 그 뚱뚱한 군인께 넘겨주는 것이었다.

그 뚱뚱한 군인은 건네주는 서류를 받아 한 번 훑어보더니 사투리가 잔뜩 섞인 언어로 입을 열었다.

"먼저 홍위병들께 심심한 혁명적 경의를 드리는 바오. 그러나 상급의 지시를 어길 수는 없소. 금방 상급으로부터 지시가 내려왔소. 홍위병들의 요구를 들어줄 것이니 홍위병들은 속히 중앙군위 뜨락에서 나가 원 거소지로 돌아가라고 하였소. 이것이 그 내용이요."

그는 손에 든 서류를 높이 흔들어 보이며 말하였다. 말을 끝낸 그 뚱뚱한 장교는 한 번 더 엄숙한 표정으로 충성이네를 훑어보더니 몸을 돌려 청사 안으로 들어갔다.

"모주석 만세!"

"무산계급 혁명노선 승리 만세!"

"중국인민해방군 만세!"

"군민이 단결하면 천하에 담당할 자가 그 누굴손가?"

"중앙군위 지도자가 직접 우리를 접견하라!"

"연변 주둔군의 착오적 행동을 철저히 조사하기 전에는 우리는 여기를 떠나지 않을 테다."

"누가 모주석의 혁명노선을 반대한다면 우린 견결히 그를 타도한다!"

그 뚱뚱한 군인이 자리를 떴건만 충성이네는 자리를 뜰 줄 모르고 계속 구호를 외쳐댔다.

어디에서 오는지 모를 군용 차량이 군위 뜨락에 들어서기 시작한 것은 충성이네가 버티기를 3시간 가량 진행한 오후 3시경이었다. 차량이 50여 대는 족히 될 것 같았다.

모든 차량 주위엔 군인들이 둘러서 있었다.

"사령관의 지시다. 홍위병들을 차에 태우라!"

이때 청사로부터 경위병 하나가 나타나더니 외쳤다. 충성이의 셋째 형님이었다. 그는 지시를 하달하고 그 자리에 선 채로 충성이만 뚫어지게 바라보고 있었다.

충성이네는 군인들에 의하여 강압으로 차에 실렸다. 정호가 군인들과 대항할지 말지를 묻는 듯 충성이를 바라보았다. 그러는 정호에게 충성이가 손을 들어 가로저었다. 대항하지 말라는 뜻이었다.

차에 오른 홍위병들은 군용 트럭에 쭈그리고 앉았다. 선다 해도 밖을 볼 수 없었다. 트럭 주위에 둘러선 군인들이 키가 모두 1미터 80센티미터 이상으로 홍위병들보다 머리 하나씩은 더 컸기 때문이다. 후에 안 일이지만 그들은 모두 해방군 의장대 군인들이었다.

군용트럭은 곧바로 충성이네를 중앙민위초대소로 실어다 내려놓고는 어디론가 사라져버렸다.

44. 셋째 형님

충성이에게 있어서 형님과의 우연한 만남은 커다란 충격이 아닐 수 없었다. 형님의 그 날카롭던 눈초리가 재재삼삼 머리에 떠올랐다. 충성이는 방문을 닫아걸고 침대에 드러누워 이불을 덮어썼다. 아무리 문을 두드려도 아무리 고함을 쳐도 문을 열지 않았다. 밥도 먹지 않고 물도 마시지 않았다. 모두들 영홍이가 갖고 있는 충성이 형님의 사진을 보고서야 짐작이 가서 더는 문을 두드리지 않았고 고함도 치지 않았다. 그대로 내버려두었다.

결국은 장장 이틀 밤과 하루 낮을 지나 사흘날 오전 중앙군위에서 사람이 파견되어 왔다니까 겨우 문을 열었다.

찾아온 군인은 젊은 장교 하나와 그 장교의 통신병인 듯한 어린 병사 하나였다. 그 젊은 장교가 나타나자 다들 대뜸 충성이의 형님임을 알아보았다. 얼굴 모양새며 눈, 코, 입까지 거의 똑 닮았다. 그저 키가 좀 클 뿐이었다.

그 장교는 충성이의 방을 묻더니 다짜고짜로 그 방으로 달려가는 것이었다. 다급히 문을 열고 방으로 들어가서는 말도 하지 않고 와락 동생을 품속에 안아들이는 것이었다.

"엉- 엉-"

울음소리가 들려왔다, 충성이의 슬프디 슬픈 울음 소리였다. 얼마나 지났을까, 드디어 형님이 입을 열었다.

"얘, 이눔아!"

"형님--!"

또 한참동안 침묵이 흘렀다. 정호, 이혁, 박철, 장민이와 영홍이가 둘러서서 그 광경을 지켜보고 있었다.

점심시간이 되었다. 충성의 형님도 식사를 하고 가겠다 하여 충성이와 지휘부 성원들 그리고 영홍이까지 한 밥상에서 같이 식사를 하게 되었다.

충성의 형은 농담을 좋아하는 것 같았다.

"내 동생이 군장이라며?"

그는 여럿을 둘러보며 환히 웃었다.

"나는 경위련 연장이고 어제 너희들을 만나준 사령원 역시 부군장급이야. 그러니 우리 모두 동생의 부하급이네."

"형님, 우린 홍위병이고 형님네는 진짜 해방군이 아니에요?"

"모두 모주석의 전사들인데 홍위병이면 어떻고 해방군이면 어때?"

젓가락으로 충성이의 머리를 뚝뚝 두드리며 충성의 형님이 말하였다. 그러던 충성의 형님이 정색해서 충성이네를 둘러보며 말했다.

"나 같은 사람들이 모주석의 신변에서 모주석을 보호해드리고 있는데도 너희들은 시름을 놓지 못하는 모양이구나?"

충성이 형님이 못마땅한 표정을 지었다.

"우리 사령관은 좋은 사람이야, 인정도 많지. 너희들이 돌아온 후 내가 너희들이 동생이 거느리고 온 홍위병들 같다고 말했더니 그때부터 빨리 가서 동생을 만나보고 오라고 졸라댔어. 그러면서 시간제한을 받지 말고 하루 종일 놀다가 오라 했어."

"오빠, 그럼 우리 점심 먹고 천안문으로 사진 찍으러 가요."

영홍이가 충성이를 바라보며 졸라댔다.

"오빠?"

충성의 형님이 의아스럽게 충성이와 영홍이를 번갈아보았다.

"애가 귀엽잖아요. 우리 집에 여동생이 없는데 우리 집 여동생으로 삼아요."

충성이가 형님을 바라보며 말했다.

"오, 그게 좋겠구나!"

충성이의 형님이 머리를 끄덕였다.

그날 오후 충성이와 영홍이는 지휘부 성원들까지 이끌고 도보로 천안문 광장으로 갔다.

마침 장민이가 사진기를 가져왔고 충성의 형과 같이 온 통신병에게도 사진기가 있어 두 사진기로 번갈아가며 숱한 사진을 찍었다.

서로 갈라질 때 충성의 형이 누구에게라 할 것 없이 여럿을 빙- 둘러보며 말했다.

"사령관께서 조사조를 파견하겠다고 했으니 틀림없을 거야. 이제 며칠만 더 놀고 모두 돌아가거라. 좋은 소식이 갈 테니까!"

충성의 형은 한 사람 한 사람 모두의 어깨를 다독여주었고 더욱이 영홍이는 머리까지 사랑스럽게 쓰다듬어주었다.

45. 신화통신사 반란

충성이네가 북경에 온지 일 주일이 다 되어갔다. 성공적으로 중앙민위를 반란했고 성공적으로 중앙군위도 반란했다. 중앙군위의 기관 책임자가 조사조를 연변에 파견하여 연변 주둔군의 문제를 조사한다니 소기의 목적에 도달한 듯도 싶었다. 허나 그들은 마음이 시원하지 못하였다. 북경의 형세를 놓고 보아 중앙민위는 물론이고 중앙군위도 믿기 어렵다. 더욱 강력하고 핵심적인 말 못할 그 무슨 역량이 연변 형세를 좌지우지하는 것 같았다.

충성이와 지휘부는 이 시점에서 연변에 돌아가야 하는가 그렇지 않으면 더욱 강경하고 효과적인 행동을 해야 되냐를 놓고 고민에 고민을 거듭하고 있었다.

영홍이가 아침 일찍 충성의 방에 들렸다. 충성의 형이 왔다간 후 영홍은 더 자주 충성의 방에 들렸다. 어제 저녁은 아예 충성의 침대에서 자겠다고 떼질까지 썼다.

충성의 휴대용 녹음기에서 잔잔한 음악이 흘러나오고 있었다.

'아버님의 사랑, 어머님의 사랑 깊고 깊다 한들 어이 모주석의 은덕에 비할손가….'

'좋은 술도 아니네, 좋은 차도 아니네, 새하얀 하다도 아니네. 마음속의 노래 한곡 친인 해방군에게 불러드리려네….'

"오빠, 우리 이젠 돌아가요, 집이 그리워요."

영홍이가 충성이에게 말했다. 그러나 충성은 아무 대답도 없다. 손으로 모주석 어록 책만 만지작거렸다.

"군대오빠, 북경오빠에게 영향이 없을까요?"

충성은 손에 들었던 모주석 어록을 책상 위에 놓고는 이리저리 뚜벅뚜벅 방안을 걷기 시작하였다.

'태양은 가장 붉고, 모주석은 가장 친하시다네, 그대의 광휘로운 사상은 영원히 우리의 앞길을 밝힐 것이라네…'

녹음기에선 계속하여 노랫소리가 울려나왔다.

그날 오후 충성은 여러 지휘부 성원들의 상상 외로 다음 목표는 신화통신사 반란이라고 공포하고는 그를 위하여 만단의 준비를 하라고 지휘부 성원들에게 지시하였다.

칼날반란대군이 북경시 서단구역에 위치하고 있는 중앙 신화통신사 건물에 돌진해 들어간 것은 그 이튿날 새벽 3시 경이였다.

천안문도 가깝고 중남해도 가깝고 하여 충성이네는 줄도 서지 않고 삼삼오오 떼를 지어 신화통신사 건물 주위에 모여들었다. 민위 초대소로부터 도보로 한 시간 거리밖에 안 되었으므로 민위초대소 사람들도 몰래 슬며시 초대소를 빠져나왔다.

신화통신사 건물에 도착해서는 지체하지 않고 한개 단씩 막무가내로 건물 안에 돌진해 들어갔다. 한개 단이라 해야 백여 명 홍위병이므로 거리에서 크게 눈에 띄지 않았다.

먼저 요무반란단이 돌진해 들어갔다. 돌진해 들어가서는 매 사무실, 편집실을 모두 뒤지기로 하였다. 연변 쪽으로부터 보고해 온 밀고재료를 손에 넣기 위해서다.

앞장을 선 정호네가 1층부터 4층까지 닥치는 대로 들이치며 매 칸마다 문을 열어보았으나 사무실이나 편집실 같은 것은 전혀 없고 모두 기계실이다. 빨간 단추, 파란 단추들이 번쩍번쩍 작동하는 각종 기기들이 빼곡히 칸칸마다에 채워져 있었다. 정호네 단이 4층까지 올라가 주춤거릴 때 군인들이 나타났다. 잠을 자다 금방 깬 군인들이 층계와 복도에 빼곡히 막아섰다.

"칸칸마다 뒤지지 말고 6층까지 올라가거라. 6층에 가면 큰 회의실이 있을 거다. 거기에 모이자."

충성이가 외쳤다. 그러나 앞장선 정호네는 꽉 막아선 군인들의 봉쇄를 뚫지 못하고 있었다.

"영홍아, 너희들이 먼저 올라가 보아라!"

충성이가 영홍이에게 외쳤다.

정호네 뒤를 따라 건물 안에 돌입한 것은 홍영이가 이끄는 대부분 홍소병으로 되어있는 문투단이었다. 미리 이러한 정황이 일어날 걸 대비해 영홍이가 이끄는 여자단을 두 번째로 투입시킨 것이었다.

영홍이가 열대여섯 살 되는 계집애들만 이끌고 돌진했다. 계집애들이 군인들의 다리 사이로 어깨 밑으로 기어들었다. 군인들이 손을 대면 '애개개' 새된 소리를 질렀다.

계집애들이 얼마나 억세고 못 된지 군인들이 힘을 쓰지 못하게 되었다. 길이 점차 열리기 시작하였다.

영홍이가 이끈 계집애들이 먼저 6층에 도착하여 회의실에 진입하였다. 그러자 정호도, 이혁도, 박철이도 자기 단을 이끌고 6층까지 올라왔다.

6층 회의실을 점령한 충성이네는 회의실 강당 정중앙에 '중국 연변 칼날반란단 홍위병 북경상고단'이란 커다란 현수막을 내걸고 구호를 불러대기 시작하였다.

"신화통신사는 거짓 통신을 그만 방송하라!"

"연변 주둔군 부대는 변방의 문화대혁명을 파괴하고 있다!"

"중앙문협은 속히 우리를 접견하라!"

"중앙문협 부조장 강청동지를 만나게 해달라!"

바로 이것이었다. 충성이네는 중앙민위도 중앙군위도 쓸모없고 중앙문협만이 문제의 핵심이라고 생각했으며 중앙문협에서도 지금 사업을 주최하는 강청만이 핵심이라고 생각한 것이다.

"강청 동지를 만나게 해달라!"

"강청 동지를 만나지 못하면 우리는 여기서 한 발작도 물러서지 않을 것이다."

400여 명 홍위병들이 노래 부르고 구호 부르자 신화통신사 전체 건물이 쩌렁쩌렁 메아리 쳤다.

충성이네는 새벽 3시부터 아침 8시까지 목이 터져라 구호 부르고 노래 부르며 농성을 벌였다.

8시가 되자 군인들이 들어와 매 사람 앞에 비닐 봉다리 하나씩 던져주었다. 봉다리 안에는 빵 2개 짠지 한 갑, 닭알 하나가 들어있었다.

노래 부르고 소리 지르느라 무척이나 지치고 허기진 홍위병들이 사양하지 않고 군인들이 가져온 간식을 먹어대기 시작하였다.

식사가 대충 끝나자 안경을 낀 젊은 장교 하나가 종잇장 하나를 들고 회의실로 들어왔다. 그리고는 종잇장을 들여다보며 목청높이 이름을 불렀다.

"최충성!"

정호, 이혁, 박철, 장민까지 모두 다섯 사람이 호명됐다.

"이상 다섯 사람은 우리 군사관리위원회로 가서 자세한 요구사항을 이야기하도록 하오. 지금 군사관리위원회 수장이 기다리고 있소."

신화통신사는 이미 군사관제가 실시돼 있었고 또 해방군 군사관리위원회가 파견되어 들어온 것 같았다.

충성이네 다섯은 주저함이 없이 그 안경을 건 장교를 따라 나갔다.

충성이네가 나가서 한 시간 가량 되니 또 그 안경을 낀 젊은 장교가 종잇장 한 장을 들고 들어와 공보하였다.

"우리 친애하는 강청 동지께서 연변 홍위병들을 만나주기로 동의했소. 그리하여 10시까지 중남해로 가야 하니 지금 빨리 1층 마당으로 내려가 차를 타도록 하오."

"모주석 만세! 만만세!"

"모주석 혁명노선 승리 만세!"

"친애하는 강청 동지 고맙습니다."

모두들 너무나 감동되어 엉- 엉- 흐느껴 울며 목이 터져라 구호를 불렀다.

46. 감금

칼날반란대군 홍위병들은 얼굴이 모두 눈물범벅이 되어 줄지어 6층 회의실에서 나왔다. 회의실 대문을 나서는 순간부터 그들은 이상한 분위기를 감지할 수 있었다. 복도로부터 상하 층계 좌우에 전부 무장한 군인들이 저마다 극히 엄숙한 표정을 짓고 빼곡히 들어차 있었다. 군인들은 그 통로로 홍위병들을 인도하였다. 조금만 발을 늦게 움직여도 총탁으로 엉덩이를 툭툭 쳐대며 빨리빨리 행동하라고 호통쳤다.

홍위병들이 부르던 감격의 구호소리는 사라졌고 눈물범벅이 된 홍위병들의 얼굴에 다시 노기가 피어나기 시작하였다.

일층 마당까지 밀려 내려와 보니 밖은 더욱더 험악한 분위기였다. 마당엔 군용 트럭이 꽉 차있었고 역시 전부 무장한 군인들로 꽉 차있었다.

마침 군용 지프차 한 대에 충성이를 비롯한 칼날반란단 지휘부 성원들이 기타 홍위병들과 마찬가지로 총탁에 엉덩이를 맞아대며 강압적으로 떠밀려 실리고 있었다.

나머지 홍위병들도 군용트럭에 실리기 시작하였다.

이때 군용트럭에 떠밀려 실리던 한 여자 홍위병이 군인들의 손을 뿌리치고 차에서 뛰어내렸다.

"나도 오빠와 같은 차를 탈래! 나도 지휘부 성원이야!"

영리한 영홍이가 충성이를 비롯한 지휘부 성원들과 일반 홍위병들을 갈라놓을 듯한 기미를 알아챈 모양이었다.

군인 몇이 영홍이를 끌다시피 충성이네가 타고 있는 군용 지프차로 끌고 왔다. 그리고는 차문을 열고 충성이를 향해 물었다.

"애도 지휘부 성원이 맞아?"

충성이가 머리를 가로 저었다. 군인들이 다른 지도부 성원들에게 눈길을 주자 그들 역시 도리머리질하였다.

"왜, 아니라고들 하세요. 나도 오빠네 가는 데로 갈래요. 나는 오빠네를 떨어져선 안돼요!"

영홍이가 닭똥 같은 눈물을 뚝뚝 떨구며 충성이를 향해 소리질렀다.

"걔는 내 동생이 맞지만 홍위병도 아니에요. 빨리 일반 홍위병들한테로 데려 가세요."

충성이가 영홍이에게 눈을 흘기며 군인들에게 말했다. 다른 지휘부 성원들도 약속이나 한 듯 일제히 고개를 끄덕였다.

그제야 군인들은 다시 영홍이를 끌다시피 원래 실었던 트럭으로 끌고 와 자기들의 머리 위까지 번쩍 추켜들더니 무슨 쓸모없는 물건짝인 양 차 위에 내동댕이쳤다.

"엉- 엉- 오빠, 나는….."

그래도 영홍은 차 위에서 나뒹굴며 발악하였다. 그러는 영홍이를 몇몇 언니 홍위병들이 달려들어 다시는 차에서 뛰어내리지 못하도록 꽉 붙잡았다.

먼저 두 대의 군인들만 탄 군용 지프차가 신화통신사 대문을 빠져나갔고 그 뒤에 충성이네가 탄 지프차가 앞차와 20여 미터 간격을 두고 따랐으며 그 뒤에 또 군인들만 탄 군용 지프차 두 대가 충성이네 차에 바싹 따라붙어 대문을 빠져나갔다.

신화통신사 대문을 나선 군용 지프차 행렬은 곧바로 천안문과 전문이 있는 동쪽 방향으로 쏜살같이 달리더니 얼마 후엔 아예 인파와 차량 행렬 속으로 종적을 감추었다.

지프차 행렬이 종적을 감춘 후에야 일반 홍위병들을 실은 군용 트럭이 움직이기 시작하였다. 트럭 행렬은 50여 대가 족히 되는 듯싶었다.

네 주위에 무장한 군인들이 둘러 싼 트럭에는 어떤 차엔 홍위병이 20여 명씩 탔고 어떤 차엔 10여 명씩 탔으며 어떤 차엔 한명의 홍위병도 타지 않고 군인들만 탔다.

신화통신사 대문을 나선 군용트럭 행렬은 지프차 행렬이 사라진 동쪽이 아니라 서쪽을 향해 방향을 틀었다. 천안문이나 전문 쪽이 아니라 서단 쪽이다. 웬일인가 의아하여 몸을 일으켜 밖을 내다보려 하니 군인들이 밖을 내다보지 못하도록 머리를 꽉꽉 눌러 주저앉혔다.

"오빠-, 오빠네는 어디로 간 거예요?"

영홍이가 탄 트럭에서 악에 받친 새된 목소리가 울려나왔다. 영홍이의 목소리다.

47. 연동

　충성이네 지프차 행렬은 2시간가량을 달려 북경시교 어느 구치소에 도착했다.

　간단한 인수인계 절차를 거친 후 충성이네는 감방에 수감되게 되었다. 나이 어린 홍위병들이라 다섯 모두를 한 감방에 가두었다.

　간수 둘이 종잇장을 들고 감방에 들어왔다. 종잇장은 상급이 내려보낸 수감 동의서인 듯싶었다.

　간수 둘은 우선 충성이네더러 바지띠를 풀라고 명령하였다. 구치소에 관한 이야기는 난생 생각지도 들어보지도 못한 일이라 바지띠를 풀어달라는 간수들의 말이 이상한 듯 충성이네는 서로 바라만 볼 뿐 바지띠를 풀려고들 하지 않았다.

　"부끄러운 모양이지. 부끄러운 걸 알면 가만히들 집에서 엄마 젖이나 빨고 있을 거지. 왜 나와서 우쭐렁들거려?"

　한 간수가 달려들어 충성이네의 바지띠를 풀어내며 중얼거렸다.

　"애들 연동인가봐. 죄질이 보통이 아닌데….”

　다른 한 간수가 손에 든 종잇장을 들여다보며 말하였다.

　"연통인두, 연동인두 그놈 애들 제 정신이 아닌가봐. 감히 중앙문협을 반대하구 강청을 반대하다니?"

　다섯의 바지띠를 모두 몰수하자 그 두 간수는 감방문을 잠그고 나갔다. 충성이네는 아래로 흘러내리는 바지를 움켜잡은 채 역시 어안이 벙벙하여 서로들 쳐다보기만 하였다.

"방금 저 사람들 뭐랬어? 연동이 중앙문협을 반대하고 강청 동지를 반대한다구?"

충성이 여럿을 둘러보며 물었다.

"그런 소리 같던데."

이혁이 대답했다.

"북경에 중앙문협을 반대하고 강청을 반대하는 조직도 있단 말이네. 북경이 다르긴 다른가 봐. 우리네라면 누가 감히 중앙문협을 반대하고 강청 동지까지 반대하겠어."

정호도 장민도 말을 이었다.

문화대혁명운동이 시작되어 얼마 지나지 않아 홍위병들은 서로 관점이 다른 파벌로 갈라졌다. 처음엔 반란파, 보황파로 갈라지더니 이어 반란파가 또 진짜 반란파 가짜 반란파로 갈라졌다. 그리고 각 반란파끼리는 대변론으로부터 시작하여 밀치기, 투석전, 활, 창, 칼부림 전을 하는가 싶더니 이젠 무장투쟁에까지 이르렀다. 탱크 비행기까지 출동한 지방도 있었다.

허나 이 모든 것은 지방의 일이었지 북경의 일은 아니었다. 북경엔 모주석과 당중앙이 있고 중앙군위와 중앙문협이 있었다.

북경에서도 파벌이 생긴다면 누가 모주석과 당중앙을 옹호하고 반대하며 누가 중앙군위와 중앙문협을 반대하는가로 갈라져야 할 것이 아닌가?

그런데 연동이란 조직이 나타나 감히 중앙문협과 강청 동지를 반대한다는 건 곧 위대한 수령 모주석을 반대한다는 말이 아닌가?

지상인지 지하인지 모를 감방은 창문 하나도 없었다. 자그마한 공기통 하나가 있어 거기로 비쳐드는 희미한 빛발이 있긴 했지만 감방 안은 지옥처럼 어두컴컴하였다. 눈을 크게 뜨고 정신을 바싹 가다듬어야 서로를 알아볼 수 있었다.

문득 감방 안이 밝아졌다. 전등이 켜진 것이다. 그제야 머리 위 천정에 전등알 하나가 달려있었는데 10촉 이하 전등으로 보였건만 갑자기 보게 되니 엄청 밝은 듯싶었다.

쓰르륵- 소리가 나더니 맞은쪽 벽으로부터 창문과 창문턱 하나가 나타났다. 원래 거기에 나무판자로 막힌 벽이 있었는데 벽이나 나무판자나 모두 같은 색깔이어서 어둠컴컴한 감방 안에서는 알아볼 수 없었던 것이다.

창문에 간수인 듯한 한 사람의 얼굴이 나타나더니 창턱에 자그마한 소랭이 둘을 올려놓았다.

"떡 하나 죽 한 고뿌씩이야. 갖다 먹어! 그리고 너희들 감방 규칙을 모르는 것 같은데 그렇게 엉켜 서있으면 안 돼. 모두 벽을 향해 앉아 있어야 해. 매 사람간의 거리는 1미터야."

장민이가 가서 소랭이를 가져다가 매 사람에게 떡 하나 그리고 죽 한 고뿌씩 떠서 나누어 주었다. 떡은 옥수수 떡이었고 죽은 보리죽인 듯싶었다.

간수의 말대로 모두 떡과 죽을 들고 감방 벽에 마주 앉아 먹기 시작하였다.

목이 껑껑 메는 옥수수떡이고 씹어도씹어도 매끌매끌하여 씹히지 않는 보리죽이었건만 점심도 저녁도 먹지 못한 처지라 모두들 눈을 찔끔 감고 억지로 씹어 삼켰다.

이때 옥수수떡을 씹다 말고 장민이 질금질금 벽 쪽으로 기어가 벽에 쓰여진 글자를 뚫어지게 들여다보고 있는 것이었다.

"죽일 놈들, 감히 강청 동지를…."

벽에 쓰인 글자를 보고 있던 장민이 불현듯 소리질렀다.

모두 먹던 떡과 죽을 팽개치고 바지춤을 거머쥐고 장민한테로 몰려들었다.

'중앙문협은 자산계급반동노선의 산물!'

'야심가 강청을 타도하자!'

파란색 분필로 쓰여진 글씨다.

글씨가 그리 크지 않고 파란 분필색과 벽색이 비슷하여 간수들이 발견하지 못한 모양이었다.

이혁이 그 반동 글씨를 지워버리려고 손을 내밀었다.

"아직…, 그만…."

충성이 이혁을 제지시켰다.

그리고 그 글씨가 쓰여진 벽곁에 더더욱 바싹 다가앉아 더 자세히 글씨를 여겨보는 것이었다.

"북경연동… 청화대학 부속중학 정강산…."

충성이가 그 구호 밑에 더 작은 글씨로 쓰여 있는 글자를 또박또박 내리읽었다.

"뭐야? 연동놈들이 쓴 거야!"

"그럼 청화대학 부속중학 정강산이 연동이란 말이었어?"

정호도 박철이도 외쳤다.

"그럼 뭐야, 우리를 연동으로 알고 잡은 거 아니야."

떠들어대는 여럿을 번갈아보며 충성이가 혼잣말처럼 중얼거렸다.

그날 저녁 충성이네는 누구도 잠을 이루지 못하였다. 온 하루 저녁 이튿날 아침에 해야 할 일을 천천히 자세히들 준비하였다.

끝내 전등이 켜졌다. 아침식사 시간이 된 모양이었다.

"아침식사다. 떡 하나 죽 한 고뿌. 너희들 엊저녁 고뿌 둘을 반환하지 않았으므로 죽은 세 사람 몫뿐이다."

쓰르륵- 어제 저녁처럼 나무판자문이 열리더니 또 그 조그마한 바께쓰 둘이 창턱에 올려졌다.

간수가 떠나기 바삐 충성이네는 창문 맞은쪽 벽에 몰려들었다.

어제 저녁에 반환하지 않은 고뿌 둘에 붉은 액체가 가득 차있었다. 피다. 그들 다섯의 피다. 지혈제가 없었으므로 그들 다섯은 온 하루저녁 모두들 왼쪽 다섯 손가락을 깨물어 천천히 한 방울 한 방울 피를 흘려 그 두 고뿌에 받아 채운 것이다.

글씨를 잘 쓰는 장민이 오른손 세 손가락으로 감방 벽에 혈서를 써내려가기 시작하였다.

'연동을 타도하자!'

'중앙문협을 옹호한다!'

'선혈과 목숨으로 위대한 수령 모주석을 사수하자!'

홍위병들이 쓴 큼직한 혈서가 감방 벽을 꽉 채웠다. 잘 쓰여지지 않은 곳을 수정한 후 그 혈서 아래에 장민은 '연변 칼날반란단 홍위병 일동 씀'이라고 좀 작은 글씨로 써놓았다.

그래도 피가 얼마 남았다.

쓰여진 혈서와 나머지 피를 굳은 얼굴로 바라보고 섰던 충성이가 두 손가락을 내밀어 피를 찍었다. 그리고는 혈서 맨 아래에 최충성이란 이름을 써넣었다. 정호, 이혁, 박철, 장민도 충성이처럼 충성이 이름 아래에 차례로 자기들 이름을 써넣었다,

간수가 창문 안에 대고 소리쳤다.

"그릇들을 내놓아라. 저런 저게 뭐야…?"

간수가 깜짝 놀라 소리쳤다. 혈서를 본 것이다.

"너희들 물감은 어디서 난 거야?"

"물감이 아니라 우리들의 피요!"

먹지도 않은 아침밥과 피를 담았던 그 두 고뿌를 창턱에 올려놓으며 충성이가 말했다. 진짜 피인 것을 확인한 그 간수가 떨리는 목소리로 충성이네를 향해 물었다.

"너희들 연동이 아니야? 그런데 왜 여기에 잡혀왔어?"

간수는 대답도 듣지 않고 부랴부랴 그릇들을 챙겨가지고 자리를 떴다.

48. 모택동사상 학습반

　신화통신사를 나와 서행을 한 트럭 행렬은 3시간 남짓이 달려 어떤 산자락 아래에 자리 잡은 군영에 도착했다. 군영에서는 군인들이 훈련하는 소리가 낭랑하게 들려왔다.

　'하나, 둘, 셋, 넷!'

　'하나, 둘, 셋, 넷!'

　칼날반란대군 홍위병들은 빈 병영에 안치되었다. 방안엔 군용이불, 세면도구 등 군인 용품이 아직도 군인들이 생활하고 있는 양 질서정연히 정리되어 있었다. 군인들이 금방 맨 몸만 쏙 빼고 나머지는 몽땅 홍위병들에게 내여준 듯싶었다.

　400여 명 홍위병이면 군부대 한개 영 인원인데 군인들이 홍위병보다 3, 4배 더 많은 걸 봐선 군부대는 한개 퇀 병력은 족히 되는 것 같았다.

　군부대는 홍위병들을 10여 개 패로 나누어 한 개 패를 군부대 한 개 연에 편입시켰다.

　그리고는 아침 기상으로부터 아침체조, 학습, 저녁체조, 수면에 이르기까지 군부대와 똑 같은 생활을 하게 하였다.

　다만 무기조련에 관한 훈련만 군인들이 독자적으로 진행하였다. 그 시간엔 홍위병들은 여전히 모주석 저작을 학습하였다.

　군 부대 수장은 이것을 군홍 연합 모주석저작 학습반이라고 말하였다.

식사도 군인들과 똑같이 하였다. 군인들이 이밥을 먹으면 홍위병들도 이밥을 먹었고 군인들이 돼지고기를 먹으면 홍위병들도 돼지고기를 먹었다.

충성이네 구치소가 지옥이라면 영홍이네 병영은 천당이었다.

아침체조 때와 저녁체조 때는 충자무도 추었다. 영홍이가 홍위병 문공단 성원들을 지휘하여 군인들 앞에서 충자무를 추면 군인들이 뒤따라 춤을 추었다.

붉은 태양이 변강에 비쳐오니,
청산녹수가 금빛찬란하네.
백두산 아래엔 사과배나무 줄지어 섰고,
해란강변엔 벼향기 그윽하다네!

영홍이네를 따라 수백 명, 어떤 때는 수천 명 군인들이 노래 부르고 춤춘다. 젊은 연급 장교로부터 백발의 퇴급 장교들까지 충자무를 추었다.

아침, 점심, 저녁 세끼 식사 전에는 먼저 충성기도를 하였다.

"위대한 영수, 위대한 통수, 위대한 도사, 위대한 키잡이 모주석에…."

영홍이와 홍위병들이 이처럼 선창하면

"영원한 만수무강을 축원합니다 !"

군인들이 완창했으며

"모주석의 가장 친밀한 전우 림부주석에…."

이처럼 선창하면

"영원한 신체건강을 축원합니다 !"

군인들이 완창하였다.

군인들은 대부분 소학교 수준의 문화거나 문맹을 갓 벗어난 수준의 문화였다. 모주석저작의 많은 문자를 바로 읽지 못하였다. 하여 학습 시간에도 홍위병들이 윤번으로 모주석저작을 읽었고 군인들은 토론에만 참가하였다.

영홍이는 춤도 잘 추었고 노래도 잘 했으며 글도 잘 읽었다. 그리고 영리하여 모주석저작 학습심득 발표도 잘하였다.

"모주석께서는 우리들에게 혁명은 노동자계급과 빈하중농에 의거하라고 교도하셨습니다. 저의 아버지는 오랜 전기기계공장 노동자였고 우리 칼날반란대군 충성 오빠의 아버지는 코 흘리는 아이적부터 지주집 머슴을 산 고농입니다. 이런 고난 속에 허덕이던 우리 부모님들을 모주석이 구해주셨고 또한 지금처럼 행복한 생활을 누리게 하였습니다."

영홍이가 눈물을 흘리며 말하자 군인들도 함께 눈물을 흘렸다.

"우리 아버지도 해방전쟁 때는 군인이었습니다. 장개석 백비군을 무찌르기 위해 해남도 해방전쟁에 참가해 일등 공을 세웠습니다. 이런 해방군을 어찌 우리 홍위병들이 잊는단 말입니까?"

"군민 대단결 만세!"

영홍의 발언에 감동되어 군인들이 구호를 외쳐댔다.

군인들과 홍위병들은 누가 더 잘 모주석저작을 학습하는가를 경쟁하였다.

매일 저녁 모주석어록 한 구절씩 암기하여 그 이튿날 학습시간에 암송으로 읽기로 하였다. 하루 저녁 몇 구절 씩이라도 암기할 수 있겠지만 어떤 군인은 문화수준이 문맹이나 다름없었기에 처음엔 한 구절씩만 암기하기로 한 것이었다.

그러나 영홍은 하루 저녁 적어도 다섯 구절은 암기하였다. 열 구절도 문제없이 암기할 수 있었지만 남들이 자고자대한다고 할까봐 다섯 구절씩만 암기하기로 하였다. 그래도 정작 그 이튿날 암기 발표 때면 저도 모르게 열구절도 넘게 암기하여 읽을 때도 있었다.

진정한 경색은 그때로부터 한 달이 지난 후 어느날 진행되었다. 상급에서 모주석어록을 암기하는 군홍경색을 진행하기로 하였다. 해방군을 대표하여 모주석저작 학습표병 한 명이 선출되었고 홍위병을 대표하여 영홍이가 선출되었다.

이 두 대표는 군인과 홍위병 4천여 명이 모두 모여 듣는 앞에서 모주석어록을 암기하여 읽는 표현을 하게 되었다.

시험관이

"모주석어록 112페이지 첫 번째 어록을 해방군대표께서 읽어보세요."

그러면 그 해방군 대표가 그 어록을 표점 부호 하나도 틀림없이 암기하여 읽는다.

두 시간 남짓한 시간에 어록책의 모든 어록이 다 언급되었지만 군인 대표도 영홍이도 한마디 한구절도 틀리지 않고 모두 암기하였다.

정채로운 답변이 끝날 때마다 몇 천 명 관중이 일제히 환호와 박수갈채를 보냈다.

해방군 수장이 친히 두 대표에게 커다란 모주석 마크를 달아주고 상품으로 정교하게 만든 「모주석 최신지시」란 어록책을 증정하였다.

이렇게 영홍이는 전 퇀 군인들이 흠모해마지 않는 모택동 저작 학습표병 홍위병이 되었다.

49. 화재

"불이야 ! 불, 불--."

자정이 넘어 모두 단잠이 든 이른 새벽녘이었다. 난데없이 다급한 고함소리가 고요하던 밤의 정적을 깨뜨렸다. 고이 잠들었던 군인들과 홍위병들이 하나 둘 군영을 뛰쳐나왔다.

불은 담장 하나를 사이에 둔 공장구역 공장건물들을 불태우고 있었다. 군인들은 명령을 기다리는 양 옹기종기 모여서서 점점 거세게 타번지는 불길만 바라보고 서있었다.

그러나 홍위병들은 달랐다.

빗자루를 든 사람, 세수대야를 든 사람, 무엇이든 손에 잡히는 대로 집어들고 담장을 뛰어넘어 불길 속으로 뛰어들었다.

"먼저 선반기를 구하오. 모두 수입 선반기요. 한대에 수백만 원씩 한다오."

노동자들이 발을 동동 구르며 애원했다.

홍위병들은 먼저 선반기 차간에 뛰어들었다.

공장 지붕이 불에 타 무너져 내리며 수십 대의 줄지어 안장된 선반기들을 덮치고 있었다.

수입제 선반기는 정밀 의기였다. 고온에서 견딜 수 없는 수십 종의 전자 의기로 구성되었다. 원래는 빨리 밖으로 끌어내야 했지만 너무 무거워 사람의 힘으로는 움직일 수 없었다. 한 대당 적어도 몇 톤씩은 되는 것 같았다. 그것도 콘크리트 바닥에 단단히 큰 쇠못으로 고정되어 있었다.

"이불을 물에 젖혀 들여보내라!"

홍위병 중 누군가가 외쳤다.

물에 젖은 이불로 선반기를 덮어 선반기가 타지 않도록 하려는 것 같았다.

"옳소, 젖은 이불로 선반기를 덮으면 될 것 같소."

노동자들 중 나이 지긋한 한 사람이 호응했다.

군영으로부터 물에 젖은 군용 이불이 공장에 전달되기 시작하였다.

누구의 지휘도 없이 저절로 줄지어 선 홍위병 행렬이 이 사람 손에서 저 사람 손으로 차례차례 물에 젖은 군용 이불을 공장으로 수송했다.

그때까지도 군인들은 아직 명령이 하달되지 않았는지 조급하여 손만 싹싹 비벼댈 뿐 이렇다 할 방도를 찾지 못하고 있었다. 그러던 군인들이 군용 이불을 화재제거 용으로 동원시키는 걸 보고 깜짝 놀라는 모양이었다.

일부 군인들은 홍위병들 손에서 이불을 빼앗아 내리려고까지 하였다. 명령 없이 군용품은 사사로 처분할 수 없었다. 이는 군의 엄숙한 규율이다. 위반하는 자는 처분을 받는다. 그러나 하늘도 땅도 무서워할 줄 모르는 홍위병들은 그런 걸 생각할 새도 없었다. 불끄기가 우선이었다.

군인들도 마침내 불끄기에 달려들었다. 이불까지는 동원되지 않았지만 밀물처럼 밀려들어 거센 불길과 싸웠다.

불길은 점점 잡혀갔다. 서너 시간이 지나 동녘이 훤히 밝아오기 시작할 때는 완전히 불길이 제압되었다.

살펴보니 불끄기에 나선 노동자, 군인, 홍위병들이 근 만여 명은 될 듯싶었다.

공장 건물 몇 채가 완전히 불에 타버렸다.

많은 설비도 불에 탔다. 손실이 이만 저만이 아닌 듯싶었다.

허나 60여 대의 수입 선반기는 파손 없이 보호되었다. 후에 알고 보니 이 공장은 최첨단 무기를 제조하는 병기공장이었다. 무기의 주요 부속품은 모두 이 수입선반 기가 깎아내고 있었다.

그러니 이 공장의 핵심중의 핵심부분은 바로 이 선반기 차간이었다. 경제적으로도 이 차간엔 전 공장 80% 재산이 적치되어 있었던 것이다.

이튿날이었다.

꽹과리소리, 북소리가 요란하게 울렸다. 수천 명 노동자들이 담을 건너 군영에 몰려들었다.

"중국인민해방군 만세!"

"홍위병 만세!"

"군민은 한 집안 사람, 군민이 단결한 힘을 그 누가 당할손가?"

노동자들은 두 개의 금기를 들고 왔다.

한 금기에는

〈공장을 구해준 인민해방군에 삼가 드림.〉이라고 쓰여 있고 다른 한 금기에는 〈공장을 구해준 변강 홍위병들에게 삼가 드림.〉이라고 쓰여 있었다.

어느새 병영엔 사람들로 가득 찼다.

꽹과리소리, 북소리, 만세소리가 멈춰지더니 금기 수여의식이 진행되었다.

부대 수장과 영홍이 나란히 주석단에 올랐다.

공장장이 부대 수장과 영홍이에게 각각 금기를 드렸다.

금기를 받아쥔 영홍이가 외쳤다.

"위대한 노동자계급 만세!"

"위대한 중국인민해방군 만세!"

"모주석 만세! 만세! 만만세!"

영홍이 외친 구호 하나 하나를 전체 관중이 모두 우렁차게 따라 외쳤다.

50. 월담

영홍의 얼굴엔 항상 미소가 피어나 있었다. 날에 날마다 생활에 충실했다. 동료들과 함께 군인들에게 열심히 충자무를 가르쳤고 가끔 빨래도 해주었으며 모주석 저작 학습에도 그 열정을 식히지 않았다. 모주석 저작 1권부터 4권까지 1차 통독을 완성했고 2차 통독이 진행중이다. 모주석 어록 암송은 벌써 오래전에 이루어낸 일이었다.

그러나 영홍은 취침시간이 되어 전등만 끄면 이불을 뒤집어쓰고 눈물을 흘렸다.

"오빠, 충성이 오빠. 도대체 오빠는 어디에 가 계시는 거예요. 왜 저를 버리고 간 거예요?"

영홍은 속으로 조용히 묻고 또 물었다.

어느 날 영홍은 마침내 더는 참지 못하고 같은 침실의 언니 홍위병들에게 청을 들었다.

"언니들 무슨 방법을 대어서라도 저를 오빠한테로 보내주세요."

"얘가 왜 참지 못하는 거야. 충성이네는 구치소에 감금되었다 하지 않느냐. 우리가 여기서 잘하기만 하면 충성이네도 빨리 풀려날 거야."

언니들이 달래었다.

"아니예요, 언니들. 전 그때까지 참을 수 없어요. 갔다가 오지 않겠단 말이 아니에요. 내 눈으로 한번 보기만 하면 곧 돌아올 거예요. 그땐 돌아와서 무어나 더 열심히 할 거예요."

언니들은 측은한 눈길로 영홍이를 바라보며 가련하여 못보겠다는 듯 혀를 끌끌 찼다.

그 후 며칠 지나서 홍위병 월담 사건이 일어났다. 병영생활에서 월담은 일종 큰 사건이다. 중국의 병영은 담이 아주 높고 견고하다. 병영에서의 담은 일종 경계선이다. 누구도 함부로 담을 넘지 못한다. 병영 가출 허락을 받아도 담이 아닌 대문으로 출입해야 한다. 월담은 군생활에 대한 반역이다. 그런데 지금 군인들과 똑 같은 규제를 받고 있는 홍위병들이 월담했다.

아침체조 반시간전 발이 날랜 남자 홍위병 몇이 담장우에 가시 철망까지 쳐져있는 병영 담을 넘어 도망치기 시작하였다. 그들은 보초병이 총을 겨누며 쫓아와도 주저없이 계속 앞으로 내달렸다.

아침체조가 거의 끝날 무렵에야 그들은 군인들께 잡혀 병영으로 돌아왔다. 재빨리 인원 점검이 시작되었다. 도망친 홍위병이 더 있는가를 확인하기 위해서였다.

끝내 영홍이가 도망친 것이 발견되었다.

남자 홍위병들의 도망은 유인책이었고 영홍의 월담과 도망이 진짜 목적이었다.

남자 홍위병 몇이 담을 넘을 때 다른 한쪽 담으로 몇몇 언니 홍위병들이 영홍이를 동시에 월담시킨 것이었다. 일부러 요란스레 월담한 남자 홍위병들은 오래지 않아 보초병들에게 발각되었으나 영홍의 월담은 보초병들이 발견하지 못하였다.

영홍이의 가련상을 더는 보기 힘들어 언니 홍위병들이 몇몇 오빠 홍위병들께 청을 넣어 일을 성사시킨 것이었다.

담을 넘은 영홍은 재빨리 군영 담 밖 숲속에 몸을 숨겼다. 숲속에 숨어 한숨 돌리고는 숲을 헤가르며 죽을둥살둥 앞으로 내달렸다.

두어 시간 그렇게 숲속에서 달렸을 때다. 문득 앞이 훤히 트이더니 널따란 대통로 하나가 나타났다. 국도인 양 싶었다. 길에는 행인은 없었으나 여러 가지 차량들이 오고 있었다.

영홍은 길에 나서지 않고 숲속에 엎드려 오고가는 차량들을 응시했다. 군용차량이 나타나기를 기다리는 것이었다.

이렇게 또 한 시간 가량 지났을 때다. 끝내 군용트럭 한대가 달려오고 있었다. 영홍은 일찌감치 길에 나서 그 군용트럭이 가까이 오기를 기다렸다.

영홍이가 두 손을 쫙 벌려 군용 트럭을 멈춰 세웠다.

"차에 태워주세요. 더는 걷지 못하겠어요."

영홍이가 가시넝쿨에 긁혀 피투성이 된 종아리와 팔을 걷어 올려 보이며 애원했다.

"어딜 가는데?"

군인 운전사가 차창 유리를 내리고 물었다.

"중앙군위로 가요. 사무청사까지 가면 돼요."

"거긴 왜?"

"오빠가 중앙군위 장교예요. 집에 급한 일이 생겨 오빠에게 알리려고…."

운전사가 피투성이 된 영홍이의 종아리와 팔을 한참이나 측은히 내려다보더니 끝내 고개를 끄덕였다.

영홍이는 열어 주는 조수석 문으로 차에 뛰어올랐다. 그리고는 안도의 숨을 후- 하고 내쉬었다.

"이 차가 바로 중앙군위 앞을 지나게 돼. 원래 백성을 태우면 안 되는데…."

운전사는 차를 몰기 시작하며 혼잣말처럼 중얼거렸다.

그제야 영홍은 가시넝쿨에 긁힌 종아리와 팔이 알알이 아려옴을 느낄 수 있었다. 그러나 영홍의 얼굴엔 괴로움 대신 오히려 잔잔한 미소가 피어올랐다.

차가 달려 한 시간도 채 못된 듯 한데 벌써 중앙군위 사무청사 앞에 와 멈춰 섰다.

차에서 내려 영홍은 곧바로 보호병 앞으로 달려가서 충성의 형의 이름을 대고 접견을 요구했다. 보호병이 영홍이를 대기실로 안내했다. 대기실에 들어서서야 영홍은 벽에 걸린 거울에 얼굴을 비추고 대충 얼굴을 닦고 머리를 쓰다듬어 올렸다.

51. 면회

　대기실로 충성의 셋째형님이 들어섰다. 영홍은 막무가내로 충성의 형님에게 달려들어 허리를 꽉 끌어안았다.

"엉- 어엉--"

　영홍은 대성통곡하였다.

　얼마나 흐느꼈던지 어깨가 춤추듯 오르내렸다.

"오빠, 오- 빠- 어엉--"

　울음은 그칠 줄 몰랐다.

"얘, 영홍아. 이러지 마."

　충성의 형님은 쑥스러운지 자기 허리에서 영홍의 손을 풀어내며 달래였다.

　충성의 형님은 영홍이를 먼저 식당으로 데리고 가 식사를 시키고 다음은 군대 병원으로 데리고 가서 가시넝쿨에 찔려 피범벅이 된 팔다리 상처를 치료해 주었다.

"오빠, 빨리 날 충성이 오빠한테로 데려다 줘요. 오빠는 지금 어디에 어떻게 있어요?"

　치료를 받으면서도 영홍은 빨리 충성이를 만날 생각에만 골몰했다.

　치료가 끝났어도 충성이 형님은 영홍이를 충성이한테로 데려갈 생각을 하는 것 같지 않았다. 그는 영홍이를 중앙군위 초대소로 데리고 가서 거기서 마음 편히 잘 몸조리를 하라는 것이었다. 그러면서 호주머니에서 아담한 손거울 하나를 꺼내어 주었다.

"상처가 얼굴에까지 났었잖아. 그 이쁘던 얼굴에 상처까지 냈으니 충성일 만나면 혼이 날걸."

충성이 형님이 농을 걸었다.

"전 여기 안 있을래요. 충성이 오빠한테 갈래요."

영홍은 생떼질을 썼다.

"이 철없는 것아. 너 땜에 지금 전 북경시내에 계엄령이 내려져 있어. 전 군이 발칵 뒤집혔단 말이야. 너 나한테 잡혔으니 다행인 줄 알아. 그렇지 않았다면 지금쯤 지옥인지 천당인지 어디에 가 있을지 몰라."

충성의 형님이 영홍이의 어깨를 다독이며 말했다.

"너 모주석 저작 학습 표병이라지. 내가 지금 가서 모주석 저작과 어록을 가져올테니 다른 통지가 있기 전엔 꼼짝 말고 이 초대소에서 착실히 학습하고 있어."

충성의 형님이 모주석 저작을 가지러 가자 영홍은 침대머리에 앉아 하염없이 눈물을 흘렸다.

"오빠, 이렇게 도망을 쳤는데도 오빠를 못보게 되다니…."

영홍이가 중앙군위 초대소에서 할일 없이 모주석 저작만 이리 뒤척 저리 뒤척하는 사이 벌써 이틀이 지났다.

북경에 온 지도 이젠 한 달을 훌쩍 넘겨 설 보름을 넘기고 절기로는 입춘을 넘겨서 따사로운 봄을 맞이하였다. 들판에 파릇파릇 새싹이 돋아나고 아지랑이 아물아물 피어오른다. 북경의 봄은 연변보다 더 빨리 찾아오는 듯싶었다.

영홍이는 어느 때 무슨 소식이 오냐 하고 출입문만 뚫어지게 바라보고 있었다. 아니나 다를까 충성의 형님이 방안에 들어섰다. 그리고는 서둘러 말했다.

"잠깐 만날 건데… 말이 길어서도 안 되고 울어서도 안 돼. 겨우 겨우 받아낸 비준이야. 빨리 아래 내려가 차를 타!"

"어딜 가려구요?"

"뭘 어디긴 어디야, 충성일 만나러 가지."

"정말?！"

영홍인 너무도 기뻐 그 자리에서 폴짝 폴짝 뛰었다.

영홍이와 충성의 형님을 앉힌 지프차가 중앙군위 대문을 나와 쏜살같이 동쪽을 향해 내달렸다. 북경의 어느 한 간수소로 가는 것이었다. 그 사이 충성이네는 구치소로부터 간수소로 자리를 옮겼다. 구치소는 죄인을 가두는 곳이고 간수소는 교육 대상을 가두는 곳이다. 즉 다시 말하면 구치소는 적을, 간수소는 벗을 가두는 곳이다. 그 사이 충성이네는 연동과 같은 반혁명으로부터 교육을 받아 인민 편으로 올 수 있는 착오가 있는 반란파로 전변된 것이었다. 이렇게 된 데는 충성이네가 구치소 벽에다 쓴 혈서와 영홍이네가 모주석 저작 학습반에서 세운 특출한 업적이 가장 큰 작용을 하였다고 충성의 형님이 말했다.

간수소는 구치소보다 생활 조건이 퍽 나았다. 먹는 것은 옥수수떡이 아니고 밀가루 떡이었으며 허리띠도 압수당하지 않고 제대로 맬 수 있었다. 또 책도 볼 수 있었고 방송도 들을 수 있었다.

영홍은 철창 사이로 충성이네를 볼 수 있었다.

충성이도, 정호도, 이혁이도, 박철이도, 장민도 매우 수척한 모습이었다.

"오빠, 오빠, 어- 엉- 엉!"

철창사이로 충성이의 손을 잡은 영홍은 눈으로 하염없이 눈물이 흘러내려 엉엉 울기만 하였지 제대로 보지도 말하지도 못하였다.

"울지 마, 울지 마!"

충성이 역시 울지 말라는 말밖에 다른 말이 더 나오지 않았다. 충성이네는 모두들 다 같이 눈물만 흘렸다.

　반시간도 못되는 간단한 면회였다.

　"우리 이젠 연변으로 돌아가자. 돌아가서 잘해보자꾸나!"

　충성이가 영홍이의 손을 잡아 흔들어주며 말했다.

　"오빠, 후엔 오빠 말을 더 잘 들을게."

　영홍이가 말했다.

　영홍인 밤늦게야 원래 있던 군부대로 지프차에 실려 돌아왔다.

52.《정강산》과《칼날》의 대결

정강산 홍위병은 북경의 홍위병을 말하는데 주로 청화대학과 청화대학 부속중학교 극진파를 대표하는 홍위병이다. 일명 수도 홍위병 총사령부라고 하였는데 사령원은 청화대학의 괴대부였다.

그 당시 북경 홍위병은 두 개 파로 나뉘어 있었다. 바로 괴대부가 이끄는 '하늘파'와 그 대립면 '땅파'였는데 땅파는 주로 북경 지질학원과 북경사범대학의 극우파로 조성되었다.

하늘파는 문공무위라는 기치를 내걸어 땅파를 무찌르고 모든 북경의 주도권을 찬탈하려 하고 있었다. 문공무위란 중앙문협이 홍위병에게 무력투쟁을 부추키는 소위 문화대혁명의 투쟁 방식으로 문화적 형식으로 진공하고 무력적 방식으로 방어한다는 투쟁 형식이다.

하늘파가 문공무위로 일거에 땅파를 무찌르려 불시에 땅파의 사령부가 자리잡고 있는 청화대학 청소루를 기습했건만 일찍 기습 정보를 획득한 땅파 사령부는 이미 암암리에 거처를 다른 곳으로 옮긴 뒤였다.

하늘파가 계속 땅파 사령부의 거처를 추적하던 중 땅파의 사령부가 충성이네가 감금되어 있는 구치소 안에 있다는 정보를 포착한 것이었다. 실은 땅파가 흘린 유인 정보였던 것이었다.

하늘파 특공대 백여 명이 군용트럭 다섯 대에 갈라 타고 구치소를 기습하였다. 그러나 땅파의 사령부 성원들을 찾아내지 못하자 그곳에 갇혀있는 충성이네를 탈취한 것이었다.

충성이네는 아무런 영문도 모른 채 하늘파 트럭에 실렸다.

충성이네를 탈취한 트럭이 칼날 홍위병들이 거처한 해방군 군영 뒷산을 지날 때다.

하늘파 트럭이 지날 국도에 돌사태가 쏟아져 내렸다. 하늘파 트럭 다섯 대 모두가 돌사태에 막혀 국도에 멈춰 섰다.

트럭의 정지와 때를 같이하여 트럭을 향해 돌멩이들이 빗발치듯 날아들었다.

누가 어떻게 무엇 때문에 전하여왔는지 지금까지도 잘 해명이 안됐지만 충성이네가 납치됐다는 정보를 영홍이가 입수했고 또 하늘파 트럭이 군영 뒷산 국도를 지난다는 정보까지 영홍이가 입수했던 것이다.

더욱 이상스러운 것은 소식을 접한 영홍이가 500여 명 칼날 홍위병들을 공개적으로 조직해가지고 뒷산에 매복작전을 펼치어도 해방군이 아무런 관심도 가지지 않고 수수방관 하였다는 것이다.

30분도 안 되는 투석전이었다. 하늘파 홍위병들은 골통을 맞은 놈은 골통에, 팔 다리를 맞은 놈은 팔다리에 피를 흘리거나 절룩발이 되어 모두 백기를 내걸고 무릎을 꿇고 두 손을 번쩍 들었다.

산 위로부터 홍위병 깃발을 앞세운 칼날대원들이 물밀듯 쏟아져 내려왔다. 앞장에 깃발을 추켜든 사람은 영홍이었다.

그때 하늘파 사령원 괴대부는 트럭 운전석에 충성이를 배동하여 앉아있었다.

괴대부가 자동차 운전석 유리창을 내리고 허리춤에서 권총을 뽑아 깃발을 쳐들고 달려오는 영홍을 겨냥하였다.

이때 옆에 앉아있던 충성이가 손을 내밀어 괴대부의 사격을 중지시키며 말했다.

"우리 칼날 홍위병들이오. 그들도 문공무위를 하고 있소. 잘못은 우리를 잘못 납치한 자네들에게 있지 않소?"

"아니, 자네들 칼날이라니? 하늘에서 떨어졌소? 땅에서 솟아났소?"

"그런 건 후에 얘기하도록 하고…."

말을 맺지도 않고 충성이가 차에서 내려 손을 번쩍 높이 쳐들었다.

산 아래로 쏟아져 내려오던 칼날 홍위병들이 그 자리에 일제히 멈춰 섰다.

"오빠! 엉- 엉--"

영홍이가 홍위병 깃발을 내던지며 충성이를 향해 달려왔다.

"만세! 만세! 만만세!"

"홍위병 만세!"

"무산계급 문화대혁명 만세!"

"모주석 만세! 만세! 만만세!"

삽시에 구호소리가 국도 양옆 산 사이에서 울려 퍼졌다.

"오해였구만, 오해!"

괴대부가 차에서 내려 충성이에게 악수를 청했다. 트럭에 함께 앉아 오면서 두 사람은 이미 많은 이야기가 오간 사이였다.

영홍이가 달려와 와락 충성의 품에 안겼다. 때를 같이하여 구치소의 간수 둘이 달려와 충성이의 팔을 잡았다.

간수들 지프차 두세 대가 처음부터 하늘파 트럭 뒤에 바싹 따라왔던 것이다.

"오빠, 우리 있는 데로 가자! 구류소로 가지 마!"

영홍이가 충성이를 더더욱 힘있게 끌어안았다. 그러는 영홍이의 손을 가까스로 풀어내며 충성이가 간수들에게 끌려 구치소 지프차 쪽으로 향했다. 다른 지휘부 성원들도 충성이와 마찬가지로 순순히 구치소 지프차에 올라탔다.

충성이네를 되찾은 구치소 지프차가 쏜살같이 오던 길을 되돌아 달렸다.

"무산계급 문화대혁명 만세!"

"홍위병 만세!"

"모주석 만세! 만세! 만만세!"

하늘파 홍위병과 칼날 홍위병 모두가 우렁찬 목소리로 만세를 합창하였다.

"북경 홍위병들은 아직 멀었어. 변강 홍위병들을 잘 따라 배워야 돼!"

괴대부가 혼잣말처럼 중얼거렸다.

53. 출옥

화창한 봄날이었다. 간수소에 두 대의 군용 지프차가 와 멎었다. 그 한 차에서 충성의 셋째형님이 새하얀 가운을 걸친 두 군인과 같이 내렸다.

그 두 군인은 이발사였다. 전문 중앙 군위 기관내부 장교들의 이발을 책임진 군인 이발사였다.

충성이네가 간수소 소장 사무실에 불려갔다. 거기서 그들은 이발을 하였다.

이발이 끝나자 충성이 형은 그들더러 깨끗한 옷을 바꿔 입게 하였다. 그들은 충성의 형이 갖고 온 새 군복으로 낡은 홍위병 옷을 바꿔 입었다. 그리고 또 왼팔에 고이고이 간직해 두었던 홍위병 완장을 둘렀다. 모두 의젓한 청년으로 변했다.

간수소 소장이 매 사람 앞에 서류 한 장씩을 내주었다. 출소 허락서였다.

"빨리 사인해."

충성의 형님이 독촉하였다.

충성이가 호주머니에서 필을 꺼내 사인하고 엄지에 붉은 인장을 찍어 손도장까지 찍었다. 이 광경을 지켜보고 섰던 다른 넷도 충성이처럼 필을 꺼내 사인하고 손도장을 찍었다.

충성의 형님의 독촉하에 충성이네가 간수소 마당에 멈춰 섰던 지프차에 몸을 실었다.

충성의 형님이 지프차 안으로 무언가 들이밀었다.

"두부야, 출소할 때 두부 먹는 건 연변의 습관이라며…."

모두들 어쩔 줄 몰라 또 충성이만 바라보았다. 그러는 일행을 둘러보더니 충성이가 먼저 손을 내밀어 두부 한 조각을 떼어 입속에 넣었다.

그러자 나머지 넷도 두부를 조금씩 떼어 입에 넣고 우물우물 씹었다. 어쩐지 다섯 홍위병들 눈에서 눈물이 쭈르륵 흘러내렸다.

두 대의 군용 지프차가 간수소 마당을 빠져나와 중앙군위 쪽으로 쏜살같이 달렸다.

중앙군위에 도착하자 충성이네는 곧바로 군위청사 접대실로 안내되었다.

접대실에서 한참을 기다리느라니 충성의 형이 늙스그레한 장교 하나를 모시고 들어왔다. 바로 그 충성이네가 여기를 반란하던 날 나와 강청동지의 지시를 전달하던 사령관이었다.

"나의 대단하신 홍위병들이시구려. 고생이 많았지. 그만한 고생은 응당한 거야. 어려서 고생을 많이 해야 커서 큰 사람이 되는 거야. 허허…."

사령관은 충성이네 일행을 일일이 손을 잡아주며 호탕하게 웃었다.

자리를 잡고 앉자 사령관은 계속 너스레를 떨었다.

"왜 대단한 사람들이라 하냐구? 그래 봐, 나도 지금 정군장이 아닌데 충성인 지금 정군장이잖아. 열 몇에 벌써 50을 넘긴 부군장급인 나보다 반급이 더 높잖아. 기타분들 역시 단장이라며 49년 장개석 수도 남경해방 때 난 퇀장이 아니라 연장이었네.

한개 연을 이끌고 장개석 총통부에 돌진해 들어갔는데 글쎄 다른 부대가 먼저 총통부를 점령했잖아. 그래서 부대를 이끌고 다른 한 건물로 돌진해 들어갔더니 그게 바로 남경 정부 위생부였어. 이쁜 여자들은 많았어. 하하하….”

충성이 형이 따라주는 물로 목을 축이고 사령관은 계속 너스레를 떨었다.

“자네들 참말 대단해. 중앙민위를 반란하고 그것도 모자라서 그 다음은 중앙군위를 반란하고 또 그것도 모자라서 중앙 신화 통신사까지 반란했지. 신화 통신사가 무슨 곳이여. 당중앙의 목구멍, 목주래란 말이여. 목소리를 내는 곳이래야 옳은가?”

사령관이 충성의 형을 힐끔 쳐다보며 하던 말을 계속하였다.

“자네들 세계 기록을 세웠어. 세계적으로도 없는 기적적인 일이었어. 어린애들 백여 명이 맨 주먹으로 며칠 사이 아주 성공적으로 국가 핵심기관 그것도 하나가 아닌 몇 개씩이나 점령하다니… 세계 정변, 쿠테타사…, 고대사, 현대사 어디에도 없는 일이야. 그런데 중국의 홍위병, 바로 자네들이 해냈단 말이야. 이게 세계 기록이 아니고 뭐야….”

사령관이 또 기록부에 바삐 기록하고 있는 충성의 형을 바라보더니 허허허- 너털웃음을 치더니 말했다.

“헛소리니 이제 금방 한 말은 기록부에서 삭제해. 홍위병 어르신님들께 타도당할라….”

사령관은 참말로 좋은 사람 같았다. 연변 주둔군 장교들하고는 판판 달랐다. 무슨 불호령이 떨어질까 전전긍긍하던 충성이네는 자기도 모르게 긴장이 깡그리 풀려 이젠 자기 앞 탁자에 놓인 고뿌까지 들어 물을 마시었다.

“한 달 남짓이 자네들을 감금한 건 상급의 지시였네. 명령에 복종함은 군인의 본분이야. 섭섭히 생각 말게. 오늘부터 감금이 해제됐어. 이 역시 상급의 결정이야. 오늘 바로 집으로 돌아가게 되었네. 한 사람도 빼놓지 않고 천진 역까지 수송할테니 천진역에서 기차를 타게. 차표는 천진역에서 나누어 줄 거야. 차에 오르고 차가 발차할 때까지 우리가 보호할 거야."

사령관이 잠깐 말을 멈추고 여럿을 둘러보더니 말을 계속하였다.

"우리는 자네들을 모주석의 훌륭한 홍위병들이라고 믿고 있어. 충성이를 놓고 보더라도 아버지는 고농, 형님네는 혁명군인, 본인은 혁명 반란파 이처럼 근본이 좋은 사람이 왜 반혁명을 하겠어. 구치소 벽에 자네들이 쓴 혈서를 보았어. 연동분자들이라면 그런 혈서를 쓸 수 있겠어? 그리고 자네들 수하 홍위병들은 얼마나 굳세고 순결해. 수백만원 가치의 국가 재산을 불더미에서 구해냈어. 모주석 저작도 참담게 학습해서 이름이 뭐라더라? 오, 오 영홍이라고 했지. 영홍이라는 홍위병은 우리 전군의 모주석 저작 학습 표병까지 됐지. 이러한 자네들이 반혁명을 했다면 누가 믿겠어. 다른 사람들은 몰라도 나는 믿잖아…."

사령관이 물잔을 들어 목을 축이더니 모자를 바로잡아 쓰고 옷깃을 단정히 하였다.

"홍위병 동지들, 지금 문화대혁명은 가장 관건적인 전면 탈권시기에 직면했소. 계급투쟁과 노선투쟁은 격렬하오. 중앙으로부터 지방에 이르기까지 굵고도 긴 검은 뿌리가 연계되어 있소. 이 뿌리를 파내고 짓뭉개 다시는 살아나지 못하게 하는 가장 영광스러운 일이 자네들 홍위병들 앞에 놓여졌소. 빨리 변강에 돌아가 변강을 지키고 변강의 문화대혁명에 응당한 기여를 하오."

말을 마친 사령관이 일어서서 정중히 충성이네를 향해 군례를 하였다.

충성이네 다섯도 일어서서 차렷 자세를 취한 후 사령관을 향해 군례로 답례하였다.

"군민 대단결 만세, 만세, 만만세!"

눈치 빠른 장민이 선창하자 사령관도 충성이 형님도 다 같이 합창하였다.

사령관이 나갔다. 그 뒤를 따라 충성이네도 접견실로부터 나왔다. 그리고는 차를 타러 일층 마당으로 내려갔다.

54. 차내 회의

천진역이었다. 학습반에 참가했던 대 부대 홍위병들이 먼저 도착해 있었다. 그들은 아직 차에 오르지 않고 옹기종기 모여서서 지휘부 성원들이 도착하기를 기다리고 있었다.

가장 초조히 기다리는 것은 영홍이었다. 어저께 다른 홍위병들만 이미 먼저 지휘부 성원들을 만나봤건만 어쩐지 더욱 긴장한 모양이었다.

혹시 총책임자인 충성이만 더 감금시키는 건 아닌지 영홍은 수척해 졌던 충성이의 얼굴을 머리에 떠올리며 안절부절 못한다.

드디어 두 대의 군용 지프차가 나타나더니 곧장 열차 옆까지 달려왔다.

뒤차 문이 먼저 열리더니 충성이가 차에서 내렸다. 그는 두 손을 번쩍 들어 기다리고 있는 홍위병들께 인사하였다.

영홍이가 달려가 와락 충성이에게 안겼다. 도망이라도 칠까봐 꽉 껴안았다.

"만세, 모주석 혁명노선 승리 만세!"

누군가 만세를 선창하자 모두들 따라 합창했다.

"빨리 차에 타라. 빨리 집에 돌아가야지. 아빠 엄마 보고 싶잖아?"

충성이가 자기 품에 안긴 영홍이를 떼어 놓으며 말했다.

"아니, 하나도 안 보고파. 그저 오빠만 보고파. 어엉--"

영홍이가 자기를 품에서 떼어 놓으려 애쓰는 충성이의 손을 뿌리치며 울음을 터뜨렸다.

홍위병들을 실은 기차는 기적소리 요란하게 기운좋게 내달렸다. 하북성이라 해도 연변보다 계절이 한 달 빠르므로 벌써 백양나무, 버드나무가지에 새싹이 돋아나 있었다.

중앙군위가 칼날홍위병들의 귀환을 위하여 퍽 신경을 쓴 것 같았다. 지휘부 성원 다섯에게는 연석침대 자리표를 끊어줬고 여성 홍위병들에게는 침대칸을 마련해줬다.

점심녘에 천진시에서 발차한 기차가 산해관을 넘어 요녕성에 들어서니 어둑어둑 땅거미가 지기 시작하였다. 충성이는 자기가 들어있는 연석 침대칸에서 회의를 소집하였다. 북경에서의 일을 총화하고 집에 돌아가서의 일을 계획하기 위해서였다.

"문화대혁명이 마지막 시기를 맞는 것 같구나. 3결합 탈권을 하라고 하니 우리는 어떻게 해야 된다는 거야?"

충성이가 입을 열었다.

"탈권이라면 우리 연변을 놓고 보면 주당위, 주정부를 다시 세우는 것이고 우리 학교를 놓고 본다면 학교 교장과 당위서기를 다시 앉힌다는 것이 아니겠니?"

장민이 말했다.

"그럼 3결합은 어떻게 한다는 거야?"

정호도 한마디 했다.

"영도간부 하구, 반란파 그리고 해방군이라니 주요탠, 요진탠, 요진난 중에서 좋은 영도간부를 뽑고 홍군, 백군, 청군 중에서 반란파를 뽑고 주둔군에서 영도기구에 들어오는 게 아니겠어?"

박철이 말했다.

주요탠이란 원 주 지도간부 중 주서기, 요서기, 전서기 등을 말하는 것이고 요진탠이란 요혼, 김명한, 전인영을 말하는 것이며 요진난이란 요훈, 김명한, 남명학을 말하는 것이다. 주서기는 조선족 간부로 주장 겸 주당위 제일 서기였고 요서기란 한족 간부로 주당위 제2서기를 말하며 전인영이란 한족 간부로 주당위 제3서기 겸 부주장을 말한다. 요진남중 진은 조선족 김부주장이었고 남은 역시 조선족 남부주장을 말한다.

"주서기는 항일간부고 지금 주총리가 특별히 보호하고 있으니 해방시키면 될거구, 해방군은 군분구나 야전군에서 누가 파견 받아 오겠지. 헌데 반란파가 문제야. 백군의 두목들은 거의 모두 감금됐고 우쭐렁거리는 건 청군뿐이니…."

충성이 말했다.

"반란파라면 우리 홍군이지. 변강대학이든지 우리 연변일중 칼날에서 나와야지."

영홍이 끼어들었다.

바로 이때였다. 차안에 방송이 울려왔다. 저녁 9시가 되니 신화사 전문을 방송하는 모양이었다.

"…연변 주둔군 부대는 옛 공로에 연연하지 않고 계속 분발하여 또 새로운 공로를 세워가고 있다…. 더욱이 3결합 탈권을 위하여 착오를 범한 반란파들에 대한 교육을 바싹 틀어쥐고 있다."

한 달간 잠잠해있던 그 신화 통신사가 또 연변 주둔군을 표창하기 시작하는 것이었다.

"놈들, 아직도 버릇이 안 떨어진 모양이군."

이혁이 주먹으로 차안의 침대를 꽝 내리쳤다.

모두들 깜짝 놀란 듯 어안이 벙벙해 눈만 둥그렇게 떴다.

그렇다면 연변 주둔군이 백군을 진압하고 홍군 반란파를 압제한 걸 지금도 그대로 인정한단 말인가? 그리고 또 착오를 범한 반란파란 누구를 가리킨단 말인가?

"모주석께서 말씀하셨어요. 혁명은 끝까지 진행하여야 한다고요. 절대로 초파왕을 본받지 말랬어요."

영홍이가 조그마한 주먹을 내흔들며 말했다.

"그리고 총대에서 정권이 나온다고 말씀하셨어요. 3결합 탈권이 정권을 세운다는 말이 아니에요. 백군이든 청군이든 홍군이든 총대가 강하면 누가 정권을 잡는 게 아니겠어요."

영홍이가 계속 종알거렸다.

"나는 그래도 총을 놓고 청군과 잘 협상하여 백군에게 씌어진 모자도 벗기고 좋은 간부들을 다시 잘 선택하여 3결합 탈권을 하려고 하였는데…."

충성이가 혼잣말처럼 중얼거렸다.

"먼지는 쓸어버리지 않으면 저절로 날아나지 않는다 하였어요. 혁명은 끝난 것이 아니에요. 우리는 반드시 결심을 내리고 희생을 두려워하지 말고 만난을 극복하고 승리를 쟁취해야 돼요."

영홍이가 부르짖었다.

충성이네는 아무 말 없이 대견하다는 듯 영홍이를 바라보았다.

"참말 선혈과 목숨으로 모주석을 보위하려 했는데…, 그래 그것이 착오였단 말인가?"

충성이 계속 혼잣말처럼 중얼거렸다.

드디어 기차가 연길역에 도착하였다. 북경에 갈 땐 연길역에서 기차를 탈 수 없었지만 올 땐 당당히 연길역에서 차에 내렸다.

대오는 연길역에서 질서 정연히 줄지어 호호당당히 시내를 거쳐 학교로 향했다. 청군의 방송들이 요란스레 어제 저녁 신화 통신사 전문을 방송하고 있었다.

"연변 주둔군 부대는 옛 공로에 연연하지 않고 계속 분발하여 또 새로운 공로를 세우고 있다. 더욱이 3결합 탈권을 위하여 착오를 범한 반란파들에 대한 교육을 바싹 틀어쥐고 있다."

이뿐이 아니었다. 신화사 전문 방송 뒤에 자기들의 말까지 보태었다.

"지금 바로 착오를 범한 홍색의 칼날 반란파가 북경으로부터 연길로 돌아오고 있습니다. 참답게 착오를 개정하고 새 공로를 세우기를 바랍니다."

칼날 반란파 대오는 도보로부터 달음박질로 행진을 바꾸었다. 구호도 부르지 않았다.

"하나, 둘, 셋, 넷- 하나, 둘, 셋, 넷--"

구호 대신 북경 부대에서 때의 훈련처럼 하나, 둘, 셋, 넷만 기운차게 외쳤다.

55. 모주석께 드리는 편지

우리가 가장 존경하는 위대한 수령 모택동 주석님께:

저희는 반제 반수 최전선 연변의 칼날 홍위병들입니다.

우선 먼저 저희들은 저희들의 위대한 도사이시고, 수령이시며, 통수이시고, 키잡이이신 당신께 충심으로 경의를 표시하여 목청껏 우렁차게 당신의 만수무강을 축원합니다.

"위대한 수령 모주석 만세! 만세! 만만세!"

우리가 연변 변강에서 반란할 때도 이번 북경에 가서 반란하면서도 저희들은 천번, 만번 당신께서 문화대혁명을 참말로 잘 일으키셨다고 생각하였습니다. 문화대혁명은 국제 공산주의운동 역사상 유래 없는 위대한 운동으로 막스주의 레닌주의를 한 단계 더욱 높은 고도에로 발전시킨 전대미문의 더없이 위대한 운동입니다. 이로 하여 당신께서는 중국인민 뿐만 아니라 세계 각국 여러 민족의 모두가 우러러 받드는 태양보다도 더욱 밝은 인간 태양이 되셨습니다.

위대한 문화대혁명을 승리에로 이끄시기 위하여 당신은 친히 홍위병을 창건하셨습니다. 홍위병은 문화대혁명의 주력군이며 목숨으로 당신을 보위하는 붉은 전사입니다. 홍위병들은 과거에도 지금에도 장래에도 영원토록 당신을 선혈과 생명으로 보위할 것입니다. 우리 변강 홍위병 '칼날'은 더더욱 그러할 것입니다.

저희 칼날 홍위병은 연변에서 학교 내 주자파를 반란했고 자치주 내 주자파를 반란했으며, 시종 파구립신 앞장에 서서 새로운 공로를 세우려 악전고투하였습니다.

저희가 이번에 북경에 가서 일으킨 반란도 당신의 지시에 따라 당신의 손수 일으키신 문화대혁명에 먹칠하는 자산계급 반동노선을 철저히 쳐부수기 위해서였습니다.

연변 각 족 인민은 물론 연변의 광범한 조선족 인민들은 무한히 조국과 당 그리고 당신을 사랑합니다.

그러나 한 무리의 계급의 적들은 이를 달갑게 여기지 않아 연변 조선족 인민들에게 터무니없는 《반혁명폭란》이란 죄명을 들씌워 무자비하게 진압하였습니다.

이는 주로 중앙문협중의 일부 인사와 연변 얀락원 모원신의 그릇된 행동과 사상에서 비롯된 것입니다.

저희는 이번에 북경에 가서 이한 자산계급 반동노선을 반란하였습니다. 그리고 해방군들의 지도하에 당신의 저작과 사상을 더욱 깊이 있게 학습하였습니다.

저희도 당신의 요구에 비하면 부족점이 많다는 걸 잘 알고 있습니다.

저희는 지금 연변으로 돌아왔습니다.

연변에 돌아왔으니 더욱더 심도 있게 연변의 문화대혁명을 발전시킬 것입니다. 저희는 결코 왕홍문이 이끄는 상해의 총공사 홍위병이나 괴대부가 이끄는 북경의 제3사 홍위병에 뒤지지 않을 것이며 그들보다 더욱 억세게 문공무위로 당신의 노선과 사상에 배치되는 모든 것에 철저히 반란을 할 것입니다.

지켜봐 주십시오. 연변 칼날반란단 홍위병들의 쾌거를….

천번 만번 말을 되씹어도 단 한가지입니다.

'위대한 문화대혁명 만세!'

'모주석의 홍위병 만세!'

'모주석 무산계급 혁명노선 만세!'

'위대하고 영명하신 우리의 도사이시고, 수령이시고, 통수이시며,
키잡이이신 모택동 태양 만세! 만세! 만만세!'

연변 칼날반란대군 홍위병 군장

최충성 올림

1968년 1월

56. 정찰

4월에 접어드니 봄빛이 더욱 완연하였다. 북경을 떠날 때 북경의 날씨와 비슷하다. 냇가에 얼어붙었던 얼음들이 우쩍 우쩍 소리 내며 녹아버리기 시작했고 나뭇가지가 파릇파릇 움터나기 시작하였다.

화창한 봄날이다. 충성이가 의외로 영홍이에게 학교 뒷산마루로 산책 나가자고 제안했다. 북경에서 돌아와 두문불출하며 손에 모주석 저작만 쥐고 있던 충성이다.

학교를 빠져나올 때 그들은 잠깐 학교 뒷마당 언덕 나무숲에 와 멈춰섰다.

"이 나무를 기억하고 있어?"

소나무 한 그루를 가리키며 충성이가 영홍이에게 물었다.

"당연하지, 오빠 이 나무를 기억하고 있어요?"

영홍이가 소나무 옆에 소나무와 가지런히 자라있는 낙엽나무를 가리키며 반문하였다.

"벌써 2년이 지났나? 그 사이 넌 참말로 많이 컸어. 그땐 아이 같았는데."

"오빠, 나 인제 17살이에요. 다 큰 처녀데요."

영홍이가 뾰로통해 말했다.

학교를 빠져나와 오솔길을 따라 뒷산마루에 오르기 시작하였다. 영홍이보다 충성이가 더 의젓한 청년으로 변한 것 같았다. 초록색 군복에 신발까지 군복차림이다. 팔에 홍위병 완장만 두르지 않아도 진짜 군인이라 하였을 것이다.

"총대에서 정권이 나온다는 말씀 모주석께서 언제 하신 말씀이지?"

파릇파릇 돋아나는 새싹을 밟으며 충성이가 영홍이에게 물었다.

"천 구백 이십년대 장개석이 국공 합작을 파괴하고 홍군을 소멸하려 포위 소탕 작전을 펼칠 때 한 말씀이예요."

영홍이 대답했다.

"우리의 3결합 정권도 총대에서 나올까?"

충성이 물었다.

"그런가 봐, 청군이 총대를 잡았잖아요. 우리도 총대가 있다지만 청군에 비하면 어림도 없이 적고 약하지요. 아마 연변의 3결합 정권은 청군 몫일 것 같아요."

영홍이 대답했다.

"그래선 안 되지, 안 되구 말구…."

충성이가 혼잣말처럼 중얼거렸다.

한 시간 걸었을까, 10여 리 길은 걸은 것 같았다. 그들은 어떤 자그마한 산등성이에 올라와 있었다. 산 밑은 그리 깊지 않은 계곡이었다. 계곡에선 벌써 찰랑찰랑 얼음 섞인 냇물이 흘러내리고 있었다.

"여기 좀 앉아 쉴까?"

주위를 찬찬히 살펴보던 충성이가 말했다.

"그러세요. 참 봄날씨가 좋네요. 저기 저 돌위에 앉으면 좋겠네요."

영홍이가 산등성이로부터 10여 미터 떨어진 곳에 넓고 큼직한 돌반석 하나가 있는 것을 보고 말했다.

그들은 가지런히 돌반석 위에 앉았다. 틀림없는 한 쌍의 연인 같았다. 그것도 한 쌍의 군인 연인 같았다. 영홍이도 초록색 군복 차림이었으니 말이다. 영홍이는 충성이에게 바싹 다가앉아 팔을 꼭 껴안았다.

그러는 영홍이의 손을 살며시 밀치며 충성이가 호주머니에서 종이 한 장과 꽁다리 연필 한 자루를 꺼내었다. 그리고는 먼 앞을 응시하며 종잇장 위에 무엇인가 그림을 그리기 시작하였다.

"뭘 그리세요?"

영홍이가 종잇장을 바라보며 물었다.

"저기 저 앞에 철조망이 보이지. 그리고 또 총을 멘 군인 두 사람도…."

그제야 영홍은 주위를 똑똑히 살펴보기 시작하였다. 20미터 밖에 철조망이 쭉 늘어져 있었고 그 철조망으로부터 한 30미터 밖의 산중턱에 푸르스름한 대문이 나있었고 그 대문 앞에 군인 두 명이 총을 잡고 이리저리 갔다왔다 서성이고 있었다. 어쩌면 이렇게도 무심했단 말인가? 코앞에 이런 정경을 두고 몰라보다니.

"오빠 알려두 안주고… 연애하는 줄로만 알겠어. 망신할 뻔했잖아요."

영홍이가 엉덩이를 들어 충성이와 간격을 두며 말했다.

그러는 영홍이를 잡아당겨 다시 자기에게 밀착시키며 충성이가 말했다.

"오늘 우리는 진짜 연애하는 거야. 망신도 톡톡히 해야 돼."

"참, 오빠는 무슨 농담을 그렇게 하는 거에요?"

영홍이도 시름 놓았다는 듯 한숨을 후- 내쉬며 더욱 가까이 충성이에게 다가앉았다.

"저게 뭐예요?"

"주둔군 무기창고야."

이처럼 말을 주고받으면서도 충성은 계속 무기창고 모형과 철조망을 종잇장에 그려넣고 있었다.

이때 보초병 둘 중 하나가 충성이네 쪽을 향해 걸어 왔다.

"우리를 쫓으러 오고 있어. 이곳엔 일반인이 접근 못하게 돼있어. 군사 금지 구역이거든…."

충성이가 종잇장을 접어 호주머니에 넣고 두 팔을 벌려 으스러지도록 영홍이를 끌어안으며 말했다.

"종잇장은 연애편지고 이제 금방 내가 너에게 연애편지를 읽으며 사랑을 고백한 거야. 알겠지…."

그러면서 충성은 자기의 얼굴을 영홍이의 얼굴에 갖다 대고 비볐다.

"저 군인이 걸음을 멈추고 우리 연애 장면을 훔쳐보고 있어…."

그 와중에도 충성은 계속 주위를 살피고 있는 모양이었다.

"키스 장면을 보여주자꾸나."

충성이가 자기의 입술을 영홍이의 입술에 갖다댔다. 영홍은 자기도 모르게 몸을 부르르 떨었다.

영홍은 두 손을 들어 힘껏 충성이의 목을 끌어안았다.

입술과 입술이 더 힘있게 밀착되었다. 이빨까지 마주치며 부드득 마찰음까지 발산했다. 그러더니 충성의 혀가 영홍이의 입안을 뚫고 들어와 허우적거리며 무얼 찾는 듯하였다. 영홍이가 알았다는 듯 혀를 내밀어 충성이 혀를 맞았다. 혀와 혀가 똬리를 틀었다 풀었다 하였다.

"군인이 되돌아서서 가고 있어. 가짜 연애가 아니고 진짜 연애인 걸 확인한 거야. 연애하는 청춘 남녀를 쫓아내는 것보다 연애구경이나 실컷 하는 게 낫다고 생각한 거야."

충성이의 말에 영홍은 아무런 대꾸도 없이 붉게붉게 타오르는 얼굴과 손을 내밀어 충성이의 허벅지를 살짝 꼬집으며 얼버무리듯 말했다.

"애가 생기면 어쩔라구. 입을 맞추면 애가 생긴다는데…."

"어른이 다 됐네. 애가 어떻게 생기는 것까지 다 알고…."

충성의 입술이 또다시 영홍의 입술에 다가왔다. 혀와 혀가 마주치면서 또다시 똬리를 틀었다 풀었다 하였다.

그날 그들은 무기창고 보초병들에게 세 시간 남짓이 연애 장면을 구경시키고 보초병들이 3교대할 때까지 무기창고를 정찰하고 흐뭇한 심정으로 학교로 돌아왔다.

"오늘 일은 극비야. 행동하는 날 바로 출발 전에 공개할 거야. 알았지?"

학교문에 들어서며 충성이가 다시 한 번 영홍이에게 주의를 주었다.

57. 무기창고 반란

　무기창고 기습 작전은 충성이와 영홍의 정찰이 있은 바로 그 이튿날 오후 곧바로 진행되었다.

　정호네 요무반란단이 선두부대로 출격하여 무기고 경비부대를 제압하고 무장 해제를 시키고 무기창고의 무기를 탈환할 때 홍위병들의 보위를 책임지게 했고 이혁의 풍뢰반란단은 일단 일이 폭로되어 청군과 주둔군이 공격해 올 때 그들의 진격을 차단하도록 하였으며, 박철의 8.1반란단과 장민의 문투반란단은 탈환한 무기를 운수하도록 하였다.

　행동 개시 시간은 오후 3시로 결정되었는데 오후 2시 반에 칼날반란 대군 전체가 학교 1층 대청에 모였다.

　충성이 대청 중간에 나타났다. 그는 오늘 특별히 허리에 권총띠를 두르고 권총 두 자루를 허리에 찼다.

　그가 허리에 두 손을 올리고 역설했다.

　"모주석께서는 총대에서 정권이 나온다고 하셨습니다. 우리 새 중국도 총대에서 나왔고 또한 바야흐로 생길 3결합 정권도 총대로부터 나올 것입니다. 지금 청군은 주둔군의 무기로 전반 무장되었습니다. 그러나 우리 홍군은 청군에 비하여 무기가 극도로 부족합니다. 정권을 창출할 때 총대가 부족하단 말입니다. 그 부족한 총대를 위하여 우리는 오늘 행동합니다. 주둔군 무기창고를 기습하여 그 무기를 탈취할 것입니다. 청군도 주둔군의 무기로 무장했는데 우리 홍군이라고 왜 주둔군의 무기를 가지지 못한단 말입니까? 결전의 시간이 닥쳐왔습니다.

우리 모두 모주석의 말씀대로 희생을 두려워하지 말고 만난을 박치고 대담히 출격하여 승리를 취득하도록 합시다!"

충성의 연설이 끝나기 바삐 각 단 단장들이 대오를 이끌고 출격하였다.

정호네 단의 임무가 제일 관건이었다. 그런데도 정호네 단은 무기 한 자루도 가지지 않고 맨 주먹으로 출격하였다. 무기창고에 도착한 정호네는 먼저 가시철망 밑구멍을 이용하여 발과 주먹이 날랜 홍위병 50여 명을 투입하여 무기고를 기습하였다. 보초병이 서로 교대할 때 무기고 밖에 있는 군인이 무기고 안에 있는 보초실로 들어가 군인들이 밖을 비우는 시간을 이용한 것이다.

50여 명 홍위병이 갑자기 무기고 직발실에 덮쳐들었다.

덮쳐든 홍위병들은 먼저 총을 잡은 두 보초병을 제압하고 벽에 걸려 있는 무기를 압수하였다. 그리고 직발실에 근무하던 30여 명 군인들을 군인들 이불끈으로 포박하였다.

5분도 안 되는 시간이었다. 이어 철조망이 걷히면서 후속 부대가 물밀듯 쓸어들었다. 수백 명 홍위병들이다. 십여 대의 트럭도 무기고에 도착했다. 무기를 운반하기 위해서다. 사전에 이미 전화선도 전기선도 차단해 버렸으므로 빨리 무기고 대문을 열고 날이 어둡기 전에 무기 운반을 완료해야 했다.

'탕- 탕- 탕-'

큰 메로 무기고 대문을 깨기 시작하였다. 허나 대문은 끄떡도 하지 않았다. 안으로 단단히도 채워져 있는 모양이었다. 보초병과 경비병더러 대문을 열라 해도 말을 안 듣는다.

목이 떨어져도 무기고 대문만은 열 수 없다는 것이다. 열쇠를 내놓으라 해도 벌써 열쇠를 어딘가에 숨긴 지 오래다. 진퇴양난에 빠져 발만 동동 구르던 정호가 문득 홍위병 중 나이 어리고 몸이 가냘픈 남학생 하나를 자기 앞으로 불렀다. 그리고는 전지 하나를 쥐어주고 무기고 지붕 위로 데리고 올라가는 것이었다. 지붕엔 공기를 환기시키는 공기통 하나가 나왔다. 정호가 발로 그 공기통 덮개를 차서 떼어버리고 그 어린 홍위병을 번쩍 들어 공기통에 집어넣으며 소리쳤다.

'메소리가 나는 쪽으로 가서 안으로 대문을 벗겨라. 대문을 열지 못하면 너도 그 안에서 죽는다.'

참말로 묘한 방법이었다. 그 어린 홍위병은 무기고 안에 자기 몸이 떨어지기 바삐 몸을 일으켜 전지 불빛을 빌어 살금살금 무기고 대문에 이르러 대문에 꽂혀있던 대문잠금 철근을 뽑아버렸다.

대문이 열렸다.

홍위병들이 우르르 무기고 안으로 쓸어 들어갔다.

칸칸마다 문을 부수고 무기를 꺼내기 시작하였다. 3.8식 보총, 9.9식 보총, 따발총, 돌격총, 기관총, 수류탄, 지뢰 닥치는 대로 트럭에 실었다. 허나 모두 구식 무기다. 정호네가 무기고 안쪽 깊숙한 곳의 대문 하나를 열어서야 신식 무기를 찾아냈다. 그런데 모두 기름덩이에 쌓여 있었다. 처음엔 그 기름덩이를 떼어 내고 안의 무기만 빼내왔는데 시간이 너무 걸려 아예 기름덩어리 그대로 차에 실었다.

초봄의 오후 날씨라 일찍 해가 졌다. 날이 어두워지기 시작하였다.

이때다.

'탕- 탕--'

두 발의 신호탄이 하늘로 날아올랐다.

포박을 당했던 한 군인이 포박을 풀고 벽에 걸려있던 신호총을 들고 나와 공중에 신호탄을 쏘아올린 것이다.

무기고가 열려 무기가 나오게 되니 군인들을 지키던 홍위병들도 하나 둘 먼저 좋은 무기를 차지하려고 자리를 비운 것이다. 신호총은 쓸모가 없을 듯하여 누구도 차지하지 않아 그냥 보초실 벽에 걸려 있었던 모양이다.

신호탄이 하늘로 올라 푸른 곡선을 그으며 주둔군 사령부 쪽으로 날아가자 삽시에 무기고 주위는 난장판이 되었다.

총을 메고 쥐고 뛰는 사람, 마대에 수류탄을 넣어 맨 사람, 포박당했던 군인들마저도 모두 포박을 풀고 도주하기 시작하였다.

"철수하라!"

정호가 철수명령을 내렸다.

이때 바로 시내 쪽으로부터 자지러진 총소리가 울려왔다. 경호를 맡았던 풍뢰톤과 청군이 접전한 모양이었다.

자동차에 앉은 홍위병들은 자동차에 앉아 재빨리 후퇴하였으나 자동차에 앉지 못한 홍위병들은 이 산 저 산 산지사방으로 흩어졌다.

자정이 거의 다 되어서야 청군과의 접전을 끝내고 홍위병들은 거의 다 귀교했다. 대충 점검해보니 근 만여 점의 무기를 탈환했다.

무기창고 기습은 비교적 성공적인 듯싶었다.

58. 담판

온 하루 저녁 총소리가 멎지 않았다. 총알 목표는 연변일중이었다. 다행이 학교 청사는 두꺼운 콘크리트 벽으로 되어 있었고 창문마다 무쇠로 된 난방설비를 뜯어 막아놓아 총알이 벽이나 창문에 와 맞아도 관통되지는 못하였다.

그날 저녁 칼날의 홍위병들은 누구도 잠들지 못하고 무기를 포장한 기름을 뜯어 내었다. 대부분 돌격총과 자동보총이었는데 최신식이었다. 그걸로만 무장한다면 청군도 무섭지 않았다.

동이 텄다. 창밖을 내다 본 충성이네는 깜짝 놀라지 않을 수 없었다. 바삐 4층 꼭대기 소광장으로 달려 올라갔다. 학교가 겹겹이 포위된 것이었다.

500여 미터 길목마다 건물마다에 청군이 기관총을 설치하고 모래자루나 밀가루 포대로 방어선을 구축하고 있었다. 그것이 제1차 포위권이라면 그 뒤엔 또 제2차 포위권이 설치 되어가고 있었다. 주둔군 군인들이 오락가락하였다. 군용트럭과 군인들로 이리저리 붐비었다.

날이 완전히 밝아 동쪽 하늘에 태양이 솟아올랐다. 이때다. 청군의 확성기가 울려대기 시작하였다.

"홍색의 칼날반란대군은 들으라. 주둔군 무기고는 당과 조국과 모주석을 보위하는 무장을 보관하는 곳이다. 이러한 무기고를 기습하여 무기를 약탈하는 것은 철두철미한 반혁명 행동이다. 당신들은 지금 철저히 포위되었다. 투항만이 살길이다. 지금이라도 늦지 않으니 무기를 바치고 투항하라 ….”

청군의 확성기는 같은 말을 연속 반복했다. 아마도 상급의 지시이기
나 한 듯 단어마다 토 하나까지도 틀림없이 그 말만 연속 반복했다.

이때였다. 멀리 도로로부터 군용 지프차 하나가 달려왔다. 홍군의
기관총이 그 지프차를 조준하였다. 옆에서 그 광경을 지켜보고 섰던
충성이가 기관총을 향해 손을 가로 저었다. 사격하지 말라는 뜻이다.

군용 지프차는 곧장 학교 마당 안으로 달려와 한곳에 멈춰 섰다. 이
어 지프차에서 장교 둘이 내려 가방에서 서류 한 장을 꺼내어 학교 건
물을 향해 내저었다.

충성이가 눈짓하자 홍위병 둘이 학교 4층 소광장으로부터 아래로
달려 내려갔다. 그들은 서류를 받아다 충성이에게 바쳤다. 서류 내용
은 간단하였다.

《칼날반란대군 군장 최충성

오전 10시 정각 주둔군 박사령관이 연변일중 운동장에 갈 것이니 안
전하고 정중하게 접견하기 바람.》

서류를 보고난 충성은 느릿느릿 서류를 접어 호주머니에 넣으며 말
했다.

“모두들 배불리 밥을 먹고 전투 준비를 하라!”

10시가 거의 되었다. 역시 아침에 왔던 그 군용 지프가 달려오던 그
노선대로 달려왔다. 이번엔 두 대다. 두 대의 군용 지프차가 10시와 거
의 1초도 차이 없이 학교 운동장에 들어와 멈춰 섰다. 학교 마당에는
흰 석회가루로 굵은 선 하나가 그어져있었고 선 안쪽엔 칼날 홍위병
반란대군 군장이라고 쓰여져 있었다. 9시경에 주둔군 장교 몇이 먼저
와서 준비하여 놓은 담판장이었다.

차에서 먼저 장교인 듯한 군인 둘이 내렸다. 허리에 권총도 차지 않

은 맨 손이었다.

이어 몸집이 뚱뚱하고 키가 작달막한 늙스그레한 군인이 내렸다. 역시 무기가 없는 맨 몸이었다.

이때 충성이도 학교 안으로부터 담판장으로 걸어나갔다. 초록색 군복 허리에 권총 두 자루가 달려있었다. 하나는 5.4식 국산 권총이고 다른 하나는 자그마한 수입제 권총이다. 바로 그 모원신이 방에서 가져온 권총이다. 충성이 뒤엔 가슴에 국산 신식 돌격총을 받쳐든 홍위병 둘이 뒤따랐다. 그들 역시 허리에 5.4식 국산 권총을 찼다.

사령관과 군장이 마주서자 사령관은 군례를, 군장은 홍위병 거수경례를 하고 서로 두 손을 마주잡아 흔들었다.

사령관이 먼저 입을 열었다.

"긴 말 하지 않겠소. 지금부터 24시간 이내로 바로 내일 이 시각 이전에 약탈해 온 무기를 바치도록 하오. 만약 그 시간에 바치지 않으면 해방군이 학교에 들어와 무기를 강제로 압수할 것이요!"

충성이는 사령관의 말만 듣고 조용히 서있었다.

"알아들었소? 아니면 문건으로 재 전달할까요?"

그래도 충성이는 눈만 똑바로 뜨고 사령관을 바라볼 뿐 말이 없었다.

그러는 충성이를 물끄러미 바라보던 사령관이 몸을 돌려 타고 왔던 지프차로 뚜벅뚜벅 발걸음을 옮겼다.

"무기는 약탈한 것이 아니라 빌려온 것이요. 인민대중의 것을 빌린 것이란 말이에요. 무장해제는 안 돼요. 무장해제하려면 청군과 홍군 모두 동시 해제하도록 하오!"

사령관의 등 뒤에 대고 이렇게 외친 충성이도 몸을 돌려 뚜벅뚜벅 학교로 향했다.

사령관이 차를 타고 학교문을 빠져나갔다.

조용해 있던 칼날반란대군 확성기가 울려 퍼졌다.

'결심을 내리고 희생을 두려워하지 말며 만난을 박차고 승리를 향해 진군하자!'

그러자 청군의 확성기도 울려왔다.

'착오를 완고히 고집하는 자에겐 죽음만이 길이다!'

59. 포위돌파

형세는 시간이 흐를수록 험악해갔다. 더욱이 제2포위망에 군인들의 수가 갈수록 많아지는 것 같았다. 기동 차량도 많아지는 가운데 이따금 탱크소리까지 들려왔다.

오후부터 지속되는 칼날반란대군 내부 변론회는 그칠 줄 모르고 계속 되었다. 주로 충성이가 주장하는 무기를 반납하고 포위를 돌파하고 나가 유격전을 진행하자는 소수파와 정호 등 기타 단장들이 주장하는 결사 응전하자는 다수파의 변론이었다.

저녁 식사도 거르고 계속되는 쟁론은 자정이 가까워져도 결론이 나지 않았다. 그러자 충성이가 최후 결의를 공포하였다.

내용은 대체적으로 다음과 같았다.

새벽2시에 지휘부 성원을 비롯한 반란대군 골간 인원 50여 명이 전부 무장하고 포위를 돌파한다. 포위돌파는 정면 대결을 피하여 암암리에 진행한다. 포위를 돌파한 인원은 홍군구역인 변강대학 뒷산에 가서 집결한다.

집에서 독자인 남자 홍위병 그리고 부모가 병자거나 몸이 몹시 쇠약한 집 홍위병들은 내일 오전 10시전 무기를 버리고 해방군에 투항한다.

나머지 홍위병들은 내일 오전 10시후 상황에 따라 임기응변한다. 청군이 무력으로 진압하려 하면 결사 응전하고 청군이 평화적으로 해결하려 하면 담판에 임한다.

쟁론은 비로소 끝났다. 더 쟁론했댔자 쓸모가 없다고 모두들 생각하였던 것이다. 할 수 없이 모두들 충성의 결의에 복종하기로 하였다.

포위를 돌파할 50여 명 홍위병이 재빨리 결정되었다. 그런데 영홍이를 두고 또 쟁론이 일어났다. 영홍이도 지휘부 성원이기에 포위 돌파 인원에 응당 포함이 되어야 하나 충성인 영홍이를 포위 돌파 인원에서 배제하였다. 여자는 한 명도 포위돌파 인원 속에 포함될 수 없다는 것이었다. 그러나 영홍이는 극구 충성이와 같이 포위 돌파에 참가한다고 야단이었다.

할 수 없이 충성이는 나이 많은 언니 홍위병들께 영홍이를 부탁하였다. 무슨 방법을 취해서라도 영홍이를 포위돌파에 따라 나서지 못하게 하라고 재재삼삼 당부하였다.

포위돌파는 새벽 2시부터 진행되었다.

전부 무장한 50여 명 홍위병들이 학교 청사 지하실로 내려갔다. 그들은 지하실에서 하수구 구멍 하나를 찾아 뚜껑을 열고 하수구로 내려갔다. 하수구는 크고 넓었다. 소련 사람들의 설계에 의해 지어진 건물이므로 하수구도 소련식 건물을 본받아 넓고 큰 모양이었다. 높이는 사람 키만큼 하였고 너비 역시 두 손을 벌려도 닿지 않을 만큼 넓었다. 하수가 흐르고 있었으나 정강이까지에도 못 미친다. 홍위병들은 그 하수구를 따라 전진했다. 이 하수구는 연변 의학원 앞 대로 또 다른 한 하수구에 이어져 있었다.

연변의학원 대로에까지 와서 또 하수구 구멍 하나를 찾아 뚜껑을 열고 지상으로 한 사람 한 사람씩 기어올랐다.

연변의학원은 청군이 제1포위권을 형성하고 있는 주요 건물이다. 그러나 새벽녘이어서 그런지 경계가 허술하다. 한 명의 청군의 무장인원도 보이지 않았다.

포위돌파 부대는 재빨리 의학원 담장을 밑구멍으로 기어들어갔다. 담 안으로 기어들어간 후부터는 청군 무장 인원들처럼 행동했다. 10여 명씩 짝을 지어 작은 달음박질로 의학원 건물 사이를 통과하였다.

탐조등이 비쳐올 때도 있었지만 총은 쏘지 않았다. 참말로 청군 무장인원으로 믿은 모양이었다. 2000여 미터 되는 의학원 구역을 무사히 넘어 연집강에 다달았다.

연집강은 조그마한 강이다. 연집강만 건너면 연길 공원이다. 공원은 홍군 구역이나 변강대학 홍위병들에겐 무장이 없었으므로 텅텅 빈 비무장지대나 다름없다. 그러나 숲이 우거지고 짐승들 우리가 많았으므로 공원에 들어서면 탈출이 성공된 거나 다름없었다.

이때다.

'꽈르릉- 탕--'

수류탄 터지는 소리가 났다. 한 홍위병이 강을 건너다 그때까지도 채 녹지 않은 얼음에 미끄러져 넘어진 것이었다. 넘어진 그 홍위병의 손에 수류탄 하나가 들려져있었는데 넘어지면서 그 수류탄을 떨구었고 손가락에 걸었던 안전핀까지 빠지면서 수류탄이 터졌던 것이다. 다행이도 수류탄이 얼음 위에서 저 멀리까지 굴러가 터졌기에 상한 사람이 없었다.

'따르르- 따따--'

'따따따- 따따따--'

금방 건넌 의학원 쪽에서 탐조등이 비쳐오며 기관총, 돌격총이 일제히 사격해왔다. 그러나 아직도 목표물을 발견 못했기에 눈먼 총질이었다.

'따따따- 따따따--'

'우르르- 꽝, 우르르 꽝.'

연변일중 칼날반란대군 쪽에서도 일제히 총을 쏴댔다. 의학원 청군 쪽보다 더욱 기세 사납다. 포위 돌파 부대가 청군과 부딪칠 걸 고려해 미리부터 준비하고 있던 사격이다.

공원 쪽으로 향하였던 청군의 탐조등과 사격이 이젠 연변일중 쪽으로 방향을 바꾸었다.

이때라고 포위 돌파 홍위병들은 재빨리 공원 숲속으로 자취를 감추었다.

공원 구역을 지나 변강대학에 다달으니 맨 손이나 변강 대학 홍위병 지휘부 성원 몇이 나와 반갑게 맞아 주었다.

벌써 날이 휘붐이 밝아왔다.

대원들은 변강대학 홍위병들이 아침이나 먹고 가라는 요구를 마다하고 계속 전진하여 변강대학 뒷산으로 몸을 숨겼다.

60. 해방군 입교

오전 9시 30분경이다. 오늘 시내는 유달리 조용하다. 총소리도 멎었고 확성기 소리도 멎었다. 이때 불현듯 학교 앞 대로로부터 해방군들의 구호소리가 우렁차게 들려왔다.

'하나, 둘, 셋, 넷!'

'하나, 둘, 셋, 넷!'

해방군 대오가 하나 둘 박자에 발맞추어 행군해 오고 있었다. 틀림없이 연변일중 학교 청사를 향해 걸어오고 있었다. 일백 한 오륙십 명 되어보였다.

처음엔 대오 하나만 보이더니 그 뒤 오십 여보를 사이에 두고 또 대오 하나가 나타났다. 이렇게 연이은 대오가 끝도 없이 계속된다. 군인 대오는 곧장 연변일중 대문 안으로 들어왔고 학교 운동장에 와서 대오를 정돈하고 있었다. 연변일중에는 커다란 운동장 두 개가 있었다. 둘을 합하면 길이 한 300미터 너비 한 200미터는 될 것이다. 해방군 대오가 그 두 운동장을 빼곡히 메웠다. 근 5천 명은 될 듯싶었다.

한 명도 무기를 휴대하지 않았다. 모두 맨 몸, 맨 손 차림이다.

해방군 대오가 다 정돈되자 학교 운동장으로 해방군 표식을 단 방송차 한 대가 들어와 운동장 정중앙에 멈춰 섰다.

정각 오전 10시였다. 바로 이때 해방군 방송차로부터 방송이 울려나왔다.

'칼날반란대군 홍위병 동무들, 약속한 시간이 되었습니다. 무기를 들고 질서 정연히 운동장으로 나오십시오. 해방군과 홍위병은 친구입니다. 서로 사이좋게 문제를 해결하도록 합시다.'

연속 두 번 재방송하였다. 허나 아무런 반응도 없다. 자세히 살펴보니 학교 창문마다에서 총대가 해방군 대오를 겨냥하고 있었다.

'그럼 할 수 없이 해방군은 행동을 시작하겠습니다. 보다시피 해방군은 총 한 자루도 가지지 않은 맨 몸입니다. 해방군이 학교에 진입하여 무기들을 꺼내올 것이니 매 교실마다 무기는 무기대로 모아놓고 인원은 인원대로 교실 안에서 대기하십시오.'

해방군 방송차가 방송했다. 또 연속 두 번 재방송했다.

'전체 차렷!'

방송차가 호령했다.

갑자기 해방군 대오 전체가 붉은 해양으로 변했다. 차렷 구령에 맞추어 해방군 전체가 일제히 붉디붉은 모주석 어록책을 머리 위로 높이 추켜든 것이다. 이어 만세소리가 터져 나왔다.

'모주석 만세! 만세! 만만세!'

'전체 해방군 전사들은 차례대로 입교할 것!'

방송차에서 명령이 울려나왔다. 그러자 운동장 위쪽으로부터 해방군 대오가 모주석 만세 소리에 보조를 맞추어 어록책을 흔들며 행진하여 학교 안으로 들어오기 시작하였다.

누구도 상상하지 못했던 일이다. 치열한 총싸움은 예견했고 준비도 했건만 모주석 어록으로 총과 맞대결하리라고는 생각지도 못했다.

아무리 무지막지한 홍위병이라 할지라도 모주석 어록을 추켜들고 모주석 만세를 부르는 해방군들 가슴에 총을 쏠 수는 없는 일이었다.

누가 먼저라 없이 교실 한쪽에 총을 놓고 다른 한쪽에 가서 옹기종기 모여섰다. 한 교실에서 그렇게 하자 다른 교실에서도 그 교실을 따라 그처럼 하였다.

'모주석 만세! 만세! 만세! 만세!'

해방군들이 만세소리에 발맞추어 교실로 들어섰다. 교실에 들어서면서부터 어록책을 호주머니에 넣고 땅바닥에 놓여있는 무기를 찾아 어깨에 메였다. 한 병사가 두 자루, 세 자루씩 무기를 메고 부랴부랴 밖으로 나갔다. 칼날반란대군 홍위병들이 무기 운송을 방조하려 하자 해방군 병사들은 다시 모주석 어록을 꺼내어 내혼들며 방조를 거절하였다.

무기는 운동장에 나와 쌓여졌고 후에 도착한 군용트럭에 실렸다.

해방군의 무기 몰수는 한 시간 가량 진행되었다.

무기가 모두 압수되었음을 확인하자 무기를 실은 군용트럭이 학교 대문을 나서기 시작하였다. 이때 해방군전사들은 또다시 운동장에 행렬을 정비하고 다음 행동 명령을 기다리고 있었다.

무기를 실은 군용트럭이 다 떠나자 해방군 방송차에서 새로운 명령이 하달되었다.

'지금부터 해방군 병사들은 다시 입교하여 홍위병들을 모셔다 차에 태우시오!'

다시 해방군 전사들이 붉은 어록책을 흔들며 만세 소리 높이 학교 안으로 들어왔다.

한 교실 한 교실씩 들어와 홍위병들을 끌어내기 시작하였다. 끌어내기엔 칼날반란대군 홍위병들을 당할 자가 없다. 허나 홍위병들은 잠자코 해방군 전사들에게 끌려 나갔다.

성격이 과한 한 홍위병이 자기를 끌어내려는 해방군 전사의 손을 뿌리치자 그 해방군 전사가 발로 그 홍위병의 엉덩이를 걷어찼다. 엉덩이를 채운 홍위병이 성이 나서 눈을 가로 뜨고 흘겨보자 이번엔 그 해방군의 손이 잽싸게 날아와 그 홍위병의 귀통을 후려쳤다. 그 홍위병의 귀에서 피가 터져 나왔다. 원래 그는 귀앓이로 귀가 곪아 있었던 것이다.

갑자기 변한 해방군 전사들의 태도에 홍위병들은 깜짝 놀라 서로들 자제하라 눈치질 했다.

홍위병들이 차에 실릴 때 장교 몇이 홍위병들을 하나하나 눈검사를 하였다.

먼저 몸이 너무 허약해 보이는 홍위병들을 한쪽으로 골라 세우고 차에 태우지 않았다.

나이 너무 어려보이는 홍위병들도 한쪽으로 골라 세웠다.

거기에 영홍이가 걸려 들었다.

"나이가 몇이야?"

한 장교가 영홍에게 물었다.

"열일곱…."

영홍이가 대답했다.

"네가 어디 열일곱이야. 이제 겨우 열넷이나 될 듯 말 듯한 것이…."

옆에 섰던 한 홍위병 언니가 영홍이를 꾸짖었다. 지휘부 성원인 영홍이가 잡혀 간다면 무사치 못할 것을 예견하여 조마조마해 하던 한 언니 홍위병이 영홍이를 보호해 나선 것이다.

"이렇게 키가 큰 것이 왜 열네 살밖에 안 되겠어. 걔 인물이 아깝다. 내 동생 같아."

젊은 장교 하나가 조선말로 말했다. 조선족 장교인 모양이었다.

끝내 영홍이가 한쪽에 밀려났다.

"차에 탄 홍위병들은 군부로 이송하고 차에 타지 않은 홍위병들은 집으로 돌려 보내라!"

해방군 방송차에서 이런 명령이 떨어지자 홍위병들을 실은 군용 트럭은 한대 한대씩 학교 대문을 빠져나갔다.
　도보로 온 해방군들도 원래 오던 그대로 대오를 정비해가지고 구호 소리 우렁차게 오던 길을 따라 행진해 나갔다.
　'오빠들, 언니들!'
　운동장에 남겨진 어린 홍위병들이 울음보를 터뜨렸다.

61. 홍위병 자결사건

트럭에 실린 홍위병들은 주둔군 사령부 산하 용정 주둔군 모 퇀에 이송되었다. 북경 중앙군위 방법대로 해방군과 함께 모택동 저작 학습반을 꾸린단다. 모택동저작 학습반에서 빨리 인식이 통일되면 빨리 학습반을 마치고 집에 돌아갈 수 있다고 하였다.

3천여 명 군인이 배치되어 있는 이 퇀에는 천여 명 칼날반란대군 홍위병들이 배치되어 군인들과 함께 모택동저작 학습반을 꾸리게 되었다.

북경과 연길은 확실히 달랐다. 부대에선 이부자리도 제공하지 않았고 식사비도 자부담하게 하였다. 이부자리도 식사비도 없다고 하니 부대에서 직접 홍위병들의 집과 연계를 취하여 부모들더러 이부자리와 식사 대금을 가져오게 하였다.

학습반은 처음부터 순탄하지 못하였다.

무기고 사건을 놓고 변론이 벌어졌는데 군인들은 반혁명적 행동이었다고 하고 홍위병들은 혁명적 행동이라고 했다. 청군에게 주둔군이 무기를 공급하여 주지 않았다면 홍군이 무기고를 기습하지 않았을 것이고 청군과 홍군, 두 쪽 무기 모두를 거둬들였다면 칼날반란대군도 무기 반납을 거부하지 않았을 것이라고 홍위병들은 주장하였다.

일주일 남짓이 쟁론했는데도 해방군은 해방군대로 홍위병들은 홍위병들대로 자기 주장만을 고집하였다.

폭란에 대한 쟁론은 더욱 격렬하였다.

해방군은 국경을 넘어갔으니 명백한 폭란이라고 주장했고 홍위병들은 청군과 해방군이 의도적으로 백군을 국경을 넘도록 밀어붙여 백군이 부득불 국경을 넘어갔지만 한사람도 국외에 남지 않고 전원 귀국했으니 폭란이 아니라 애국이었다고 주장하였다.

주자파에 대한 견해도 쟁론 대상이었다. 해방군은 주당위서기 주서기는 주자파라고 말했고 홍위병들은 다시 일으켜 세울만한 좋은 간부라고 주장했다.

용정 모주석 저작 학습반에서 홍위병 자살사건도 한 건 발생했다.

학습하는 중 학습을 책임진 해방군이 한 홍위병에게 문의했다. 그 홍위병이 바로 학교에서 끌려 내려올 때 해방군에게 귀뺨을 얻어맞아 귀에서 피가 터지게 된 김태진이란 홍위병이다. 충성이와 한 학급인 고중생이다. 공부를 너무 잘해 청화대학 입학만 바라보고 공부에만 열중하던 모범생이었다.

"동무는 무기고 약탈사건을 어떻게 생각하오?"

귀가 병신이 된 태진이가 그 말을 알아 들을 리 없었다.

"쟤가 뭐라니?"

원래 해방군에 반감을 가진 태진이가 해방군에 좋은 호칭을 할 리 없었다.

"무기고 사건을 어떻게 보느냐고 물었다."

옆의 홍위병 하나가 꽥 소리 질러 말했다.

"뭐라구? 후에 무슨 사람이 되겠냐구? 과학가가 되어 신식 총을 만들어, 청군을 싹 쓸어버리겠다구 일러라!"

태진이가 외쳤다.

"애, 너 정말 귀가 멀었구나. 그 귀로 어떻게 청화대학에 갈래?"

그 홍위병이 태진의 귀에 입을 바싹 들이대고 소리쳤다.

"어- 엉- 엉엉….."

그제야 알아들었는지 태진이 울음을 터뜨렸다.

홍위병 모두가 태진이를 따라 울음을 터뜨렸다.

태진이에게 질문하던 그 해방군마저도 울음을 터뜨렸다. 학습반은 삽시에 울음바다로 변했다.

아침에 잠을 깼을 때 태진은 침실 한구석에 놓인 옷걸이에 목을 매고 자살해 있었다. 신체가 이미 싸늘해진 걸 봐선 목 맨 지 이미 오래된 것 같았다.

시체는 태진이네 연길 집으로 옮겨졌고 학습반에 참가했던 천여 명 홍위병들이 부대에 청가도 내지 않고 도보로 용정으로부터 연길에 와서 추도회에 참석하였다.

태진이네 아버지와 어머니는 연변의 유명한 연극 배우였다.

"내가 왜 너를 문화대혁명에 적극적으로 참가하라고 하였는지 모르겠다. 문화대혁명에 소극적이면 대학에 가지 못할까봐 그랬는데… 네가 문화대혁명 땜에 죽다니…."

태진의 시체 위에 마구 엎드린 태진의 아버지가 외쳤다.

태진의 죽음은 모주석 저작 학습반의 운명을 단축시켰다. 해방군으로 놓고 볼 때 더는 계속 학습반을 꾸려나갈 기분이 아니었던 것 같다.

며칠 뒤 학습반은 해체됐고 홍위병들은 모두 귀가조치되었다.

62. 군인사망사건

전국 방방곡곡에서 3결합 탈권과 혁명위원회 성립 소식이 들려왔다. 주자파로 몰렸던 많은 지방 지도자들이 해방되어 3결합에 참가했고 여러 개 파벌로 나뉘었던 반란파 홍위병들도 연합하여 3결합에 참가하였다.

착오를 범한 반란파로 낙인이 찍혀졌던 칼날반란대군도 점차 진정한 반란파로 인정받기 시작하였다. 칼날반란대군 대부분 홍위병들이 학교로 귀교하였다.

정호를 비롯한 칼날반란대군 지휘부 성원들도 하나 둘 학교로 돌아왔다.

청군, 백군에 가담했던 홍위병들도 하나 둘씩 학교로 돌아왔다.

각 파 홍위병들이 모두 학교로 돌아와서도 칼날반란대군 홍위병들이 학교의 모든 사무를 주도했다. 인원수도 제일 많았고 조직 형태 역시 아직까지 짜여져 있었기 때문이다. 백군과 청군의 홍위병들은 거의 조직 형태가 파괴된 상태로 학교에 돌아왔다.

학교엔 해방군 공작대가 파견되어 들어와 있었다. 그러나 충성이만은 학교로 돌아오지 못하고 있었다. 무기 창고 기습사건이 있던 날 학교 맞은편 해방군 병원에서 해방군 장교 하나가 총격을 당해 사망되었는데 그 총격사건에 충성이가 연루되었던 것이다.

총격을 당해 사망된 그 군인은 권총 탄알에 명중되었는데 사체 해부 결과 그 권총 탄알이 국산 권총 탄알이 아니고 외국제 최신식 권총 탄알이었다는 것이다.

그런 권총과 탄알을 갖고 있는 사람은 전 연변 치고 충성이 하나뿐이었다. 주둔군 사령관에게도 그런 권총이 없었다. 칼날반란대군 홍위병들이 군분구를 기습할 때 모원신 사무실에서 그런 권총을 발견하고 가져온 것을 충성이가 가진 후 그 권총이 한시도 충성의 몸을 떠난 적이 없었다. 그후로부터 모원신 본인도 다시는 그런 권총을 가지고 있지 못하였다고 한다.

무기고를 기습하던 그날 저녁 홍군과 청군 지간 서로 총격사건은 있었지만 충성이는 전혀 그런 총격전에 참가하지 않았다. 그 외국제 권총 사격 유효거리는 50미터 좌우밖에 안 되었는데 학교로부터 군병원까지의 거리는 200미터도 넘는다. 학교 운동장 북쪽 나무숲에서부터 군병원까지 거리가 50미터가량 되나 그날 저녁 무기 점검 때문에 칼날반란대군 홍위병들은 누구도 그 운동장 북쪽 나무숲에 간 적이 없었다. 충성이는 더구나 갈 겨를이 없었다.

그래도 군병원측과 해방군 공작대는 충성이만 의심하고 조사받을 것을 강요하였다.

원래 충성이는 그 권총을 반납하고 조사도 받으려 하였다. 그런데 해명하기 어려운 문제가 하나 있었다. 5작탄, 5연발인 그 권총에 3발의 탄알밖에 남아있지 않았던 것이다. 해방군 공작조가 조사해보았는데 그 권총이 모원신 사무실에 걸려있었으나 누구도 사용해 본 적이 없었다는 것이었다. 그렇다면 칼날 홍위병들이 그 권총을 가져올 때 그 권총에 탄알 5발이 그대로 남아있었다는 말이다.

정황이야 어쨌든 충성이는 학교로 돌아와 조사를 받으려 했다. 그러나 정호를 비롯한 지휘부 성원들이 극구 반대했고 영홍이가 더욱 죽기내기로 반대했다. 모두들 일종 음모라고 보고 있었다. 충성이의 존재는 연변 문화대혁명 3결합 탈권에 청군측 군부측 방해 요인으로 되기에 무슨 죄명이든지 달아 소멸하려 하고 있다는 것이다. 그러니 해명될 때까지 버티고 숨어 견디자는 것이었다.

할 수 없이 충성이도 정호네와 영홍의 제의를 받아들여 좀 더 변강대학 뒷산에 숨어 있기로 하였다.

변강대학 뒷산엔 나무숲이 울창했고 숲속엔 빈 오두막 한 채가 지어져 있었다. 아마 황무지를 개간해 농사를 짓던 농민이 문화대혁명 파벌 싸움 땜에 농사를 버리고 어디론가 가버린 모양이었다. 충성은 저녁엔 거기에서 자고 식사 때가 되면 사람들의 시선을 피해 변강대학 교직원 식당에 내려와 대충 식사하고는 또다시 오두막에 돌아오곤 하였다.

그 오두막은 누구도 모르는 비밀장소였다. 영홍이만이 드나들었다. 정호와 같은 지휘부 성원들까지도 딱히 몰랐다.

그 사이 칼날반란대군의 일상 사무는 정호가 책임졌다. 무기창고 기습사건 후 충성은 정호를 부 군장으로 승급시켰던 것이다.

충성은 그 오두막에서 밤낮 모주석 저작과 모주석 어록 학습에만 전념하였다. 모주석 어록은 영홍이처럼 능숙하지는 못했지만 거의 전부 암기했고 모주석 저작도 1권부터 4권까지 모두 통독하였다. 저작학습을 안할 땐 영홍이 오기만 눈 빠지도록 기다렸다.

제3장

충자림

63. 오두막 연가

충성이가 들어있는 오두막 웃켠으로 오솔길 하나가 나 있었다. 그 오솔길을 따라 조금만 더 산위로 올라가면 아름드리 느티나무 한 그루가 자라 있었다. 지금 한창 무성한 가지에 새파란 싹이 움터나고 있었다.

충성은 아침 일찍부터 그 느티나무 밑에서 영홍이를 기다리고 있었다. 오늘 영홍이가 오기로 약속한 날이었다.

영홍이도 아침 일찍 길을 떠났다. 어깨에는 군용 가방 하나가 메어져 있었는데 가방 안에는 삶은 닭 한마리가 들어 있었다. 어머니가 닭을 잡아 배를 가르고 찹쌀을 넣고 황계도 넣고 대추도 넣고 꿀까지 넣어 가며 밤새도록 고운 닭이다. 아버지가 마시던 술 한 병까지 가방에 챙겨 넣었다.

집을 떠난 영홍은 먼저 학교에 들렸다. 정호가 자기한테 들리라고 했기 때문이었다.

학교에 들리니 정호가 담배 한보루를 책상 서랍에서 꺼내 주었다. 한보루면 10갑이다. 장춘에서 생산되는 영춘표 담배다. 영춘표 담배는 금방 담배를 배우는 햇내기들이 즐겨 피우는 담배다. 그리 독하지 않고 순하여 젊은이들이 피우기에 맞춤하다. 변강대학 뒷산 오두막에 온 후로 충성은 담배를 피우기 시작하였다. 많이는 안 피웠지만 담배가 없으면 곧잘 담배 타령을 하였다.

정호가 어디에서 지프차를 얻었는지 영홍이를 그 지프차에 태워 가지고 변강대학까지 바래다주었다.

"충성이더러 시름 놓으라고 해. 일이 잘 풀릴 것 같아. 군병원 총격 사건에 대해 북경 중앙군위 그 사령관에게 전화했더니 자기가 조사조를 데리고 직접 올 예정이래. 자기의 권총이 그런 권총이라면서 자기가 그 원인을 밝혀낼 수 있을 것 같다고 말했어."

차가 달리는 기간 정호가 영홍이에게 말했다.

변강대학으로부터 그 오두막까지는 오솔길 하나가 나 있었다. 차에서 내린 영홍은 오솔길을 따라 뒷산 마루로 올라가기 시작하였다. 어쩐지 가슴이 부풀어 있었다. 홍얼홍얼 콧노래까지 저절로 흘러나왔다. 그러던 영홍이가 피식- 코웃음을 쳤다. 엊저녁 엄마의 말이 떠올랐기 때문이었다.

"너 이달부터 생리가 생겼더구나. 처녀가 된 거야. 어른이 된 거란 말이야. 이제부턴 몸단속을 잘해야 돼. 남자들과 가까이 어울리면 못써, 알겠지?"

어머니가 장하다는 듯 영홍의 머리를 쓰다듬어 주면서 말했다. 그러는 어머니에게 영홍이가 얼굴을 붉히며 물었다.

"엄마, 남자애들과 입맞춤하면 애가 생기는 거야?"

"누가 그러데? 너 남자애들과 입 맞춘 적 있어?"

어머니가 놀랜 듯 눈을 휘둥그레 뜨고 물었다.

"아니… 남자애들과 무슨…."

영홍이가 말을 더듬거렸다.

"입 맞추는데 뭐가 애가 생겨. 그러나 입맞춤을 하는 남자애가 있다면 더 주의해야 돼. 입맞춤을 자주 하노라면 잠도 같이 자게 돼. 그럼 애가 생기지…."

좌우간 영홍이는 얼굴을 살짝 붉히며 걸음을 재촉하였다.

저 멀리 산마루에 커다란 느티나무 한 그루가 보였다. 그 느티나무 아래에서 서성이고 있는 충성이도 보였다.

충성이가 보이자 영홍은 달음박질치기 시작하였다. 충성이도 마주 달려 왔다. 둘은 힘껏 포옹했다. 한참동안 서로를 꼭 끌어안고 있다가 영홍이가 머리를 들어 충성이를 올려다보며 말했다.

"엄마가 닭고움 해줬어. 빨리 오두막에 가 잡수세요."

"닭고움까지 무슨…, 참으로 감사하네. 담배는?"

충성이가 물었다.

"가방 안에 있어요. 정호오빠가 보냈어요."

영홍이가 가방에서 담배를 꺼내어 담배보루에서 한 갑을 꺼내고 그 한 갑에서 한대를 뽑아 충성의 입에 물려주고 또 가방에서 라이타까지 찾아 불을 붙여주었다.

"라이타도 정호오빠가 보낸 거예요."

담배 한 모금을 쪽 빨고 충성이가 산 아래를 가리키며 말했다.

"저기 저 아래 시냇물이 흐르는 곳이 보이지? 그 시냇물을 끼고 작은 벌판이 생겨 있잖아. 그 벌판에 충자 모양의 소나무 숲을 가꾸고 싶어. 요새 그 생각만 하고 있었어. 영원히 모주석께 충성한다는 표시로 충자림을 가꾸어 우리 칼날 홍위병들의 붉은 마음을 표시하고 싶어."

충성이가 영홍의 등에 '충(忠)'자를 써보이며 말했다.

"만들면 되잖아요. 충자 모양으로 소나무를 심어 자라게 하면 되지 뭐…."

영홍이가 어렵잖게 말했다. 그러나 충성이는 머리를 절레절레 저었다.

"그리 쉽지 않을 걸. 어린 묘목들을 심어 작은 나무들로 키우고 또 그 작은 나무들을 어른들 신다리만큼 굵은 소나무로 키워야 수림이 될 텐데 그러려면 적어도 몇 십 년은 걸려야 될 걸."

"그렇게나 오래 걸려요?"

영홍이가 그리 오래 걸릴 줄 몰랐다는 듯 의아하게 충성이를 바라보았다. 둘은 손에 손잡고 오두막으로 내려왔다.

이젠 해가 구중천에 떠있었다. 점심때가 다 된 모양이었다.

영홍이가 오두막 마루에 닭고움을 풀어 놓았다. 밥상도 없는 오두막이다. 닭고움 외에도 영홍의 어머니는 김치, 깍두기, 짠지 등 여러 가지 반찬을 보내왔다.

"내가 뭐 사윗감이나 되는가? 닭까지 잡아 주게."

차려놓은 맛나는 음식들을 바라보며 충성이가 흐뭇하여 말하였다.

"오늘은 이것도 좀 마셔 볼래요?"

영홍이가 가져온 술병을 꺼내 놓으며 말했다.

"그래 볼까?"

충성이가 병마개를 따고 술냄새를 맡아 보며 말했다.

"좋은 술인 것 같애. 그런데 너무 독할 것 같아."

"아버지가 마시던 술을 훔쳐왔어요. 아버진 술 잘 안 드셔요. 한 달에 한 번씩이나 마실까 말까."

충성이가 병 그대로 한 모금 쭉 들이마셨다.

그러는 충성이에게 영홍은 닭다리 하나를 뜯어 손에 쥐어주었다.

"너도 술 한 모금 해 볼래?"

충성이가 영홍이에게 술병을 내밀며 말했다.

"아니, 그 독한 술을, 제가 어찌 마셔요?"

영홍이가 눈을 찡그리며 손을 내저었다.

술 한 잔이 들어가니 충성이는 저도 몰래 말이 많아졌다.

"문화대혁명이 끝나면 넌 뭘 할래?"

"공부해야지. 중학교, 고등학교를 졸업하구 북경대학에 갈래. 북경대학 문학창작계에 들어가 창작을 배워 작가가 될래. 작가가 되어 선혈과 목숨으로 모주석을 보위하던 우리 홍위병들 사적을 소설로 엮을래!"

영홍은 단숨에 쭉 자기 계획을 말했다.

"오빠는 뭘 할래요?"

이젠 영홍이가 충성이에게 물었다.

"우린 고중도 다 다녔으니 곧바로 대학에 가야지. 난 청화대학 항천항공학과에 가기로 했어. 우리나라는 지금 원자탄, 수소탄은 제작했으나 그 운수기구 유도탄은 못 만들고 있어. 나는 그런 유도탄을 만들 거야. 모주석께서 꼭 그런 유도탄을 만들어야 한다고 하셨대. 그런 유도탄을 만들어 모주석께서 명령만 내리면 그 유도탄에 원자탄, 수소탄을 싣고 쏘아 미 제국주의 반동파들을 단방에 바다 깊숙이 쓸어 박을 거야!"

"그럼 오빠는 과학자가 되고 나는 작가가 되는 거에요. 그럼 후에 과학자와 작가가 한 집에서 살겠네."

영홍이가 손뼉을 짝짝 치며 말했다.

"오빠와 여동생은 한 집에서 같이 못살아. 오빠는 장가들 거구, 여동생은 시집 갈 거니 말이야."

"그럼 어떡하면 한 집에서 살 수 있어요?"

"남자와 여자가 한 집에서 살려면 결혼해야 한 집에서 살 수 있지."

"그럼 오빠 우리 결혼해!"

"허허- 결혼? 아직 중학교도 졸업 못한 것이…."

충성이는 너털웃음을 쳤다.

"무슨 중학교가 중요해요? 난 이젠 처녀가 됐대요. 어른이 된 거래요. 엄마가 말했어요. 처녀가 됐으면 총각하고 결혼할 수 있는 거잖아요?"

영홍이가 뾰로통해 말했다.

이말 저말 하면서 음식을 먹다보니 닭고움도 제법 먹었고 술도 적잖게 마셨다. 이젠 술이 조금만 남았다.

"나도 술 한 모금 마셔 볼래요."

영홍이가 충성이 손에서 술병을 빼앗아 갔다. 그리고는 술병을 꺼꾸로 들어 입안에 쏟아 넣었다.

"아유- 카아--"

조금 맛본다는 것이 나머지 술이 몽땅 영홍의 입안으로 쏟아져 들어갔다.

"오빠, 나 살려줘. 나 죽는다."

술이 너무 매워 영홍이가 쩔쩔 맸다.

"어서 여길 와. 내가 등 두드려 줄게."

충성이가 팔을 벌리자 영홍이가 와락 충성이의 품에 와 안겼다. 충성이가 토닥토닥 영홍이의 등을 다독여 주었다. 영홍이가 점차 안정을 찾는 듯하더니 충성이의 품속에서 쎄근쎄근 잠들었다

잠든 영홍이를 마룻바닥에 바로 눕히려고 충성이가 자기 품에서 영홍이를 떼어 내리는데 영홍이가 눈을 감은 채 말했다.

"나 안자요. 이대로 안겨있을게요. 오빠 날 키스해 줘요. 그날 키스가 너무나 좋았어요. 키스한 그날부터 지금까지 내내 행복해하고 있어요. 키스해서는 애가 안 생긴대요."

영홍이가 감고 있던 눈을 떠 충성이를 애절하게 올려다보며 말했다.

충성이가 고개를 숙여 입술을 영홍이의 입술에 갖다 대었다. 첫 번째와 달리 영홍이의 혀가 먼저 충성이의 입속에 들어왔다. 충성이의 혀도 기다렸다는 듯이 영홍의 혀를 마중했다.

"오빠, 그날처럼….."

영홍이의 혀가 꼬물꼬물거렸다. 말소리는 안 들렸지만 충성이의 입속에서 영홍의 혀가 그 말을 알려주고 있었다.

두 혀가 이리 저리 뒤엉켰다.

어떤 때는 충성의 혀가 영홍이의 입속에서 노닐었고 어떤 때는 영홍이의 혀가 충성이의 입속으로 들어와 노닐었다.

키스에 맥진한 영홍이가 다시 쌔근쌔근 잠들었다.

얼마나 요란스레 키스했던지 영홍이의 적삼단추가 벗겨져 봉긋하게 한참 돋아오르는 조그마한 어린 처녀의 젖을 노출시키고 있었고 아래 바지와 팬티도 희디흰 엉덩이 아래로 벗겨져 내려가 있었다. 새뽀얀 두 허벅지 사이에 처녀의 옥단지가 입술을 꼭 다문 채 빠끔히 미소를 머금고 있었다.

충성은 영홍이를 살며시 내려놓고 대충 음식 그릇을 거두고 마루에 자리를 깔고 이불을 폈다. 그리고는 다시 영홍이를 들어 이불속에 눕히고 자기도 이불속에 들어와 누웠다.

한참 실컷 잠을 자고 충성이가 일어나 보니 둘 다 알몸이 되어 있었다. 그러고 말고 충성이는 다시 알몸이 된 영홍이를 품에 품고 드러누웠다.

아침에 일어났을 땐 영홍이가 먼저 일어나 요에 묻은 핏자국을 닦아내고 있었다. 그러던 영홍이가 눈을 뜬 충성이를 보자 생글 웃음을 지어보이고는 중얼거렸다.

"오빠, 유망! 남을 피까지 흘리게 하고!"

그러거나 말거나 충성인 또다시 영홍이를 끌어 당겨 누가 빼앗아 가기라도 할 듯 가슴속 깊숙이 단단히 끌어안았다.

둘은 또다시 깊고 달콤한 잠속에 빠져들었다.

64. 총소리

　잠에서 깨어났을 땐 벌써 이튿날 점심녘이었다. 어제 저녁 먹다 남은 닭고움으로 대충 식사를 하였다. 그리고는 오두막을 나와 오솔길을 따라 느티나무를 향해 걸었다.

　어쩐지 날씨가 어둑침침했다. 하늘엔 먹장 같은 구름이 꽉 끼여 있었고 쌀쌀한 동풍이 불어오고 있었다.

　연변 기후는 동풍이 불면 비가 오고 서풍이 불면 날이 개인다고 하였다. 아무래도 비가 올 모양이었다.

　묵묵히 말없이 걷던 영홍이가 충성이에게 다가와 손을 잡으며 물었다.

　"남자와 여자가 같이 잔다는 게 어제 저녁 우리처럼 하는 거야?"

　"나도 몰라."

　참말이다. 충성이라고 어찌 그걸 알겠는가. 한 쌍의 사랑하는 남녀가 만나면 모르고 처음이라도 자연스레 이루어지는 것이 그런 일인 것을.

　"같이 자면 애기가 생긴다던데…."

　영홍이가 근심스럽다는 듯 충성일 바라보았다.

　"다 그런 것은 아닐 거야. 어른들은 매일 같이 자도 아이는 아주 적게 낳잖아. 어떤 부부는 평생 아이 하나도 없잖아."

　충성이가 영홍이의 어깨를 다독이며 말했다.

　"아이 참, 깜빡했어. 정호오빠가 알려주라 했는데. 북경에서 중앙군위 그 사령관이 직접 조사조를 데리고 연변에 온대. 그 주둔군 병원 총격 사건을 사령관이 와서 직접 조사한다고 했대요. 그 사령관의 권총도 오빠의 권총과 같은 거래요. 그 사령관이 그 권총만 보면 그 권총의 사격 날자를 알 수 있다고 했대요."

문득 영홍이 정호가 전하라던 말이 생각나서 정호의 말을 그대로 전하였다.

그러자 충성이가 호주머니에서 그 권총을 꺼내어 만지작거리며 말했다.

"참으로 좋은 권총 같아. 한번 쏘아 본다 쏘아 본다 벼르기만 하면서도 쏘아 보지는 못했어. 오늘은 진짜 쏘아봐야겠어."

충성이네는 이미 그날 포위를 뚫고 나온 홍위병들이 가지고 나왔던 무기까지 모두 반환했다. 충성이도 5.4식 권총과 육혈포까지 모두 반환했다. 그러나 이 깜찍스러운 수입제 권총만은 바치지 않았다. 부대 병원 총격사건에 이 총이 연류되어 있는 것이 주요 원인이었겠지만 참말로 이 총을 영원히 갖고 싶은 것도 또한 원인이었다.

"너도 오늘 이 총을 쏘아 봐. 너는 총을 못 쏘아 봤잖아. 홍위병 부 단장이란 애가 총 한방 쏘아 보지 못했다는 게 말이나 돼?"

충성이가 손으로 만지작거리던 그 권총을 영홍이에게 넘겨주며 말했다.

"아니, 안 받을게요. 저 느티나무 아래까지 가서 오빠한테서 총 쏘는 방법을 배운 후에 자신이 생기면 나도 한번 쏘아 볼래요."

내미는 총을 손으로 밀치며 영홍이가 말했다.

드디어 느티나무 밑에 와 자리 잡고 앉았다.

동풍이 더 세차게 불어 왔다. 먹장구름도 더 많이 밀려 왔다. 멀리로부터 우뢰소리도 은은히 들려왔다.

"총 쏘기는 아주 간단해. 방아쇠만 당기면 총알이 저절로 나가는 거야."

충성이가 총을 내들어 30여 미터 앞의 자작나무 한 그루를 겨냥하며 말했다.

"이 총안엔 탄알이 이미 세 발 장전되어 있어. 그러니 다시 장탄할 필요도 없어. 목표를 겨누고 방아쇠만 당기면 되는 거야. 알았지."

"그래도 잘 모르겠어요."

영홍이가 자신 없이 말했다.

"그럼 내가 먼저 한방 쏠게. 너도 나처럼만 하면 돼."

충성이 내려놨던 총을 다시 들어 원래 겨누었던 자작나무 줄기를 겨냥하며 말했다.

"너, 이놈. 넌, 중앙문협을 반대하구, 자산계급 반동노선을 집행한 반혁명분자야. 오늘 난 우리 칼날반란단 홍위병들을 대표하여 너를 총살해 버리겠다."

충성이가 자작나무에 총을 겨누고 말했다.

'퐁--'

이어 아주 약한 총소리가 나는 듯하더니 총신으로부터 탄알깍지가 튕겨 나왔다. 자작나무 줄기가 가볍게 한번 흔들렸다. 참 좋은 총이다. 총소리가 들릴 듯 말 듯 가늘었고 명중률도 훌륭했다. 원래 충성은 사격술이 높은 학교 사격대 대장이었다.

이어 충성은 영홍이에게 권총을 넘겨주었다.

"총신과 눈길과 저 나무줄기를 일직선에 놓고 손이 떨리지 않도록 숨결을 죽이고 천천히 방아쇠를 당겨. 그러면 총알이 나아가는 거야."

충성의 말대로 영홍은 총을 들어 충성이가 쏘았던 그 자작나무 줄기를 겨누었다.

'퐁—'

총성이 울렸다. 자작나무 줄기가 또 한번 가볍게 흔들렸다.

"명중이야. 참 잘 쏘았어!"

충성이가 환호했다.

"참말이에요. 참말로 내가 명중했단 말이에요!"

영홍이가 믿기지 않다는 듯 고개를 살래살래 저었다.

"참말이라니까."

충성이가 확인하려 그 자작나무로 달려갔다. 자작나무 줄기를 자세히 살펴보던 충성이가 외쳤다.

"참 잘 쏘았어. 너 쏜 것도 나 쏜 것도 모두 자작나무 줄기 정중앙을 명중했어. 소나기가 쏟아지기 전에 한방 더 쏴. 이제 총알 한 알밖에 안 남았어. 나는 그만 쏠래. 네가 쏘아."

이렇게 말하며 충성이가 그 자작나무를 피해 옆으로 뒷걸음쳐가며 영홍이를 향해 소리쳤다.

"당장 비가 쏟아질 것 같아. 빨리 쏘아."

신이 난 영홍이가 다시 손을 들어 자작나무 줄기를 조준했다.

그러찮아도 총쏘기 전에 충성이처럼 멋있는 말을 못한 것이 아쉬웠던 차라 제법 목청을 돋구어 소리쳤다. 장난기도 좀 난 모양 같았다.

"너 이놈. 넌 반당, 반군, 망나니 유망분자야. 오늘 난 당중앙과 모주석과 인민을 대표하여…"

'꽈르릉- 꽝—'

영홍이의 말이 채 끝나기도 전에 요란한 우뢰소리와 함께 번개가 하늘을 쪽 갈랐다.

깜짝 놀란 영홍이의 총을 든 손이 옆으로 움찔 움직이는 것 같더니 '퐁-' 하는 미약한 총소리가 울려왔다. 불길한 예감에 영홍은 눈을 딱

감았다.

"앗! 영홍아!"

충성의 목소리가 들리는 듯싶었다.

영홍이가 눈을 떴을 땐 충성이는 이미 땅에 쓰러져 있었다.

우뢰와 번개소리에 놀라 영홍이의 손이 떨리며 총알이 빗나가 충성이를 향해 날아갔던 것이다.

"오빠--"

영홍이가 달려가 쓰러져 있는 충성이를 끌어안았다. 얼굴 바로 왼쪽 태양혈이 명중되었던 것이다. 벌써 피가 흘러 온 낯을 덮고 있었다.

"오빠- 내가, 오빠를 죽였어. 오빠를--"

영홍이가 정신을 잃고 충성이의 시체 위에 쓰러졌다.

우뢰가 울었다.

번개가 검은 구름 속 깊이 내리꽂혔다.

광풍이 몰아쳐왔다.

소나기가 억수로 두 남녀 홍위병의 신체 위에 쏟아져 내렸다.

65. 느티나무

영홍은 변강대학 뒷산 오솔길을 뚜벅뚜벅 걸어 올라가고 있었다. 어째서 어디로 가는지를 딱히 모른다. 그저 발길이 가는대로 걷는다. 변강대학 뒷산이 틀림없고 그 뒷산에 나 있는 그전에도 수십 번 걸어봤던 오솔길이 틀림없건만 그 뒷산도 그 오솔길도 어디가 어디고 뭐가 뭔지 전혀 알지 못하고 있었다.

뒷산 마루에 자라 있는 커다란 느티나무도 보였건만 알아보지 못한다. 그러나 그 느티나무를 향해 뚜벅뚜벅 발걸음을 옮기고 있는 것은 틀림없는 것 같다.

키는 그전보다 훨씬 더 큰 것 같다. 160센치미터는 될 것 같다. 여전히 초록색 홍위병 복장에 왼팔에 홍위병 완장을 둘렀다. 그러나 얼굴은 그전과 전혀 달라 비교가 안 된다. 검은 머리가 귀와 눈썹을 덮었고 두 볼은 검은 땟자국으로 얼룩져 있었다. 코밑에는 흐르던 코물이 말라 붙어있고 입가에는 먹다 남은 밥알이 붙어 있었다.

느티나무 밑에 다달았다. 새봄 맞은 느티나무에 새싹이 파릇파릇 움트기 시작하고 있었다. 그런 느티나무를 만져보면서도 영홍은 아무런 감각도 느끼지 못하였다.

이 느티나무 밑을 떠난 지 일 년이 지나 이젠 19살이 된 그였건만 그는 날짜도 시간도 어떻게 지난 지를 모르고 있었다.

영홍은 느티나무 밑에 주저앉았다. 그리고는 거슴츠레 눈을 뜨고 앞을 주시한다. 계곡이 보인다. 조잘조잘 얼음 섞인 계곡 물이 흘러내리는 소리가 들리는 듯싶었다.

화창한 이른 봄날이다. 여느 봄날과 마찬가지로 들판에선 아지랑이 아물아물 피어 올랐고 봄바람이 산들산들 불어왔다.

계곡 아래 자그마한 벌판이 영홍의 시야에 들어왔다. 문득 등허리 가 간질간질 간지러워진다. 이상하다. 근 일 년간 누가 간질러도 간지러움이 뭔지를 모르고 지내던 영홍이다. 그러던 영홍이가 지금 등뒤가 간지러움을 감지한 것이다. 그 간지러움에 따라 영홍은 땅에 손가락으로 그림을 그렸다. 그림이 아니라 글자였다. 그 글자를 알아 볼 것 같다. 영홍은 그 글자를 물끄러미 바라보며 입속으로 되뇌었다.

'충(忠)자?'

충자가 머리에 떠오르니 이어 충자와 관련된 단어 하나가 떠올랐다.

'충자림?'

충자림이란 단어를 머리에 떠올리며 영홍이는 다시 계곡 아래에 눈길을 주었다. 작은 벌판이 보인다. 저 벌판에 소나무 숲을 만들고 싶다고 누군가가 외치는 듯싶었다.

소나무 묘목, 어린 소나무, 어른들 신다리 통만큼 굵은 어른 소나무, 바로 충자림이다. 영홍은 일어서서 느티나무 밑을 이리저리 거닐었다.

'소나무를 심자! 저 벌판에 충자림을 가꾸자!'

영홍은 혼잣말처럼 중얼거렸다. 이를 위하여 그는 콘크리트로 지은 소련식 4층 학교 건물에도 갔었고 그 건물 앞 운동장 나무숲에도 갔었다. 또한 소나무 한 그루와 낙엽나무 한 그루를 찾아서 오래도록 만져 보기까지도 하였다.

기차 타고 북경에도 갔었다. 중앙민위, 중앙군위, 신화통신사 주위까지 가서 서성거리기도 했고 어떤 해방군 군영에도 가서 두리번거렸다. 그러나 그는 아무런 그 무엇도 찾지 못하고 배고픔에 허덕이고 피로와 잠에 부대끼다가 또다시 연길로 돌아왔다.

느티나무 아래에서 이리 저리 거닐던 영홍의 발에 무언가 딴딴한 것이 밟히었다. 발을 들고 아래를 내려다보았다. 이상스러운 조그마한 그 무엇인가 영홍의 시야 속에 흘러들었다. 영홍은 허리를 구부려 그 물건을 주어 들었다.

'권총!'

바로 그 권총이었다. 권총자루에 희미한 세 글자가 씌어 있었다.

'최충성!'

최충성이란 이름이 생각날 듯 말 듯 하여 고개를 이리저리 갸우뚱거려 봤건만 끝내 생각나지 않아 머리를 절레절레 저어버렸다.

이때 느티나무에서 푸르륵- 아담한 날개와 뾰족한 주둥이를 가진 새 한 마리가 날아갔다. 딱따구리다. 알을 낳으려고 둥지 안 보금자리에 가만히 누워있는데 누가 와서 뚜벅뚜벅 발걸음 소리를 내니 귀찮아서 굴에서 나와 날아가 버린 것이다.

딱따구리가 날아난 쪽을 바라보니 느티나무 줄기 얼마 높지 않은 곳에 구멍 하나가 뚫어져 있었다. 슬금슬금 그쪽에 다가가니 그 구멍은 영홍이 키만큼 높은 느티나무 줄기에 파져있었다.

그 굴속에 손을 넣어 보려다가 손에 아직도 권총이 들려져 있는 걸 보고 딱따구리 굴을 포기하고 또다시 그 권총 자루에 써있는 세 글자에 눈길을 주었다.

'최충성?'

원래 그 권총 자루에 써있던 이름은 '모원신'이었다. 그랬던 그 모원신이란 세 글자를 충성이가 지워버리고 자기 이름을 써넣었던 것이다. 그것을 영홍이가 알 리 없었다. 그 당시 알았다 해도 기억을 완전히 상실한 지금은 그런 기억을 되살릴 리 없었다.

영홍은 오른손에 들었던 권총을 왼손에 바꾸어 쥐고 오른손을 딱따구리 굴속에 넣어 보았다. 따뜻한 온기가 전해왔다. 딱따구리 굴속에 새털로 된 보금자리가 마련되어 있었던 것이다.

무슨 생각을 했던지 모르나 영홍은 문득 몸을 부르르 떨었다. 그날 자기가 쏜 총이 오발되자 총을 던져버리고 충성이한테로 뛰어간 기억을 다시 찾아서가 아니라 기절할 듯 무섭던 그 두려움만 되살린 것이다.

영홍은 손에 들었던 권총을 딱따구리 굴속에 던져 넣었다. 그리고는 부랴부랴 올라 오던 오솔길을 따라 달음박질이라도 치듯 허겁지겁 변강대학 뒷산을 내려오기 시작하였다.

'충자림!'

바삐 뒷산을 내려오면서도 반드시 충자림을 가꾸어야 되겠다는 결심만은 잊지 않고 있었다.

66. 다시 찾은 오두막

1969년 4월 말경이다. 연변의 식수철이다.

영홍은 손수레에 소나무 묘목 두 가마니를 싣고 변강대학 뒷산으로 향했다. 한 가마니에 5원씩 주고 10원에 두 가마니를 사서 묘포에서 마련해 주는 손수레에 싣고 변강대학 뒷산으로 올라오는 참이었다. 작은 산림을 가꾸련다는 말에 묘포 직원들이 기특하여 손수레까지 마련해 준 것이었다. 손수레에 삽과 괭이도 실려 있다. 역시 묘포 직원들이 마련해 준 것이었다. 오솔길에 들어서면서 길이 좁아 손수레가 잘 끌려 지지 않았건만 억지다짐으로 끌고 올라왔다. 겨우 느티나무 밑에까지 끌고 올라왔다. 두 가마니에 담긴 수백 포기 묘목을 하루에 다 심을 수 없을 거라고 생각하여 먼저 느티나무 밑에 보관하고 하루에 심을 만큼씩 묘목을 꺼내 가지고 벌판에 내려가 심기로 작심하였던 것이다.

손수레를 느티나무 밑에 세우고 그 옆에 앉아 숨을 돌리고 아래 벌판을 내려다보던 영홍이의 시야에 또 이상한 물체 하나가 안겨 들어왔다.

'오두막?'

바로 그 오두막이 영홍이의 시야에 들어왔던 것이다. 그전에 보기도 한 것 같고 못보기도 한 것 같고 아리송한 생각은 드나 똑똑히는 생각나지 않았다.

영홍이는 자리에서 일어나 다시 손수레를 밀고 오두막으로 향한 오솔길을 따라 내려가기 시작하였다. 묘목을 느티나무 밑에 보관하기보다 아예 오두막 안에 보관하면 더 좋을 것이라고 생각했던 것 같았다.

오두막 앞에 손수레를 세우고 닫겨져 있던 오두막 문을 열었다. 제 집처럼 손놀림이 아주 자연스러웠다. 집안에서 좀 이상한 냄새가 나는 가 싶더니 문을 열고 한참 환기시키니 그 이상한 냄새가 사라져버렸다.

집안 마루엔 이부자리와 베개 둘이 놓여 있었고 벽엔 붉은 오각별이 덮개에 박힌 군용 가방 둘이 가지런히 걸려 있었다.

일년 전 사고가 났을 때 영홍이의 어머니가 학교로 찾아와 전날 저녁 영홍이가 집에 돌아오지 않았다고 하여 정호가 무슨 불길한 예감이 들어 지프차에 이혁, 박철, 장민네를 싣고 한창 폭우가 쏟아져 내리는 변강대학 뒷산에 올라왔다.

느티나무 밑에서 폭우가 억수로 쏟아져 내리는 숲속에 기절해 쓰러져 있는 충성이와 영홍이를 발견한 정호네는 오두막이고 뭐고 살펴볼 새도 없이 둘을 차에 싣고 최고 속력을 걸어 차를 몰고 병원으로 내려왔다. 두 사람이 생명이 왔다갔다하는 판국이라 그 후 누구도 다시는 변강대학 뒷산으로 올라올 생각을 하지 못하였다.

영홍이가 그중 한 가방을 열어 보았다. 빈 밥통과 술병 하나가 들어 있었다. 그 외에도 홍위병 완장과 거울 같은 계집애들의 소지품이 들어있었다. 누가 여기에 이런 것들을 두고 갔단 말인가? 영홍이는 머리를 갸우뚱거리며 이상하다고 생각했으나 그것이 자기 물건이라는 것을 전혀 기억 못하고 있었다. 또 다른 한 가방도 열어 보았다. 그 가방 안엔 모주석 어록 한 권과 모주석 저작 네 권이 들어 있었다.

그 외에도 홍위병 완장과 손칼 같은 사내애들의 소지품이 들어 있었다. 충성이가 읽던 모주석 저작과 그의 소지품이었건만 그것도 역시 영홍은 기억을 떠올리지 못하고 있었다.

손수레는 집밖에 세워놓고 묘목 가마니 둘을 들어 집안에 들여놓았다.

'이젠 여기서 기숙하면서 일하여도 되겠구나.'

이런 생각을 하며 영홍은 얼굴에 만족스러운 웃음을 떠올렸다.

초봄의 따뜻한 날씨라 잠기운이 찾아와 눈시울이 사르르 내려왔다.

영홍은 마루에 올라와 마룻바닥에 요를 깔고 이불을 폈다. 그러고는 베개 하나를 가져다가 머리에 베고 다른 한 베개는 가져다가 가슴에 꼭 껴안았다.

다른 사람이라면 남의 집에 들어와서 남의 이부자리에 눕는다면 편안할 리 없었겠지만 영홍인 전혀 그런 불편함을 느끼지 못했다.

영홍은 응당 찾아와야 할 제집처럼 오두막 안에서 편안히 낮잠에 곯아떨어졌다.

67. 충성의 밀림

영홍이가 산 아래 벌판에서 이리저리 거닐고 있었다. 충자림 구도를 생각하고 있는 것이었다. 충자는 한자로 8획이다. 매 획마다를 푸른 소나무로 선명하게 표현하려면 매 획마다에 소나무를 심어야 되는데 매 획마다의 크기가 다르므로 똑 같은 수량의 소나무를 심어서는 안 될 것이라고 생각하였다. 첫 획에 50그루를 심자면 두 번째 획에는 100그루를 심어야 될 것 같다. 세 번째 획은 첫 번째 획과 비슷하니 거기도 50그루를 심고 네 번째 획은 또 두 번째 획과 비슷이 크므로 100그루 심으면 될 것 같았다. 첫 번째 획부터 네 번째 획까지는 중(中)자다. 이제 중자 아래 마음 심자(心)를 써야 하는데 심자는 작은 획 셋, 큰 획 하나니 중자와 마찬가지로 작은 획에는 50그루 큰 획에는 100그루 심으면 될 거라고 생각하였다. 그럼 중자에 300그루 심어야 되니 모두 600그루의 소나무를 심어야 된다. 소나무가 어른들의 신다리 통만큼 자라 무성한 소나무 숲을 이루려면 나무와 나무 사이 거리가 충분히 보장되어야 될 것이다. 그 거리를 1미터로 하자고 하니 너무 좁아 2미터로 하기로 하였다. 또 획과 획 사이도 상당한 거리를 가져야 될 것 같다. 그렇다면 600여 그루의 소나무가 차지하는 면적이 이 작은 벌판을 모두 차지할 것 같았다.

이 작은 벌이 10헥타르 될까? 20헥타르 될까? 산수책에서 한 헥타르는 한 쌍이라고 했으니 10쌍이나 20쌍의 면적에 나무를 심어야겠다고 영홍은 생각하였다.

영홍은 또 토질도 자세히 살펴보았다. 대부분 울퉁불퉁한 꼬지께 덩어리로 뒤덮인 습지였다. 어떤 곳은 매말라 꼬지께 덩어리와 꼬지께 덩어리 사이에 부식토가 형성되었지만 대부분은 물이 질퍽하여 소나무를 심으면 잘 자랄 수 있을지 모르겠다. 하여간 습지든 부식토든 영홍은 꼬지께 덩어리 사이에 나무를 심어야겠다고 생각하였다.

어느 날부턴가 영홍이는 나무 심기를 시작하였다. 작은 묘목이기에 삽으로 한 삽 파고 그 판 구멍에 나무를 넣고 다시 파냈던 그 한 삽 흙을 묘목의 뿌리에 덮고 공기가 통하지 못하게 발로 두세 번 꿍꿍 밟았다. 이 나무 심기 방법도 묘포 사람들에게서 배운 것이었다.

아침 일찍부터 저녁 늦게까지 쉴 틈없이 부지런히 심었는데 겨우 한 획분 50여 그루의 나무밖에 심지 못하였다.

심산계곡에서 고독하게 일했건만 영홍은 힘든 줄도 몰랐고 고독한 줄도 몰랐다. 되려 흥겨워 콧노래가 흥얼흥얼 흘러 나왔다.

북경엔 붉은 태양 모주석이 계신다네.
변강엔 밝은 별 홍위병이 있다네.
변강홍위병 모주석께 충성하여
충자림 가꾼다네!

고단하여 쉬고 싶을 때도 영홍은 노래 불렀다.

결심을 내리고 희생을 두려워하지 말고
만난을 박차고 나아가 승리를 쟁취하세!

영홍은 식사란 개념도 잊고 살았다. 아침식사, 점심식사, 저녁식사란 말도 해본 지 오래다.

그러나 배고픔은 본능적이라 참을 수 없어 밤중에 잠을 깨면 살금살금 산 아래로 내려가 변강대학 학생 식당과 교원 식당 뒤 뜨락으로 찾아갔다. 거기에 여러 개의 음식쓰레기통이 있었기 때문이었다. 영홍은 그 쓰레기통을 뒤져 배불리 먹고 또 먹을 만한 음식을 비닐 봉다리 하나 가득 채워 들고 나왔다. 오두막으로 올라오는 오솔길에서 길옆에 나있는 옹달샘에 엎드려 맑은 샘물도 실컷 들이켰다.

오두막 안에 들어와선 자리에 누워 옆에 있는 베개를 더듬어 가슴에 꼭 끌어안는다. 그 베개가 애기인 양 자기의 젖을 더듬어 꺼내어 베개잇에 대인다. 젖이 흐른다. 줄줄 많이도 흐른다. 이튿날 아침에 잠을 깨어 보면 깔고 자던 요가 흘러내린 젖에 흥건히 젖어 있다.

> 모주석의 책을 나는 제일 애독한다네
> 천 가지 재주, 만 가지 재주 있다 한들
> 모주석의 책에 적혀 있는 도리에 비길손가!
> 모주석의 책은 만민의 급시우라네.

노래를 흥얼거리며 영홍은 군용 가방에서 모주석 어록책을 꺼내어 펼쳐 본다. 중간쯤 책갈피에 붉은 나뭇잎이 끼어있다. 하나가 아니고 한 쌍이다. 붉디붉게 잘도 말라있다. 낙엽이다.

'아, 왜 이 붉디붉은 낙엽나무는 안 심으려 했을까?'

그날 나무를 심으면서 영홍은 낙엽나무를 어떻게 소나무와 배합하여 심을까를 골몰히 생각하였다. 소나무와 낙엽나무는 절대 갈라질 수 없다. 충자림에도 낙엽나무가 빠져서는 안 된다. 낙엽나무가 충자림을 보호할 것이다.

낙엽나무는 장방형 모양으로 충자림 주위를 에워싸게 심기로 하였다.

그날 영홍은 손수레를 끌고 또 묘포로 갔다. 돈 5원을 주고 낙엽나무 묘목 한 가마니를 샀다. 300포기는 족히 될 것 같았다. 돌아오는 길에 영홍은 푸른 충자림을 붉은 단풍나무가 에워싼 아름다운 풍경을 생각하며 또 노래를 흥얼거렸다.

> 모주석과 백성은 한 몸이라네,
> 피와 살처럼 가를래야 가를 수 없이 엉켜있다네.
> 마음도 생각도 한 가지라네,
> 일심 세상을 붉은 대양으로 바꾸련다네.

열흘이 지났는지 열닷새가 지났는지 잘 모르나 5월 초순 전에 영홍은 묘목 심기를 끝냈다. 귀밑까지 덮었던 머리는 더 자라 어깨에 닿았고 아래 위 초록색 저고리와 바지는 너덜너덜해져 있었다. 그전보다 얼굴은 깨끗해졌다. 검은 땟자국과 코흘린 자리 그리고 입가의 밥알도 말끔히 씻어졌다. 아마 군용 가방 안에서 찾은 손거울이 작용한 것 같았다. 느티나무 밑에 서서 묘목을 심은 아래 벌판을 바라보며 영홍은 빙그레 얼굴에 웃음을 떠올렸다.

68. 다시 나타난 홍위병

　연길시 중심가 십자가에 여성 홍위병 하나가 나타난 것은 임표 반당판국사건 진상이 공포되기 얼마 전 일이다.

　중국의 홍위병 운동은 1966년 8월 모주석의 제일 첫 번째 대자보의 출현으로부터 시작하여 1968년 6월 모주석의 지식청년은 농촌으로 산골로 내려가 빈하중농 재교육을 받으라는 지시가 내릴 때까지 근 2년간 타오르는 불길마냥 기세 사납게 타오르다 서서히 꺼져버렸다.

　홍위병들은 변강으로 농촌으로 앞다투어 지원해 나아갔다. 거의 모든 홍위병들이 시가지를 떠나니 시가지는 젊은이들이 없는 시가지로 변했다.

　시가지는 홍위병들을 잃었고 홍위병도 시가지를 잃었다. 이런 시가지에 문득 여 홍위병 하나가 나타난다면 누가 이상스레 생각하지 않겠는가?

　그러나 또다시 거리에 홍위병이 나타난 건 참말이었다. 그 홍위병은 20여 세의 처녀였다. 몸엔 양쪽 무릎과 양쪽 팔굽을 크게 기운 초록색 군복을 입었고 왼팔엔 노오란 글씨로 홍위병이라고 쓴 붉은 완장을 두르고 있었다.

　머리는 양갈래로 땋아 어깨에 내리 드리웠고 얼굴은 청순한 살결이다. 살결은 청순했건만 얼굴 여러 곳에 무엇에 긁힌 듯 상처가 나있었다.

　"여러분, 임표가 반당판국을 했습니다. 모주석의 친밀한 전우라던

임표가 말입니다. 죄악이 폭로되니 비행기를 타고 수정주의 국가로 도
망치려다 외몽고 고비사막에 떨어져 개죽음을 당했습니다. 계급투쟁
은 계속됩니다. 계급투쟁은 계속됩니다. 계급투쟁을 잊지 맙시다."

십자가에 다시 나타난 홍위병이 목청껏 외쳐댔다.

영홍이었다.

영홍이의 외침소리에 길 가던 백성들이 깜짝 놀랐다. 웬 정신병자가
정신 나간 소리를 해 댄다고 잡아 가두라고 손가락질을 해 대기도 하
였다. 그것도 그럴 것이 아직 임표사건은 당과 정부의 고위급에만 전
달되었지 일반 백성들에게까진 전달되지 않았던 것이다.

"임표는 중앙군위 지휘자였습니다. 국방부장이었습니다. 이런 야심
가 놈이 군을 지휘했으니 우리 변강 주둔군도 죄 없는 백성들에게 폭
란이란 모자를 씌우고 그에 반대하는 반란파와 홍위병을 진압하지 않
았습니까? 죄는 죄로 갚고 착오는 진리로 바뀌어야 합니다. 야심가 임
표를 타도합시다. 폭란이란 소위 죄장을 만들어 낸 군내 막후 지휘자
를 잡아냅시다."

홍위병의 외침소리는 가면 갈수록 더 높아졌다. 홍위병 주위에 사람
들이 모여들었다. 너도나도 그 홍위병을 보려 발돋음하며 밀고 당기었
다.

"임표 일이 참말인가 보네. 저 홍위병을 잡아가질 않는 걸 봐선…."

사람들이 웅성거렸다.

이때 트럭 한 대가 천천히 달려오더니 길가에 멈춰섰다. 트럭 운전
사가 다리를 절뚝거리며 차에서 내리더니 영홍을 향해 소리쳤다.

"홍위병 아가씨, 어서 차에 타오. 차가 시내를 돌아다닐 테니 차를
타고 그 기쁜 소식을 온 시내에 고루 고루 전하시오."

영홍이가 외침소리를 끊고 그 운전사를 바라보았다. 그 운전사는 원

래 칼날의 홍위병이었던 예술학원 숙소 습격사건 때 부상을 입었던 그 홍위병이었다. 다리 상처 땜에 농촌에도 가지 못하고 운전을 배워 어느 공장의 차를 몰고 있었다.

영홍이가 서슴없이 차에 다가와 차운전실 디딤턱에 올라섰다. 그러자 차가 움직였다.

"임표 반당집단을 타도하자!"

"야심가 임표를 타도하자!"

영홍이가 차에 실려 가며 외쳤다. 어느 사이 누가 줬는지 손에 커다란 붉은 홍위병 깃발 하나가 쥐여져 있었다.

영홍은 구호를 외칠 때마다 홍위병 깃발을 휘둘렀다.

트럭이 주둔군 사령부 청사를 지날 때다.

"군부는 들으라. 진정한 홍위병을 착오를 범한 홍위병이라고 죄장을 씌웠는데 임표가 우두머리인 중앙군위를 반란한 것도 죄장이란 말이냐?"

영홍이 주둔군 청사를 향해 외쳤다. 그 사이 영홍이는 어느 만큼 기억을 찾은 걸까? 영홍이가 기억상실증을 앓는다는 건 원 칼날의 홍위병들은 물론 온 시내 시민들까지 거의 다 아는 일이었다.

구호를 듣던 트럭 운전사가 근심되듯 말했다.

"영홍아, 너무 심한 말은 하지 말거라. 죄 없이 잡히면 너 자신만 손해야!"

그래도 영홍은 아랑곳없이 외쳐댔다.

"계급투쟁은 끝나지 않았습니다. 야심가는 임표 하나뿐이 아닙니다. 또 다른 야심가가 나타날 것입니다. 그러나 홍위병들도 죽지 않았습니다. 영원토록 모주석을 보위할 것입니다."

운전사가 트럭을 급히 몰아 주둔군 대문 앞을 지나갔다. 연길 시내를 한 바퀴 돌고 변강대학 대문 앞까지 와서 운전사는 차를 세웠다.

"너 아직도 오빠들 생각 안나? 아직도 기억을 찾지 못한 거야?"

영홍은 물끄러미 운전사를 바라보기만 할 뿐 말이 없다가 머리만 절레절레 가볍게 흔들었다. 영홍은 트럭에서 내렸다. 차에서 내리는 영홍이에게 손을 흔들며 인사하는 운전사의 두 눈에서 주르륵 두 가닥 눈물이 흘러내렸다.

69. 홍위병 예언가

연길 시내에 이상한 소문이 떠돌았다. 야밤 삼경만 되면 연길시내 여러 곳들에서 슬피슬피 목 놓아 우는 여인의 울음소리가 들려온다는 것이다. 또 그 여인의 넋두리질 하는 넋두리 소리까지 알아들을 수 있다는 것이었다.

그 이상한 울음소리는 부르하통하 강속에서 들려온다고도 하였고 변강대학 뒷산에서 들려온다고도 하였으며 정신병원 쪽 하늘 공중에서 들려온다고도 하였다.

그 넋두리를 들었다는 사람들의 말에 의하면 그 여인의 넋두리는 이러한 것들이었다고 한다.

'하늘에서 큰 별 하나가 떨어졌다. 그 큰 별이 떨어지자 그보다 좀 작은 별 둘이 그 큰 별을 따라 떨어졌다. 보라, 중국에선 큰 위인 한 분과 작은 위인 두 분이 사망될 것이다.'

'모두들 슬퍼하시라! 통곡하시라! 몸부림치시라!'

'임도 없고 빛도 없는 이 세상에서 우리 어이 살아 나가리오?'

그 여인의 넋두리가 맞아 떨어지기라도 하듯 중국은 한 해 동안에 세 위인을 잃었다. 국가 총리 주은래가 사망했고 인대 상임위원회 주임 주덕이 사망했으며 영수 모택동까지 사망했다.

"참 그 홍위병은 귀신이야."

"못 들었어? 그 녀 홍위병이 신을 업었대."

"귀신이고 신이고는 모르겠고 예언가는 틀림없어. 전번에도 임표사건을 예언했고 이번에도 모주석과 주덕, 주은래 사망까지 예언했잖나?"

"홍위병들을 너무 부정해선 안 돼. 그래도 홍위병 땜에 중국의 숱한 잡귀신들과 부정부패가 소멸됐잖아!"

이런 소문 저런 소문이 여기 저기 퍼지면서 영홍은 연길시의 홍위병 예언가로 불리워지기 시작하였다.

모주석 사망 후 중국의 형세는 한치 앞도 내다보기 어려울 정도로 흉흉해졌다. 시장엔 살 물건이 없는데도 물가는 천길 만길 치솟았다. 백성들이 참말로 먹고 살기 어려웠다. 그러자 백성들은 영홍이가 나타나기를 기다렸다.

"요즈음 왜 그 처녀 홍위병 소문이 없어. 또 나타나서 좋은 예언 한 번 해줘야 쓸텐데…."

백성들의 요구를 알았다는 듯 영홍이가 또다시 시내중심 십자가에 나타났다.

역시 초록색 군복 차림이었다. 키가 그전보다 커진 때문인지 의복이 너무 오래 되어 줄어진 때문인지 저고리는 엉덩이 위로 건득 올라왔고 바지도 가랭이가 발목 위까지 올라왔다. 저고리는 그 전엔 팔굽만 기웠던 것이 지금은 어깨죽지까지도 기웠으며 바지도 무릎팍만 기웠던 것이 지금은 엉덩이 양쪽도 기웠다. 그러나 왼팔에 두른 홍위병 완장만은 아직도 깨끗하고 완정했으며 한곳도 해진 곳이 없다.

영홍의 얼굴은 그전보다 좀 나아진 듯싶었다. 얼굴색이 붉어졌고 기름기가 도는 성싶었다.

"여러분, 4인방을 아십니까?"

"왕, 장, 강, 요 네놈을 4인방이라고 합니다."

"왕은 왕홍문이고, 장은 장춘교이며, 강은 강청이고, 요는 요문원입니다."

"이 네놈 중 형식상 왕홍문이 두목이지만 실제상은 강청이 두목입니다."

"문화대혁명을 거친 여러분들은 다 알고 있겠지만 이놈들은 모두 중앙문협 출신입니다. 바로 연변 문화대혁명을 기로에로 이끈 놈들입니다."

"바로 이런 4인방이 체포되었습니다. 화국봉 동지와 엽검영 장군께서 명령을 내려 체포했습니다."

"모주석의 부인을 어떻게 체포하냐구요? 모주석께서 생전에 이미 말씀하셨답니다. 강청이 모주석더러 다시 국가 주석 자리를 차지하라고 하니 모주석의 말씀이 강청의 뜻은 모주석이 국가 주석이 되라는 것이 아니라 자기가 국가 주석이 되겠다는 것이고 황제가 되겠다는 것이라며 여황 무측전이 되겠다는 뜻이라고 말입니다. 이럴진대 실은 모주석께서 생전에 이미 4인방을 타도하라고 지시한 것입니다."

임표사건 때보다도 더욱 엄청나고 험악한 예언이다. 도대체 믿을래야 도저히 믿을 수 없다. 왕홍문은 모주석의 생전에 올려 세운 국가 부주석이고 장춘교는 국가 부총리 겸 상해 제일 당서기고 요문원도 한창 뜨고 있는 무산계급 이론가이다.

그러나 이 홍위병 여 예언가의 말을 헛소문이라고 마구 믿지 않을 수도 없었다. 이 홍위병 여 예언가가 임표사건도 예언했고 모주석 사망 사건도 예언하지 않았던가? 어느 하나가 헛소리였던가? 모두 100%로 들어맞지 않았는가?

"4인방이란 별명도 모주석께서 지어준 겁니다. 얼마나 못된 짓들을 하였으면 모주석께서 4인 패거리들이라고 하셨겠습니까?"

"4인방은 문화대혁명 중 각급 영도를 무작정 타도하고 진정한 반란파에 터무니없는 죄를 씌워 배격한 악독하고 잔혹한 놈들입니다. 연변 문화대혁명이 그걸 설명하지 않고 있습니까? 문화혁명시기 강청의 파견을 받고 연변에 왔던 모원신도 조만간 체포될 것입니다. 지금은 심양군구 공군정위라고 하는데 그 놈도 응당 연변에 와 저지른 죗값을 치러야 합니다."

4인방의 체포 역시 극비 사항이고 너무나도 엄청난 큰 일이어서 백성들은 알 리 없었다. 그런데 영홍이가 예언했다. 그저 예언뿐이 아니다. 모주석의 조카 모원신까지 들먹인다. 참말로 하늘도 땅도 무서울 게 없는 홍위병인가보다.

얼마 후 4인방 사건도 진실로 인정되었고 모원신도 체포되었다.

"신이여 신, 참말로 신이란 말이여. 신도 될 만하지. 문화혁명 때 그들이 얼마나 고생했다구. 모주석이 하늘에서 칼날반란대군 홍위병에 신을 업힌 거야!"

영홍이 신을 업은 예언가라는 소문은 날마다 더 널리 더 멀리 퍼져나갔다.

70. 콩나물장사

'콩나물 사세요, 콩나물….'

요즈음 영홍은 매일마다 시장에 나간다. 콩나물 장사를 하기 위해서다. 오전 중에 한 보따리 팔고 오후 중에 한 보따리 판다. 한 보따리래야 한 근밖에 안 된다.

서시장 콩나물 장사한테서 한 근 사면 그 콩나물 장사가 한 근을 두개 비닐 보따리에 나누어 넣어 두 개 보따리로 만든다. 한 비닐 보따리의 근수는 원래 반근이 되어야 되겠는데 저울에 달아 보면 한 근도 넘는다. 하루에 100여 근씩 파는 콩나물 장사이다 보니 한 근 두 근을 그저 주는 셈 치고 영홍이에게 배려하는 것이다. 그 콩나물장사의 말에 의하면 영홍이가 자기한테서 콩나물을 가져가기 시작한 후로 그의 콩나물이 불티나게 팔린다는 것이다. 그러니 영홍이에게 한 근 더 줘도 자기는 이익이라는 것이었다.

영홍은 서시장에서 콩나물을 받아서는 동시장에 와 판다. 오전 중에 한 보따리 팔고 오후 중에 한 보따리 판다. 콩나물 한 근에 1원인데 그는 50전씩 부른다. 그래도 사는 사람은 모두 1원씩 주고 사가지 50전을 주는 사람은 거의 없다. 그러니 하루 장사에 영홍은 1원을 남기는 것이었다.

콩나물 장사를 한다고는 하지만 모주석 어록 낭독이 주업이다. 콩나물 보따리를 땅에 내려놓고 쪽걸상에 앉아서는 군용 가방에서 어록책을 꺼내어 높은 목소리로 낭독한다. 암기로도 낭독할 수 있지만 그러지 않고 진지하게 한 페이지 한 페이지 넘겨가며 열심히 낭독한다. 영홍의 어록 낭독을 듣노라면 저도 모르게 재미를 느낀다. 읽는 어록은 맹목적으로 읽는 것이 아니라 모두 목적성이 있다. 또한 계속 읽기만 읽는 것이 아니라 실제 사실에 근거하여 읽은 어록을 분석한다.

"세상엔 완전무결한 사람이란 있을 수 없다. 누구에게나 모두 결함이 있을 수 있다. 먼지는 털지 않으면 저절로 털어져 나가지 않듯 우리는 반드시 매일 자기 몸의 먼지를 털어내야 한다."

이렇게 어록을 읽고는 자기 말로 분석을 가한다.

"오늘 서시장에서 늙은 장사꾼과 젊은 장사꾼이 말다툼을 하였습니다. 왜서 말다툼이 일어났는가 하면 늙은 장사꾼이 원래 젊은 장사꾼이 차지했던 자리를 좀 더 차지했던 것입니다. 젊은 장사꾼이 늙은 장사꾼을 늙다리가 장사는 무슨 장사냐면서 빨리 가서 뒈지라고 하였습니다. 여기서 보면 늙은이에게도 먼지가 있고 젊은이에게도 먼지가 있습니다. 남의 자리를 차지한 것은 늙은이의 먼지이고 늙은이를 욕한 것은 젊은이의 먼지입니다. 그러니 모주석의 말씀대로 늙은이도 젊은이도 모두 먼지를 털어내야 되겠지요. 우리 동시장 장사꾼들은 서시장 장사꾼들처럼 싸우지 말고 서로 서로 양보하고 우애하면서 장사합시다."

그러는 사이 한 늙은이가 영홍의 콩나물 보따리를 집어 들고 말한다.

"이 홍위병처럼 장사하면 됩니다. 이 콩나물은 껍질이랑 하나도 없이 깨끗합니다. 그리고 무게도 한 근이 넘습니다. 그러나 가격은 언제나 반값입니다. 1원을 불러야 하는데 50전을 부릅니다. 50전을 불렀다 해서 50전에 가져갈 사람이 어디 있습니까?"

그 늙은이가 1원짜리 하나를 영홍의 손에 쥐어 주고 콩나물을 들고 자리를 뜬다. 그러는 그 손님한테 영홍이가 거스름돈을 받아가라고 소리쳤건만 그 손님은 머리도 돌리지 않고 계속 걸음을 옮긴다. 그러면서 입속으로 중얼거린다.

'모주석도 틀린 말씀을 할 때 있구먼. 세상엔 누구에게나 다 결함이 있는 건 아니여. 저 홍위병이 바로 그래. 저 홍위병에게서는 언제 봐도 결함을 찾아 볼 수 없어.'

이 몇 년 사이 영홍은 오두막과 정신병원 사이에서 오고 가고 했다. 정신병원엔 경찰에 잡혀 끌려갔고 오두막엔 정신 병원에서 도망쳐 제 발로 찾아갔다. 오두막에만 있으면 정신 병원에 잡혀 갈 리 없겠지만 충자림에서 김 매고 벌레 잡고 한가할 때면 또 예언하고픈 충동에 못 이겨 시가지로 나갔다. 예언을 하고 나면 무조건 경찰에 잡힌다. 경찰에 잡히면 구치소로 끌려가야 되겠는데 경찰들은 꼭 그를 구치소가 아닌 정신병원으로 끌고 갔다. 경찰들의 말에 의하면 그의 호구가 정신병원 소속이란다. 언제 어떻게 돼서 자기 호구가 정신병원에 가서 붙었는지 영홍이도 모른다.

그 사이 오두막에도 변화가 많았다. 벽에 창문도 하나 더 앉혀 집안이 그전보다 훨씬 더 밝았고 집 이영도 기와로 바꿔 이어 비샐 우려도 없었다. 바깥벽도 두껍게 발라 집안도 포근하고 따뜻하였다. 오두막 주위엔 가시철망도 둘러져 있었고 대문도 튼튼히 해 달았다.

집안엔 부엌도 다시 쌓았고 온돌도 다시 갈고 구들 위엔 노오란 장판지도 다시 붙였다. 새 옷장과 식장도 들여 놓고 사발, 대접, 수저 같은 것도 식장 안에 사 넣었다. 이것들은 뒤늦게나마 달려와 본 정호네가 손을 댄 것이었다.

이 몇 년간 정호도, 이혁도, 박철도, 장민이도, 모두 집체호에 내려가 있었다. 그러다가 드디어 작년부터 육속 시가지로 돌아왔던 것이다. 일터를 찾아 자리 잡고 장가드느라 눈코 뜰 새 없이 보내다가 금년 봄에 정호의 제의로 영홍이를 돕는 모임을 만든 것이었다.

그래도 영홍이는 아직도 정호네를 알아보지 못하고 있었다. 그저 고마운 분들이라고 웃어만 줄 뿐이었다. 그러나 영홍의 그 웃음에 대한 그들의 답례는 소리 없이 흘리는 눈물이었다.

그들의 그 눈물은 시내 식당에 와서 한바탕 폭음하고서야 통곡으로 변했다.

"충성아, 나쁜 놈! 너 언제 어떻게 영홍이에게 진 빚을 갚을테냐?"

통곡하며 외쳤건만 이미 죽은 충성인 대답해 줄 리 없었다.

71. 충자림

충자림은 제법 그 형태를 갖추어 가기 시작하였다. 묘목을 심어 이미 10여 년이란 세월이 흘렀다.

그 기간 영홍은 하루도 빠짐없이 비가 오나 눈이 오나 충자림을 떠나지 않고 지켰다. 비가 오면 계곡물이 불어 충자림 나무들을 뿌리채 뽑아갈까 우려되어 나가 지켰고 눈이 오면 짐승들이 뛰어다니다 나무를 다칠라 나가 지켜섰다.

풀을 쉴 새 없이 뽑고 베고 하여 나무 주위는 언제나 깨끗하였고 쓸모없는 밑가지를 잘라내어 나무가 건실하고도 보기 좋게 자라도록 하였다.

10여년 간 어린 묘목이던 소나무는 3. 4미터 높이의 어린 소나무로 커 갔고 낙엽나무도 벌써 어여쁘게 붉디붉은 단풍을 자랑하고 있었다.

여름이 가고 가을이 닥쳐오는 시절 느티나무 아래에 서서 충자림을 내려다보노라면 참말로 그림같이 아름답다. 낙엽나무가 붉디붉은 색깔로 장방형을 그리어 푸르디푸른 충자를 에워싸고 있다. 선들바람에 충자림이 쏴- 쏴- 소리를 내며 흐느적거릴 땐 참말로 대양의 파도마냥 아름다웠다.

'모주석이시여, 모주석! 그이께서는 이미 저 하늘나라에 갔어도 우리 홍위병들의 그이에 대한 충성심은 사시장철 푸르른 소나무마냥 변치 않을 것이며 붉디붉은 낙엽마냥 영원히 불타오를 것입니다.'

영홍은 충자림을 바라보며 시 한 수를 읊조렸다. 입가엔 알릴 듯 말

듯 미소가 피어나 있었다.

그 사이 연길시 묘포는 연길시 녹화처로 변하여 연길시의 전반 가로수나 풍경림을 관리하고 있었다. 녹화정책도 많이 변하여 그전에는 누가 심었든지 모두 국가 몫이었지만 지금은 누가 심었다면 당연히 누구의 몫이란다.

연길시 녹화처에서는 그 사이 영홍이가 쏟은 노력과 얻은 공로를 인정하여 충자림의 소유권을 영홍이의 이름으로 등록하여 주었다. 그 과정에서 토지 소유권이 문제가 제기되기는 하였지만 그것도 쉽사리 풀렸다. 충자림을 형성한 토지가 원래 습지였다는 것이 인정되어 토지 역시 영홍이 몫으로 될 수 있었던 것이다. 새로운 토지 규정에 의하면 국가가 방치한 습지나 황무지를 누가 개간하여 유용한 농지나 산림으로 조성했다면 그 농지나 삼림은 누구의 몫으로 된다는 것이었다.

연길시 녹화처에서 산림 소유권증과 토지 사용권증을 가져다 영홍이의 오두막에 걸어주었다. 영홍은 그 두 증서를 찬찬히 여겨 보다가 녹화처 사람들이 보는 앞에서 그 증서에 적힌 김영홍이란 이름 위에다 필을 찾아 승표를 쳐 놓았다.

"아니, 아니요. 다른 사람의 이름을 써 넣어야 해요."

그리고는 주인이 자기가 아니라고 도리머리질 하였다.

"그럼 응당 누구 이름을 써 넣어야 돼요?"

녹화처 책임자가 물었다.

"몰라요, 모른다니까."

영홍이가 이맛살을 찡그렸다. 녹화처 사람들은 두 증서 이름 위에 승표를 친 그대로 증서를 오두막 벽에 걸어주고 돌아갔다.

증서에 적힌 충자림 규모는 길이 800m, 너비 500m로 총 면적이 40만 평방미터였다. 즉 40헥타르 중국식으로 말하면 40쌍이었다.

72. 또 다른 위인

　80년대도 저물어 가고 있었다. 충자림의 나무들은 이젠 어린 나무들이 아니라 어른 나무들로 숙성했다. 줄기가 어른들의 신다리 통만큼 굵지는 못했지만 팔뚝만큼씩은 굵었다. 20여 년 세월이 흘렀으니 소나무나 낙엽나무나 모두 20살을 넘겼다. 충자림은 더욱 더 아름다웠고 활기로웠다.

　허나 영홍은 달랐다. 점차 그 젊음을 잃기 시작하였다. 사람의 삶이 세월의 흐름을 이길 수 없는 것이었다. 영홍은 이미 중년에 접어들었다. 40살을 넘겼다.

　얼굴엔 가느다란 주름살이 생겨났고 귀밑머리마저 희끗희끗 세어가기 시작하였다.

　몸엔 여전히 초록색 군복을 걸쳤다. 아니 초록색이 아니라 옅은 누른색이다. 얼마나 많이 물에 씻기고 해바래졌으면 저렇게 원색을 잃었을까? 군데군데 기운 옷은 이젠 안 기운 데보다 기운 데가 더 많았다.

　어깨에 멘 군용 가방도 색이 많이 바랬다. 가방 덮개에 새겨진 오각별도 색이 바래어 그처럼 붉디붉던 것이 이젠 연분홍색을 띤다. 그래도 가방만은 기운 곳이 없이 반반하였다.

　왼팔에 두른 홍위병 완장은 예나 다름없이 선명하고 깨끗했다. 밤낮 하루도 빠짐없이 20여 년을 두른 완장이라 색도 바랬을만 하련만 아마 여러 개로 교체하는 모양으로 색도 모양도 그전 그대로다.

　그런데 신발이 좀 이상했다. 맨발에 초신을 신었다. 일반 사람이 맨

발에 초신을 신었다면 당장 발에 탈이 났으련만 영홍의 발은 탈이 생겨날 발이 아니었다. 터들터들 갈라진 발은 번들번들 군살 천지다. 곰의 발을 본적이 있는지 모르겠지만 똑 마치 곰의 발 같다. 그런 발에 초신을 신었다 해도 아플 리가 없고 터질 일도 없을 것이다.

목소리도 좀 변한 것 같았지만 여전히 챙챙했다.

그런 영홍이가 오랜만에 시가지에 나타났다.

이번엔 십자가가 아니라 거리 중심 대강당 마루 위였다. 그사이 연길시 중심거리에는 대강당이 세워져서 집체 행사가 진행될 때면 진행자가 그 강당 위에 올라서서 행사를 진행시켰다.

홍위병 예언가가 또 나타났다는 소문이 퍼지자 대강당 마당에는 여기저기서 사람들이 모여들기 시작하였다. 삽시간에 인산인해를 이루었다.

주당위, 주정부 사업인원들까지 슬금슬금 사업터를 빠져나와 또 무슨 예언을 하나 보려고들 하였다.

아니나 다를까 중대하긴 중대한 예언 같았다.

"중국엔 또 한 위인이 나타났습니다."

"그가 파탄에로 가는 중국경제를 구할 것입니다."

"모주석께서 이미 10대 관계에서 경제관계를 언급한 바 있지만 실현하지 못하고 세상을 뜨셨습니다. 그 모주석이 실현 못한 경제관계를 새로 나타난 그 위인이 실현할 것입니다."

"그는 키 작은 거인입니다. 모주석께서는 그를 중국의 얻기 힘든 인재라고 하셨습니다. 그리고 그를 중앙의 지도자로 올려놓으셨습니다."

"농촌에서는 땅을 나누어 가가호호가 개인농사를 지을 것이고 공장에서는 공장마다 자율생산, 자율판매, 즉 다시 말해 자율경영을 할 것입니다."

"이를 창도한 거인이 바로 등소평입니다."

"이는 모택동 혁명노선의 승리입니다."

"모택동 혁명노선 승리 만세!"

대중들의 반응은 잠잠했다. 누구도 만세에 합창하지 않았다. 주위 사무실에서 금방 나왔다는 한 사람이 옆의 동료를 보고 말했다.

"지금 금방 새로 내려온 문건을 보고 오는데 문건에서 땅을 나눈다는 등 자본주의 경영 방식을 운운하는 경향과 견결히 싸우라고 하던데…."

"쟤도 이젠 나이 드니 좀 정신이 들락날락하는 모양이야."

문건 이야기를 꺼낸 동료가 말참견을 했다.

"정치는 사회주의 정치, 경제는 자본주의 경제, 바야흐로 이런 시대가 도래할 것입니다."

"중국경제는 쾌속으로 발전할 것이며 사람들의 생활도 점차 부유해질 것입니다. 그러나 모두들 급격한 빈부 차이에 주의해야 합니다. 그러나 새로 나타난 그 위인은 그걸 모르고 되려 빈부 차이를 주장하고 있습니다. 이는 그의 착오입니다…."

'호르륵, 호르륵--'

호르래기 소리가 요란히 울리더니 경찰들이 강당 마당으로 투입되기 시작하였다.

군중들은 쫓겨났고 영홍이도 잡혀 공안국 지프차에 태워졌다. 영홍이를 실은 공안국 지프차는 곧바로 정신병원으로 향했다.

73. 천안문사건

경찰들이 영홍이를 정신병원에 데려다 입원시키려 하니 정신병원에서 입원을 거절하였다. 기억력 상실증이지 정신병은 없다는 것이었다. 경찰들이 국장의 명령이어서 어쩔 수 없다면서 계속 입원을 주장하였다. 의사가 그럼 좀 진찰해 보자면서 영홍이에게 질문을 들이댔다.

"왜 빈부 차이가 있으면 안 된다는 겁니까?"

"우리가 사회주의 혁명을 하는 건 바로 빈부 차이를 소멸해 버리고 만민 모두가 공동히 행복을 누리기 위해서입니다. 사회주의는 그전에도 지금도 미래에도 시종일관 이를 주장하면서 공산주의에로 나아갈 것입니다. 그런데 빈부 차이를 지지하다니요. 이는 막스-레닌주의 모택동사상에 위반되는 수정주의 이론입니다. 그러므로 안 된다는 것입니다."

의사의 질문에 영홍이가 거침없이 대답했다,

"보세요? 정신병환자라면 저렇게 질서정연히 말할 수 있겠습니까? 어지간한 이론가래도 저렇게는 말을 못할 겁니다."

"참말 그렇네요."

경찰들도 머리를 끄덕였다. 그러면서 정신병 증상이 있으면 또 데려오겠다고 말하고는 영홍을 정신병원에서 데리고 나왔다. 시내에서 차에 내린 영홍은 초신을 질질 끌며 변강대학 뒷산 오두막에로 돌아왔다.

오두막으로 돌아온 영홍은 벽쪽을 향해 서서 멍청하니 무슨 생각에 잠겼다. 오늘 그에게 질문하던 의사가 낯익어 보였다. 보통 면목이 있는 의사가 아니라 너무나도 익숙한 의사 같았다.

그것도 그럴 것이 영홍은 20여 년 전 그 의사한테서 근 7~8 개 월간 치료를 받았었다. 정신병 치료보다도 기억력 회복 치료를 받았었다. 그때 그 의사가 말했다.

정신병 증상은 전혀 없고 기억 상실증으로 지금 정신이 오락가락하고 있다는 것이었다.

정신병원에서 그처럼 치료를 받다가 7~8개월 후 배가 부풀어 올라 더는 정신병원에 입원해 있을 수 없으니 일반병원 산부인과로 영홍을 옮겨 입원시킨 것이었다. 그때 그 정신병원 의사가 바로 지금의 그 의사였다. 그때 그 의사가 말했다.

"혹시 해산하고 나면 기억이 돌아올지 몰라요. 두고 봅시다."

그러나 해산했어도 기억력은 돌아오지 않았다. 그러니 애 아버지가 누구고 또한 언제 어떻게 임신했는지는 더더구나 알 길이 없었다.

멍하니 서서 그 의사를 생각하노라니 이상하게도 배가 아파왔다. 해산때의 진통과도 같은 아픔이었다.

그러나 그 진통 같은 감각은 서서히 사라졌다. 자기가 낳은 애를 보지도 못하고 산부인과에서 도망했으니 애를 낳은 기억을 되살리지 못하는 모양이었다.

모주석과 모주석 어록 그리고 모주석 저작만이 영홍의 머릿속에서 영원히 잊혀지지 않는 기억으로 남아 있었다.

그래서 그런지 영홍은 자꾸만 정치에 간섭하고 싶었다. 그것도 중앙과 북경에 관한 일에 관해서 말이다.

시내 중심 강당 마루에 또다시 초신 신은 홍위병 하나가 올라섰다. 소문이 퍼지자 또 사람들이 구름처럼 몰려들었다.

"참말로 놀라운 소식입니다. 북경 천안문 광장에 자본주의를 상징하는 미국의 자유여신상이 세워졌다고 합니다. 모주석께서 살아생전에 그토록 우려하던 일이 천안문 광장에서 발생한 것입니다. 북경 천안문 광장 사건에는 미국 중앙정보국이 깊숙이 개입하여 있습니다. 미국 중앙정보국은 사회주의 소련의 해체에도 가담하였습니다. 소련 공산당 제일 서기 고르바초프는 미국 중앙정보국 요원이 넘겨주는 만년필로 사회주의 소련 해체에 동의하는 문건에 서명했습니다.

지금 미국 중앙정보국은 사회주의 중국 해체에도 또 그 만년필을 빼들었습니다. 지금 그 미국놈들이 빼든 만년필을 받으려 손을 내민 사람들이 백성들을 유혹하여 가지고 천안문광장에 모여 들고 있습니다. 이것이 놀라운 소식이 아니고 뭡니까?"

잠깐 발언을 멈춘 영홍은 머리를 쓰다듬고 정중히 옷깃을 여미더니 팔에 두른 홍위병 완장을 바로잡아 둘렀다. 그리고는 초신 신은 발로 힘 있게 땅을 한번 굴렀다.

"모주석께서 문화대혁명 때 왜 홍위병 운동을 발동하셨는가를 알고 계십니까? 바로 이러한 자본주의 복벽을 막아내기 위해서가 아니었습니까? 홍위병은 죽지 않았습니다. 우리 홍위병들이 나설 것입니다. 홍위병 운동 그때처럼 천안문 광장에 달려가서 그 자본주의 상징 미국 자유여신상을 반란하여 무너뜨려버릴 것입니다."

요즈음 북경 천안문 광장에서 주은래 총리 서거 추모식이 열리고 있다는 말은 들었어도 미국 자유여신상 같은 것이 세워졌다는 소문은 처음 듣는다. 군중들은 의아한 눈초리로 영홍이를 바라보았다. 모두들 믿기 어렵다는 눈초리였다. 그것도 그럴 것이 요즈음 신화통신사가 마치 문화대혁명 때 진위 여부엔 아랑곳없이 연변 주둔군을 표창하였던 것처럼 연일 천안문 광장에 모인 사람들을 무한히 동정하는 성명과 동영상을 연속 내보낸다.

"그러나 미제 반동파의 음모는 성사될 수 없습니다. 왕진장군이 탱크를 몰고 천안문광장에 진군하여 사회주의 탱크로 자본주의 자유여신상을 짓뭉개 버렸습니다. 왕진장군이 누굽니까? 모주석의 지시에 따라 섬북에서 359려를 이끌고 대생산을 지휘한 분이 아닙니까?"

영홍은 또 잠깐 강연을 멈추더니 우아한 목소리로 노래까지 부르기 시작하였다.

꽃바구니에서 꽃향기 풍기네.
모두 와서 노래 한 곡조 들어보소,
남니만은 좋은 곳이라오.
가는 곳마다 오곡백과요,
가는 곳마다 소 양떼라네!

노랫소리가 멈춰지기 바삐 경찰들이 들이닥쳤다. 그러나 영홍은 조금도 당황해하지 않았다. 목청을 가다듬고 마지막으로 소리쳤다.

"모주석께서는 절대로 계급투쟁을 잊어서는 안 된다고 말씀하셨습니다. 계급투쟁은 사회주의 전반 계단 중 영원한 주제입니다. 계급투쟁은 계급이 완전히 소멸되는 공산주의에 이르기까지 치열할 것입니다. 그러나 지금의 당중앙은 계급투쟁을 포기하려 하고 있습니다."

"치열한 계급투쟁은 7~8년에 한 번씩 일어날 것이라고 모주석께서 예언하셨습니다. 보십시오. 임표사건으로부터 4인방 사건 또 천안문 사건에 이르기까지 모주석의 이 예언이 너무나 정확하다는 것을 설명하지 않습니까? 계급투쟁을 견지합시다. 절대로 계급투쟁을 잊어서는 안 됩니다."

경찰들이 달려들어 영홍의 팔을 잡아 강당에서 끌어내렸다. 그전과는 달리 영홍은 담담히 강당에서 끌리어 내려왔다. 그리고는 경찰들의 지프차에 밀리어 실렸다.

영홍이를 실은 경찰 지프차는 곧바로 영홍이를 정신병원으로 싣고 갔다.

74. 병충해

　충자림의 나무들은 금년을 맞아 40살을 먹었다. 묘목으로부터 어린 나무로 어린 나무로부터 어른 나무로 보기 좋게 자라났다. 줄기는 어른들 신다리 통만큼 굵었고 나뭇가지들은 위가 뾰족하고 아래가 넓게 보기 좋게 삼각형을 이루었다.

　영홍이도 내일 모레가 60살인 할머니로 변해가고 있었다. 아침 일찍 일어나 느티나무 밑에 가서 안개 속으로부터 서서히 그 아름다운 자태를 나타내는 충자림을 바라보며 영홍은 더없이 행복한 희열 속에 잠기었다.

　'딱따구리, 딱따구리--'

　안개의 걷힘과 함께 충자림 상공에 딱따구리들이 한두 마리씩 날아들기 시작하였다.

　한참동안 지켜보고 섰노라니 수십 마리 딱따구리들이 모여와서 충자림 상공을 선회한다.

　이어 이 나무 저 나무 찾아다니며 일하기에 바쁘다.

　'딱따구리, 딱따구리--'

　'딱딱딱- 딱딱딱--'

　딱따구리들의 벌레 잡는 소리가 요란하다. 나무를 심어 40여 년간 여러 번 봐오는 형상이었건만 영홍은 눈살을 찌푸리지 않을 수 없었다. 충자림에 벌레가 쳤다는 징조다. 벌레가 치면 나뭇잎들이 시들어 가면서 나중엔 줄기까지 말라 나무가 죽어버린다.

이때 나무에 약을 치면 안 된다. 약을 치면 벌레를 잡을 수 없을 뿐만 아니라 딱따구리들마저 쫓게 된다.

이럴 때는 딱따구리들에게 나무들을 완전히 맡겨버리고 나무 주위의 풀을 베거나 쓸모없는 나뭇가지를 잘라내는 일들을 하면 된다. 그러면 더 많은 딱따구리들이 날아와 벌레잡이를 한다. 한달 가량 지나면 벌레들이 모두 소멸되고 나무들은 또다시 푸르디푸르게 원기를 회복한다.

충자림에 벌레가 끼는 해면 사회상에 꼭 문제가 생긴다. 충자림에 벌레가 끼면 영홍이는 소형 축전지 라디오를 밤새도록 틀어 놓고 열심히 듣는다. 더욱이 신화통신사의 방송에 귀를 기울인다. 방송 내용을 그저 그대로 받아들이지 않는다. 모주석의 말씀에 비추어 옳고 그름을 가리고 예측도 한다. 그러다가 결단이 내리면 대담히 시내로 내려가 예언자의 역할을 한다.

아니나 다를까 딱따구리들이 날아와 벌레를 잡고 간 후 며칠이 지나지 않아서부터 충자림 주위가 소란스러워지기 시작하였다.

충자림 주위는 남쪽이 변강대학 뒷산이고 북쪽이 조양천 앞산이고 동쪽이 연길공원 서산이다.

충자림의 남산에서도 북산에서도 동산에서도 자동차 소리, 굴착기 소리 요란하다. 대형 건축회사들이 일제히 신축건물 개발에 달라붙은 것이었다.

건축 붐은 연변의 독특한 형상이 아니라 전국적인 형상이었다. 중국의 개혁개방과 함께 제일 먼저 열을 내기 시작한 항업이 건축업이다.

은행에서 융자를 얻기도 쉬웠고 토지 매매도 쉬웠기 때문이다. 나랏돈을 들여 나라 토지를 사서 개인 소유의 집을 짓는다. 그리고는 개인이 집을 팔아 돈을 챙긴다. 관계망만 있으면 너도 나도 건축업에 달라

붙는다.

어떤 사람들은 중국에 농민이 농사를 지어서, 개체업자가 공장을 꾸려서 백만 부자가 생겨났다고 하는데 모르는 소리다. 백만부자는 거의 모두가 건축업에서 생겨난 것이었다.

충자림 남쪽 산도 국유 토지요 북쪽 산도 국유 토지고 동쪽 산도 국유 토지다. 그리하여 모두 쉽사리 개인 건축회사들의 손에 넘어간 것이었다.

충자림 주위 생태환경이 파괴되니 충자림에 벌레가 생긴 것이다.

다행이도 딱따구리들의 도움으로 충자림을 지켜냈건만 또 어떤 '벌레'들이 달려들지 누구도 장담하기 어려웠다.

딱따구리 한 마리가 오두막 지붕 위에 와 앉아서 딱딱딱 무엇인가 쫏는다. 영홍이가 밖에 나가 오두막 지붕 위의 딱따구리를 쳐다보니 그 딱따구리가 바로 느티나무 굴에서 사는 그 딱따구리다. 영홍이를 보자 그 딱따구리가 천천히 날개질하며 느티나무 쪽으로 날아갔다.

딱따구리의 행동에 호기심이 나서 영홍이도 딱따구리를 따라 느티나무를 향해 발걸음을 옮겼다.

딱따구리는 느티나무까지 날아와 지체없이 굴속에 날아 들어갔다. 그런데 딱따구리가 한참 후 굴속에서 날아나와 느티나무 가지에 앉아 영홍이를 바라보고 자꾸만 울어댄다.

쫏아도 날아가지 않고 영홍이도 보고 굴도 보며 더더욱 조급하게 '딱따구리- 딱따구리--' 울어댄다.

딱따구리의 울음에 무슨 의도가 있는 듯하여 영홍은 딱따구리 굴 쪽에 다가가 굴속에 손을 넣어 보았다. 그제야 딱따구리가 울음을 그쳤다.

새털로 된 보금자리가 따뜻하였다. 따뜻한 보금자리를 만져 보노라니 보금자리 밑에서 무엇인가 단단한 것이 만져졌다.

영홍은 새털을 헤집고 그 단단한 것이 무언가를 알려고 그 단단한 것을 헤집어서 손안에 넣었다. 보지 않고도 권총인 걸 알았다.

딱따구리 굴속에서 권총을 꺼내어 보았다.

바로 그 권총이었다. 40여년 전 숲속에서 주어 그 권총 박죽에 씌어 있는 이름 석자를 보고 겁도 나고 이상한 생각이 들어 엉겹결에 딱따구리 굴속에 던져 넣은 바로 그 권총이었다.

권총에서는 반짝반짝 윤기가 돌았다. 40여 년이란 세월이 흘러서도 녹 한 점 쓸지 않고 그전 그대로 예쁨을 뽐내고 있었다.

영홍은 알고 있었다. 40여 년간 딱따구리네는 여러 세대 바뀌었다. 권총을 굴속에 집어넣을 때 그 딱따구리가 지금의 딱따구리의 조상이라면 지금의 딱따구리는 그 조상 딱따구리의 손자의 손자벌이나 될 것이다.

40여 년간 이 권총이 무엇이기에 딱따구리들이 대대손손 이처럼 품속에 품어 닦으며 소중히 보관하였단 말인가?

영홍은 권총을 호주머니에 집어넣고 오두막으로 돌아오려 발걸음을 옮겼다.

'딱따구리- 딱따구리--'

그러나 딱따구리는 이번엔 슬픈 울음이 아니라 경쾌한 노래를 신나게 부르고 있었다.

75. 돌아온 기억

오두막으로 돌아온 영홍은 호주머니에 손을 넣어 권총을 꺼내었다. 그리고는 권총 박죽에 새겨진 글자를 조용히 읽어 보았다.

'최충성!'

누구의 이름 같다.

누구의 이름일까?

영홍은 다시 권총을 호주머니에 집어넣고 벽에 걸려 있는 군용 가방 있는 곳으로 다가가 덮개를 열고 모주석 저작 한 권을 꺼내어 펼쳐 보았다.

모주석 저작 갈피에서 무언가 떨어졌다. 주어 보니 한 장의 사진이었다. 사진에는 군인 하나와 홍위병 여섯이 천안문과 천안문에 걸린 모주석 초상을 배경으로 나란히 서있었다. 모두다 가슴에 모주석 어록 책을 들었다.

'오빠들? 충성, 정호, 이혁, 박철, 장민? 그리고 충성의 셋째형님?'

영홍의 기억이 되돌아 오는 순간이었다. 북경 천안문 광장에서 오빠 충성이가 자기 셋째형님께 영홍일 여동생으로 삼으면 어떻겠냐고 물었었다. 그러니 셋째형님이 좋다고 하면서 사랑스레 영홍의 머리를 쓰다듬어 주었었다.

영홍은 사진속의 충성이와 충성의 셋째형님을 뚫어져라 유심히 바라보았다. 너무나도 닮았다. 참말로 늠름한 미남들이었다.

영홍의 머릿속엔 정신병원 의사선생과 충성의 셋째형님의 주고받던 말소리가 떠올랐다.

"호구 수속을 하여다가 정신병원 인사과에 주었습니다. 영홍의 집에 가보니 아버진 병원 중환자실에 입원하였고 어머닌 집에 앓아누워 계셨습니다. 맏언니는 흑룡강성에 시집갔고 둘째 언니는 료녕성에 시집갔답니다."

"집 형편이 그렇다면 할 수 없지요. 국가 정책에도 의지가지없는 정신병 환자는 병원에 호구를 붙이고 치료받도록 되어 있습니다."

의사가 말했다.

"지금부터 제가 영홍의 보호자입니다. 저의 북경 부대의 주소와 전화를 남기고 갈 테니 치료비든 생활비든 개인이 부담해야 될 거라면 제가 다 책임질 테니 그렇게 알고 자주 연락해 주십시오."

그날 충성의 셋째형님은 가방 안에서 과자 한 봉지와 사탕 한 봉지를 영홍이에게 주면서 사나이의 그 굵디굵은 눈물 두 줄기를 주르륵 흘렸었다.

영홍은 사진을 가슴에 꼭 안은 채 스스로 구들바닥에 주저앉았다.

"오빠, 충성이 오빠! 오빠, 어디에 있나요? 죽은 거 맞나요? 제가 죽인 거 맞나요?"

영홍은 끝내 울음을 터뜨렸다.

'어엉- 흐흑-'

슬피슬피 오래도록 울었다. 자리에 누워 충성의 베개를 가슴에 꼭 껴안았다.

이때 또 의사의 목소리가 들려오는 듯싶었다. 정신병원 의사의 목소리가 아니라 산부인과 의사들인지 간호사들인지 서로 주고받는 목소리였다.

"이 애의 아버지도 어머니도 얼마 전에 모두 사망했대요. 언니들은 모두 외지로 시집 갔고….”

“그럼 고아네.”

“애가 애를 가졌으니 부모 속인들 편안했을까?”

“이 애 부모들 속이 타 죽은 거지!”

그때 영홍은 산부인과 출산실에서 출산을 기다리고 있을 때였다.

“다리와 팔을 움직이지 못하도록 단단히 묶으래요.”

“왜, 출산이 불편할텐데….”

“정신병 환자래요. 산통이 오면 무어든 가리지 않고 물고 뜯고 뿌리칠 거래요.”

“애가 애를 가졌는데 제 정신일 수 없지….”

영홍은 애를 어떻게 낳았는지 모르고 있었다. 산통이 발작한 후로 정신을 잃었는데 정신을 차렸을 땐 이미 배가 줄어 있었고 혼자만 중환자실에 누워 있었다.

‘아가, 내 아가! 너 어딜 갔니?’

영홍은 두 눈을 크게 뜨고 두리번두리번 아기를 찾았다. 그러나 어디에도 아기는 없었다.

“아기가 나오면 에밀 뵈지 못하게 하래요.”

“고아원에 보낸다오?”

“에미가 키울 능력이 없으니 할 수 없지.”

“에미가 이처럼 미인이니 아기도 이쁠텐데 .”

“고아원 말고 어느 애 없는 좋은 집에 보내면 안 될까?”

영홍은 무조건 자리를 박차고 일어났다.

“안돼요. 안돼요. 내 아길 아무데도 안 보내요. 내가 키울래요.”

영홍이가 아기를 찾아 밖으로 뛰쳐나갔다.

그렇게 뛰쳐나갔던 영홍이가 다시 변강대학 뒷산 느티나무 밑에 나타난 것은 몇 달 후였다.

  그때 우연히 느티나무 숲속에서 권총을 주었건만 기억을 되살리지
는 못했다.

  그러나 생전에 충성이가 가꾸려던 충자림 생각은 어떻게 떠올렸는
지 그날 그때부터 지금까지 40여 년간 끝내 아름다운 충자림을 가꾸
어낸 것이었다.

76. 별장마을 설계도

연변 번영주택건설개발유한회사의 호화스러운 회의실에서는 별장 마을 건설 신문 공개 발표회가 열리고 있었다.

연변 번영주택건설개발유한회사는 연변의 신건 건축회사였다.

총경리는 주당위가 북경에서 데려온 40대 미만의 청년이었는데 청화대학 항천 항공 물리계 박사 졸업생으로 대학 졸업 후 북경시 모 건축회사에서 경리직을 맡고 한창 두각을 내고 있던 전도유망한 청년이었다.

연변주 당위에서 장차 주장 배양 대상으로 지목하고 데려왔는데 오자부터 중요한 부서에 배치할 수가 없어 그가 북경에서 이미 입문한 건설 분야에 먼저 배치하여 배양하기로 하고 신건한 연변 번영주택건설유한회사의 총경리로 임명한 것이었다.

성은 최가 이름은 민국 모두들 최민국 총경리라고 불렀다. 최민국 총경리는 참말로 젊고 패기가 넘치는 건설분야 지도자였다. 북경시에서 이미 주택 건설에 적잖은 경험을 쌓고 있는 터라 취임해서 몇 달 지나지 않았는데 이미 회사 규모가 이만 저만이 아니었다. 이름 있는 공정사 설계사들이 많이 모여 들었고 자금도 적잖게 마련하였다.

더욱이 첫 발작으로 이미 사람들의 눈에 확 띄는 프로젝트를 마련한 것이었다.

그 프로젝트가 바로 연길시 별장마을 건설이었다.

최민국 총경리가 단상에 걸려 있는 별장 마을 조감도를 한 부분 한

부분씩 전자교편으로 짚어가며 설명하였다.

그의 설명에 의하면 별장마을 개황은 대개 이러하였다.

토지 사용면적 40만 평방미터에 주택 면적 5만 평방미터였다.

주택 건물수는 5백평방미터 3층 청기와 가옥 100채였다. 청기와 가옥은 유럽식과 연변 민속식을 결부하여 설계한 연변식 별장이었다.

100채의 별장 가옥은 한 채 한 채씩 푸른 소나무와 붉은 낙엽나무 속에 지어지는데 그 백 채의 건물이 멀리서 보면 복(福)자를 나타낸단다.

신문공개 발표회에서 최민국 총경리가 공포했다.

"총 투자액은 30억이고 순 이윤은 20억이 될 것입니다. 건설 자금도 확보됐고 설계도도 이미 다 나왔습니다. 건설부지와 지점도 확정됐는데 그 건설부지가 개인 소유의 산림이기에 그 산림만 사들이면 곧 시공을 착수할 수 있습니다."

기자들의 질문 시간이었다.

한 기자가 물었다.

"부지가 어딥니까"

"변강대학 뒷산 계곡입니다."

"산림 이름이 무엇입니까?"

"충자림이라 하던데요."

충자림이란 말에 그 기자가 머리를 끄덕이더니 말을 잇는 것이었다.

"총경리 동지, 제 보기엔 그 프로젝트가 불가능할 것 같습니다. 그 충자림의 주인은 유명한 홍위병입니다. 40여 년간 자기의 피와 땀으로 그 산림을 가꾸어 냈습니다. 그에겐 그 산림이 그의 목숨보다도 더 중요한 것입니다. 그는 죽는 한이 있더라도 그 산림을 팔지 않을 겁니다."

"이 세상에 지금도 돈을 싫다는 사람이 있습니까? 그 주인께 충분한 보상을 해드릴 것입니다."

최민국 총경리가 대답했다.

"돈 문제가 아닙니다. 정신문제입니다. 그 홍위병의 충자림에 대한 그 집념을 깨뜨릴 수 있을 사람은 아직 이 세상에 태어나지 못했습니다."

그 기자가 조소조로 말했다.

"두고 봅시다. 주당위가 있고 주정부가 있습니다. 산도 뜰도 모두 국가의 재산입니다. 다만 사용권이 잠시 개인에게 있을 뿐입니다. 이 문제는 모두들 근심하지 않아도 될 것입니다. 그럼 오늘 신문 발표회는 이것으로 끝을 맺겠습니다."

산회를 선포한 최민국 총경리는 이상하다는 듯 머리를 절레절레 내저었다. 북경시내에서도 자기는 어디를 차지하고 싶으면 어딜 차지했는데 연변 산골에서 차지하고 싶은 토지가 있어도 차지할 수 없다니 가소롭기 짝이 없는 일이었다.

77. 담판

먼저 영홍이를 찾아 온 건 연길시 정부 녹화처 처장이었다. 처장의 말에 의하면 주장이 시장에게 명령했고 시장이 또 시 녹화처 처장에게 명령했다는 것이었다.

녹화처 처장이 간곡하게 영홍에게 말했다.

"40여 년간 모든 것을 충자림 건설에 몰부은 걸 우리 모두 잘 알고 있습니다. 모든 보상을 요구대로 해드리겠다고 하니 산림을 내놓으시지요. 상급의 지시가 어쩌나 강한지 우리로서는 배겨내기 어렵습니다."

"어렵긴 뭐가 어려워요. 나한테 모든 책임을 밀어버리면 되는 거 아니에요. 목숨을 가져간다면 내드릴게요. 그러나 충자림은 안 됩니다."

아무리 말해도 쓸모없다.

목숨을 가져가라는데 그 무슨 설명이 필요하겠는가. 원래 영홍이를 잘 아는 녹화처 처장인지라 끝내는 투항하고 돌아갔다.

두 번째로 영홍이를 찾아온 건 번영주택건설 유한회사 부총경리였다.

그 부총경리는 단도직입적으로 영홍이에게 물었다.

"얼마를 요구하시는 겁니까?"

"뭘요?"

"돈 말씀입니다."

"전 돈이 필요없는데요."

"아니, 그러지 말고 한 5천만원쯤 하면 어떻습니까?"

"전 돈이 필요없다는 데두요."

"1억이면 되겠죠."

"돈 이야긴 그만 하시죠."

"2억을 드리죠."

"돈 이야긴 안 한다니깐요."

"2억이면 연변 제일 부자일텐데요."

"계속 돈 이야기하실려면 돌아가서요."

그 부총경리도 할 수 없이 돌아갔다.

세 번째로 영홍이를 찾아온 것은 시 토지국 국장과 주 토지국 국장 두 사람이었다.

시 토지국장이 먼저 입을 열었다.

"회사로부터 보상은 보상대로 충분히 받으십시오. 그 외로 우리 시에서 할머니께서 들어 살 수 있도록 아파트 한 채를 무상으로 제공해 드리겠습니다."

주 토지국장도 입을 열었다

"주정부에서는 산골짜기 하나를 내드리겠습니다. 새로운 충자림을 가꾸도록 말입니다. 새 충자림은 주정부에서 전문 인원을 배치하여 꾸릴 것입니다. 할머님께서는 손을 대지 않아도 될 겁니다."

"충자가 뭐고 충자림이 뭔지 당신들 알고 있어요? 되지도 않는 소릴 그만들 하세요."

속으로 이렇게 대꾸하면서도 영홍은 입으로는 아무런 대꾸도 하지 않았다. 그저 충자림만은 내놓을 수 없다고 도리머리질 하였다.

홍위병 운동을 까마득히 잊고 모주석을 까마득히 잊은 시 토지국장이나 주 토지국장이 어찌 영홍이의 충정을 알 수 있단 말인가?

주, 시 두 토지국장도 할 수 없이 두 손을 번쩍 들고 돌아갔다.

'이제 늙어 뒈지면 그만일 걸, 그 산림을 끌어안고 뭘 하려고…'

돌아가면서 그 두 국장이 투덜거리는 소리였다.

마지막으로 번영주택건설유한회사에서 제안을 해왔다. 달라는 보상금을 요구대로 다 드린 후 지은 별장 중에서 몇 채든지 요구대로 내드리겠으니 충자림을 내놓으라는 것이었다.

영홍이의 대답은 간단했다.

돈도 별장도 필요없고 다만 충자림만 필요하니 충자림에 손을 대겠다는 궁리를 아예 걷어치우라는 것이었다.

78. 딱따구리

영홍은 아침 일찍 잠에서 깨어났다. 대충 웃옷을 걸치고 밖으로 나왔다. 금방이라도 해가 뜨려는가 보다. 동녘이 붉게붉게 물들고 있었다. 서늘한 미풍이 불고 있었다. 출자림이 봄날 아침 미풍에 술렁이고 있었다.

오늘 기분이 유달리 좋았다. 집안에 들어와 세수대야에 물을 받았다. 그리고는 천천히 세수하기 시작하였다. 터슬터슬 갈라진 손으로 물을 떠서는 얼굴을 적시며 문지르고 또 문질렀다. 처음 있는 일이다. 40여 년간 이 오두막에서 살면서 거의 세수를 해본 기억이 없다. 어떤 때에는 계곡의 냇물에 어떤 때는 오솔길의 옹달샘에 두세 번 얼굴을 적시면 그만이었다.

세수가 끝나자 호주머니에서 작은 거울을 꺼냈다. 이 거울도 영홍이와 40여 년을 같이 살았다. 아마 충성의 형님에게 선물로 받은 것 같다.

거울 안에는 한 할머니가 들어 있었다. 둥근 얼굴 같기도 하고 길죽스레한 얼굴 같기도 하다. 꽤나 잘 생긴 얼굴이다. 그 얼굴에 얼기설기 주름살이 가득하다. 옅은 상처 자국도 여러 곳 있다. 가시넝쿨이나 나뭇가지에 긁힌 자리인 것 같다. 두 귀를 살짝 가린 단발머리는 희끗희끗 세어 있었다.

빗을 찾아 머리를 곱게곱게 내리 빗었다. 그리고는 손거울에 얼굴을 비쳐 보고는 만족한 듯 살짝 웃었다.

옷을 입기 시작하였다. 색바랜 군복이다. 깁고 깁고 또 기운 군복이건만 티 한 점 없이 깨끗하다. 좀 작아보였지만 아직까지는 몸에 어울린다.

가방에서 홍위병 완장을 꺼내어 왼쪽 팔에 둘렀다. 씻어 다듬이질이라도 했는지 반듯하다. 붉은 바탕에 노오란색 글씨다. 홍위병이라고 쓴 필체는 모주석의 필체라고 하였는데 딱히 그런지는 잘 모르겠다.

벽에 걸린 군용 가방을 벗기여 어깨에 메였다. 붉은 오각별이 새겨진 가방 덮개를 열고 가방 안의 모주석 어록책과 모주석 저작책을 확인했다. 어록책 한 권에 저작책 4권이다. 책 뚜껑은 붉은색 비닐로 되어 있어 아직까지도 반듯한 편이었으나 책 종이는 너덜너덜 엉망이다. 얼마나 만지고 번지며 싱갱이질 했으면 저 정도가 되었을까?

영홍이는 오두막을 나와 산등성 오솔길을 따라 느티나무를 향해 걸었다. 누구 하나 기억 속에 남겨두지 않고 있는 홍위병이다. 40여 년전 16살 나이에 홍위병 완장을 팔에 두른 후로 단 한 번도 그 홍위병 완장 없이는 밖에 나서본 적 없다.

어느새 아침 해가 동산 위로 두둥실 떠올랐다. 온 누리가 햇빛 찬란하다. 새봄을 맞아 새싹들이 파릇파릇 돋아났고 나뭇가지엔 새파란 움이 돋아났다.

영홍은 느티나무 밑에 다달아 산 아래 충자림에 눈길을 주었다. 40여 년 자란 나무들은 이젠 10여 미터는 족히 될 듯한 어른 나무들이다.

지금 한창 불어오는 미풍에 가지들이 설레이며 춤추고 있다.

'오빠, 충성이 오빠! 저 충자림을 보고 있으세요? 오빠가 40여 년 전에 가꾸고 싶어했던 충자림이에요. 그걸 제가 잊지 않고 가꾸어냈어요. 원래는 제가 왜 40여 년간 충자림에만 목을 매달고 있었는지 몰랐어요. 정말로 몰랐어요. 그런데 엊저녁에야 생각났어요. 40여 년 전 바

로 이 느티나무 아래서 오빠가 저에게 부탁한 일이었어요. 충자림을 잊지 말고 가꾸어 내라고…'

영홍이가 마음속으로 되뇌이는 말이었다. 영홍의 두 눈에선 눈물이 주르륵 흘러내렸다.

'딱따구리- 딱따구리--'

딱따구리 울음소리가 들려왔다.

'오빠, 40여 년간 누구도 저와 같이 하지 않았어요. 모두 모주석을 잊고 모주석 저작을 잊고 살더라구요. 아니, 아니에요. 저기 저 딱따구리가 저와 같이 했어요. 충자림이 저렇게 잘 자란 데는 딱따구리 공로가 커요. 여러 번 충해가 들었댔어요. 그 충해를 저 딱따구리가 퇴치해 줬어요.'

'오빠 모주석이 우리 홍위병을 발동하여 반란을 일으킨 건 바로 우리 당과 국가에 나타난 충해를 제거하기 위해서가 아니었어요? 그래서 우리가 모주석의 지휘하에 피와 목숨으로 싸운 거 아니었어요?'

'딱따구리- 딱따구리-'

'저 딱따구리가 울고 있어요. 제 귀엔 저 딱따구리가 사람처럼 말하고 있는 것 같아요. 문화대혁명 때 우리가 때려잡으려 했던 주자파보다 더 큰 주자파가 나타날 거라구. 충자림에 어느 해보다도 더 큰 충해가 나타날 거라구… 딱따구리 말이 맞을까요? 오빠….'

맑고 푸르던 하늘이 갑자기 변해가기 시작하였다. 동풍이 불면서 하늘에 검은 구름떼가 모여들기 시작하였다. 살랑살랑 불어대던 미풍도 점차 세찬 돌풍으로 변해 가고 있었다. 날씨가 어둠침침 변해가고 있었다.

영홍은 엊저녁 밤중에 악몽을 꾼 것 같았다. 그 꿈이 그처럼 선명했다.

어둠속에서 건장하고 늠름한 미남 하나가 영홍의 앞에 나타났다.

'오빠, 충성이 오빠! 날 잡으러 온 거에요. 오빠에게 총을 쏜 살인범, 나를 오빠가 이제야 잡으러 온 거예요. 같이 가요. 제발…'

영홍은 너무나 놀라 후닥닥 잠에서 깨어났다. 그리고는 방안을 휘둘러보았다. 오래고 오랜 지난날 일들이 새록새록 머릿속에 안겨 들었다. 이제야 잊어버렸던 기억이 완전히 되돌아온 것이었다.

79. 어머니를 찾은 고아

번영주택건설유한회사 총경리 최민국은 이 며칠간 사무실에 들어 박혀 머리를 감싸안고 모진 고통 속에 잠겨있었다. 상상외로 별장마을 건설 프로젝트가 건설부지 땜에 제동이 걸린 것이다.

별별 방법을 다 써 봤건만 그 고집불통 홍위병 할머니를 설복해내지 못하고 있었던 것이다.

이때 누군가가 그에게 제의 하나를 하여 왔다.

"총경리님, 그 홍위병 할머니에게 보호자 한 분이 계신답니다. 그 보호자분과 접촉해보시죠."

"그 보호자가 누구랍니까?"

"원 시 공안국 최국장이라던데요."

최민국은 곧바로 최국장에게 접견을 요청했다. 최국장이 미래 주장 의 요청을 거절할 리 없었다. 최국장과의 접견은 백산호텔 귀빈 접견 실에서 이루어졌다. 이는 최민국의 안배로, 이 접견실은 현임 주장 전 용 접견실이기도 하였기 때문이다.

"왜 이렇게 얼굴이 익은거죠? 최국장님과는 오늘이 초면인데?"

귀빈 접견실에서 대기중이던 최민국 총경리가 귀빈실에 들어서는 최국장을 마중하며 두 눈을 둥그렇게 떴다.

"아니, 너 충성이…. 아니요, 아니 저도 초면인데 왜 이처럼 낯이 익 는지…."

최국장도 놀라워 두 눈을 둥그렇게 떴다.

이때 최민국을 배동해 온 부총경리가 최민국과 최국장을 번갈아보며 손뼉을 짝짝 쳐댔다.

"두 분 비슷해요. 참말로 형제간처럼 얼굴이 비슷해요."

그러자 최국장을 배동해온 경찰도 손뼉을 치며 찬동했다.

"참말로 그런데요. 형제간이라든지… 혹은 부모나 자식 간이 든지…."

"부모님은…?"

최국장이 먼저 최민국에게 물었다.

"전 고안데요."

최민국이 대답했다.

"친척은…?"

"친척도 아무도 없어요."

이렇게 초면 인사가 끝났다.

모두들 자리를 잡고 앉았다.

"보귀한 시간을 허비하도록 하여 참말로 죄송합니다. 하도 방법이 없어서…."

최민국이 입을 열었다.

"국장님이 변강대학 뒷산 충자림 주인 할머니의 보호자라지요?"

"그런데요?"

충자림의 말이 나오자 최국장이 뭐가 잡히는 데가 있는 듯 고개를 끄덕였다.

최민국이 자초지종을 설명했다. 그리고는 마지막에 말했다.

"국장님 도와주십시오. 그 홍위병 할머닐 설복하여 충자림을 팔도록 하여 주십시오. 그러면 그 은헬 절대로 잊지 않을 것입니다."

"그런데 총경리님은 혈액형이 뭐요?"

최국장이 민국의 말은 듣는 둥 마는 둥 뚱딴지 같은 질문을 들이댔다.

"0형인데요."

민국이 대답했다.

"나도 0형인데…."

최국장이 중얼거렸다.

"혈액형과 그 충자림이 무슨 관계라도 있으십니까?"

최민국이 물었다.

"아니…, 이렇게 합시다. 내가 비록 그 홍위병 할머니의 보호자라고는 할지라도 내 말은 크게 작용을 못할 겁니다. 그 홍위병 할머니께서는 생사를 같이 해왔던 홍위병 오빠들과 전우들이 있는데 그들의 말이면 혹시 맥을 쓸는지… 그들을 곧 부르도록 하지요."

이리하여 정호, 이혁, 박철과 장민이 최국장의 초청에 의해 백산호텔 귀빈 접견실로 불리워 왔다. 최국장과 정호네는 문화대혁명 때의 인연으로 지금도 종종 연락들을 가지고 있었던 것이다.

정호네는 귀빈접견실로 들어서면서부터 최민국 총경리에게서 눈을 떼지 못하고 있었다.

"이게 꿈인지 생신지 모르겠네요. 충성이가 살아있을 리는 없을 거고…."

참지 못하고 정호가 입을 열었다.

"자네도 그런가? 나도 마찬가지네!"

최국장이 정호네를 둘러보며 말했다.

"충성에게 아들이 있는 거는 아닐 게고…."

이혁이도 중얼거렸다.

"모르지 그건…, 영홍이가 있잖아요…."

박철이 말했다.

"그럼 그때 충성이와 영홍이가 연애를 했단 말이오?"

최국장이 물었다.

"그건 모르죠. 둘 다 피끓는 청춘이었으니깐요."

장민이도 끼어들었다.

이러쿵 저러쿵 떠드는 소리에 최민국은 무슨 귀신이 씨나락 까먹는 소리들이냐듯 이리 저리 두리번거리기만 하였다.

인사들을 끝내고 본론에 들어가자 또 정호가 중점 발언을 하였다.

"이 문제는 우선 친자 확인부터 해야 될 듯합니다."

"그러려면 영홍이를 움직여야 되니 그러지 말고 최국장과 최총경리가 유전자 검사를 받는 게 좋겠어요. 두 분이 유전자가 같은 거라면 틀림없을 거라구요."

그래도 기자인 장민이가 그럴듯한 소리를 하였다.

그 다음의 일들은 모두 공안국에서 맡아 진행하였다.

우선 최국장과 최민국의 유전자 검사부터 진행했다. 이어 정신병원과 연변병원 산부인과 병력 당안이 모두 동원되어 검열을 받았다. 모고아원도 경찰들의 조사를 받았다.

결론은 명확했다. 다만 어머니와 아들이 서로 만나 보지 못하고 있을 따름이었다.

80. 칼날의 전우들

먹장구름이 하늘을 완전히 뒤덮었다. 저 멀리서 번개가 번쩍이더니 우뢰소리도 요란하게 들려왔다.

이때였다. 머리 희끗희끗한 할아버지 한 분이 달려왔다.

"영홍아, 너 영홍이 맞지?"

그 할아버지가 달려와 와락 영홍이의 손을 잡았다.

"오빠? 정호 오빠?"

영홍이가 반신반의하며 물었다.

"그래 맞어, 정호오빠여! 기억은 되돌아온 거야?"

영홍이 머리를 끄덕였다.

정호는 지금 건축자재공사 총경리였다. 60살이 다 된 나이에 국영회사 같으면 벌써 자리를 내놓았을 거지만 개인 회사이기에 지금도 총경리직을 내놓지 않고 있었다.

"네가 끝내 해냈구나! 20억, 순이윤이 20억이래!"

정호가 흥분해서 소리 질렀다.

"너 땜에 우리 회사도 돈을 벌게 됐어. 별장마을 건축에 쓸 기자재를 전부 우리가 맡아 경영하게 됐어. 1억쯤은 쉽게 벌 것 같아!"

정호가 계속 영홍의 손을 잡아 흔들고 있었다.

"충성이가 살아 있었다면 얼마나 좋아했겠어. 그놈도 기실은 오늘 같은 날을 바랬을 건데."

이때 또 한 할아버지가 달려왔다.

"영홍아, 이 계집애, 영홍아!"

정호가 그 할아버지에게 자리를 비켜주었다.

이혁이었다. 이혁은 지금 주택 판매회사를 경영하고 있었다. 역시 개인 회사란다. 지금껏 경영이 잘 되지 않았는데 그도 이번에 별장마을 주택 판매를 독점하게 됐단다.

"이번에 봉창하게 됐다. 순 이윤이 적어도 5천만원은 될 거야. 다 네 덕분이야!"

통 무슨 말을 하는지 모르겠다. 영홍은 영문을 몰라 고개만 갸우뚱하였다.

"오, 네가 맞구나!"

저 멀리서부터 소리치며 달려오는 건 박철이다. 그는 지금 조경회사를 경영하고 있다고 하였다.

이번엔 이혁이 박철이에게 자리를 양보하여 주었다.

"홍위병 때 내가 이 계집앨 욕심냈댔는데 고 충성이 놈이 틈을 줘야 말이지! 충성이 그 놈 남을 행복하게 해 주지도 못하면서 저 세상엔 왜 먼저 간 건지…."

영홍의 두 손을 꼭 잡은 박철이가 닭똥 같은 눈물을 뚝뚝 떨구었다.

그도 별장마을 조경사업을 독점하게 됐다고 하였다.

"내가 손쉽게 돈 벌게 됐어. 소나무와 낙엽나무는 원래부터 있는 거니까 옮겨심기만 하면 되는 거야. 내가 이 일을 맡을 거 알고 네가 나무들을 다 키워 놓은 거 아니야!"

박철이도 이번 조경 사업에서 몇 백 만원은 쉽게 벌 수 있다고 말하였다.

또 한 사내가 달려왔다. 장민이었다. 장민은 지금 모 신문사의 기자 노릇을 하고 있었다. 행정 직무는 없었지만 그 기자 수준이 이만 저만이 아니어서 고급 기자 직함을 가졌단다. 번영주택건설 유한회사가 신문 발표회를 할 때 최민국 총경리를 궁지로 몰아넣은 장본인이 바로 장민이었다고 한다.

"내 놓기로 한 거야? 난 안 내놓을 줄 알았는데…."

장민이 아쉬운 듯한 표정을 지으며 말했다.

"오빠들, 정말 오빠들이었구만…."

영홍이가 드디어 눈물을 떨구며 말 한마디 내뱉었다.

모두들 영홍이를 에워싸고 한 덩어리가 되었다. 그리고는 애들마냥 퐁당퐁당 뜀질하였다.

"칼날 만세! 칼날노선 승리 만세!"

누군가가 선창하자 모두 같이 따라 합창했다.

멀리서부터 한 노인이 늘쩡늘쩡 걸어왔다. 영홍이가 그를 향해 마주 달려갔다. 먼발치로부터 그 노인이 누군가를 알아볼 수 있었던 것이다.

"오빠, 셋째오빠!"

충성이가 셋째형님이라 부르니 영홍이도 셋째오빠라 불러야 옳은 것이었다.

"영홍이, 너 아직도 그전처럼 예쁘구나!"

충성이 셋째형님이 덮쳐드는 영홍이를 품속에 따뜻이 감싸 안았다. 충성의 셋째 형님은 아직도 경찰 복장 그대로였다.

"최고문은 아직도 여전히 국장급 대우를 받고 있습니다. 최고문께서 공안국 국장으로 계셨기에 할머니께서는 오늘 이 같은 날을 맞이할 수 있는 것입니다. 매번 예언사건 때마다 현행반혁명죄로 구치소에 갇힐 뻔한 것을 최고문께서 막고 정신병원으로 옮겨놓은 것입니다."

충성의 형을 배동해 온 경찰이 말했다.

충성의 셋째형님은 문화대혁명 후 곧바로 제대를 하여 연길로 온 후 줄곧 연길시 공안국 국장으로 사업하다가 얼마 전에야 퇴직한 것이었다.

"충성이 그 놈이 살아있었다면…"

충성이 셋째형님의 두 눈에는 눈물이 핑그르 돌았다.

"민국이 조칼 오늘 만난다며? 잘 컸어, 정말 잘 컸어. 충성일 똑 빼닮았어. 판박이야. 그런 판박이가 어디 또 있을까?"

충성의 셋째형님이 영홍이의 등허리를 토닥토닥 두드려주면서 말했다.

81. 다시 울린 총소리

날씨는 당장이라도 소나기가 쏟아져 내릴 태세였다. 먹장구름이 하늘을 낮게 뒤덮었고 청둥소리가 꽈르릉 꽈르릉 쉴 새 없이 울려왔다. 번쩍 번쩍 번개치고 광풍도 불어치기 시작하였다.

이때다.

"어머니--"

소리 지르며 한 청년이 영홍이를 향해 달려왔다. 군복 차림이 아니고 홍위병 완장을 두르지 않았을 뿐이지 얼굴과 행동거지가 충성이와 똑 같았다.

자기한테로 달려오는 청년을 바라보는 영홍은 멍청하니 그 자리에 굳어 버린 채로 두 손만 허우적거릴 뿐이었다.

"오빠, 충성이 오빠? 오빠가 맞아요? 오빠가 다시 살아난 거에요?"

영홍이가 입속으로 중얼거렸다.

"어머니--"

검은 양복차림에 붉은 넥타이를 맨 청년이 영홍의 앞에 와 무릎을 꿇고 앉아 땅에 머리를 조아렸다. 그 청년이 바로 번영주택건설유한회사 총경리 최민국이었다.

"엊저녁에야 알았어요. 저에게도 어머니가 살아계신다는 걸… 정호경리네와 공안국 아주버님이 엊저녁에 알려주지 않았다면 지금도 전 모르고 있었을 거에요."

민국은 쾅쾅 요란하게 머리로 땅을 조아렸다. 그러는 민국을 영홍은 떨리는 손으로 일으켜서는 머리를 들어 빤히 얼굴을 쳐다보았다. 그러다가 그 청년의 품에 머리를 묻고 흐느꼈다. 그리고는 소리 없이 중얼거렸다.

"네가 참으로 내 아들이란 말이냐? 애비와 똑같이 생긴 걸 보면 틀림없을 것 같다만…."

"어머니, 이젠 됐어요. 이제부터 이 아들이 어머니를 행복하게 해 드릴 거예요. 고생은 역사이고 미래는 행복뿐일 거예요."

민국이가 가슴에 영홍이를 꼭 껴안고 말하였다.

"어머니, 이젠 우리가 부자예요. 억만부자란 말이에요."

'오빠, 충성이 오빠 들었어요. 우리가 부자래요. 그것도 억만부자래요.'

민국은 어머니에게 소리쳐 말했고 영홍은 조용히 마음속으로 충성이에게 말했다.

민국이 어머니에게 하는 말과 영홍이 충성이에게 하는, 소리나는 말과 소리 안 나는 말이 계속되었다.

"충자림을 버리고 별장마을을 앉히면 거기가 무릉도원이 될 거고 그 무릉도원 주인이 바로 어머닐 거예요."

'오빠, 충성이 오빠, 들었어요. 우리 아들이 나타나서 충자림을 없애고 거기에 별장마을을 짓는대요. 오빠, 오빠가 말해 봐요. 우리 아들이 그렇게 하도록 내버려 둘까요? 안 되죠, 안 되구 말고요.'

"공산주의? 공산주의가 뭐예요? 바로 이런 것이 공산주의가 아니겠어요! 어머니 별장마을 프로젝트가 제 손에서 완성되면 저는 자치주 주장이 될 거예요. 그땐 어머닌 주장 어머니가 되는 거예요."

'오빠, 충성이 오빠. 우리 아들이 공산주의 사회의 주장이 된대요. 억만장자 주장이 된대요. 우리는 주자파를 타도하기 위해 홍위병 운동을 했었잖아요. 그때 우리가 타도하려던 주자파 연변일중 교장은 집도 없어 셋집에서 살았고 자치주 주장 주덕해는 일본놈들이 버리고 간 낡은 주택에서 살다가 그 주택도 후에 전근해 온 연안간부 최채에게 양보했었잖아요. 그때 그 주자파들은 왜 지금 우리 아들보다 더 청렴한 거죠?'

"오늘 저녁부터 저의 집에 가 계셔요. 이젠 어머닐 절대 놓치지 않을 거예요."

'오빠, 충성이 오빠, 우리 아들 새로운 주자파가 맞죠? 주자파 집에 안가면 끌고 갈텐데 어떡하죠?'

영홍은 저도 모르게 호주머니에 손을 넣었다.

손에 권총이 잡혔다. 손 안에 권총을 넣으며 영홍이 계속 중얼거렸다.

'오빠, 충성이 오빠, 그날 오빠가 맞은 총알은 오발이었어요. 청천벽력 같은 우뢰소리에 놀라 손이 떨며 오발한 거래요. 알고 있는 거죠. 그때 그 총알이 마지막 총알이 아니었다면 한 발이라도 더 있었다면 그 총알을 맞고 저도 오빠를 따라갔을 거예요.'

민국이가 영홍의 등을 사랑스레 쓰다듬으며 말했다.

"불효자식을 용서하세요. 고아원 선생님이 저를 길가에서 주어 왔다고 했어요. 그래서 그걸 지금껏 믿은 거예요. 우리 아버진 어떤 분이셨어요. 지금 내가 주장이 된다면 기뻐하실까요?"

'여보, 오빠라 말고 한번 여보라고 불러 볼게요. 여보, 기뻐요, 안 기뻐요? 충자림과 주장을 바꿀래요? 당신이 하라는 대로 할 거예요.'

"어머니, 아버지가 사망됐다는 걸 엊저녁에 이미 들어서 알고 있어요. 그러나 사망되기 전의 아버진 어떤 분이셨는지 알고 싶다구요. 훌륭한 분이셨죠?"

영홍이가 머리를 들어 아들을 바라보며 말했다.

"너의 아버진 홍위병이었다. 홍군 칼날반란대군 군장, 홍위병이었어. 아버진 네가 억만장자 주장이라고 하면 곧바로 너를 총살해 버렸을 것이다."

영홍의 말이 떨어지기 바삐 영홍의 손이 호주머니에서 나왔고 그 손에 쥔 총이 민국의 태양혈을 겨누었다.

"아들아, 탄알이 없는 빈총이긴 하지만 아버지가 주는 교훈이라고 생각하고 받아라!"

'퐁--'

빈총에서 총알이 나갔다.

태양혈이 명중된 민국이 두세 번 몸을 비틀거리더니 쿵하고 땅에 무너져 내렸다.

이 광경을 멍하니 지켜보고 섰던 영홍이가 자기가 들고 있던 총을 자기 태양혈에 갖다대었다.

'제발, 한발만 더 나가 줘!'

'퐁--'

빈총에서 또 한 발의 총알이 나갔다.

비칠거릴 사이도 없이 영홍이가 스르르 자연스럽게 민국의 시체 위로 쓰러져 버렸다.

먹장구름이 급속히 밀려왔다.

번개가 땅 위에 내리 꽂혔다.

천둥이 울었다.

소나기가 억수로 내리 쏟아졌다.

사람들이 엄마와 아들 두 모자가 꼭 안고 쓰러져 피 흐르고 있는 두 시체를 향해 달려왔다.

에필로그

　영홍의 시체로부터 권총을 찾아든 정호가 서슴없이 권총 박죽으로 부터 탄창을 뽑아 냈다.

　탄창은 비어 있었다.

　정호가 탄창을 자세히 여겨 보았다.

　충성이 죽은 후 중앙군위 그 사령관이 참말로 조사조를 이끌고 연변에 왔었었다. 그때 그 사령관이 정호에게 이런 말을 했다.

　"그 권총을 찾기만 하면 꼭 탄창을 뽑아 확인하도록 하오. 총알 다섯 발이 나간 날짜가 탄창에 적혀있을 테니까! 이는 구라파 사람들의 최신 기술이요."

　그때로부터 지금까지 40여 년간 그 권총을 찾을 길 없었으니 당연히 누구도 총알이 나간 날짜도 알아낼 수 없었다.

　"여기 적혀있군!"

　탄창에서 글씨를 발견한 정호가 울먹였다.

　탄창엔 영어로 다음과 같은 글씨가 적혀있었다.

　첫째발: 1968년 5월16일

　둘째발: 1968년5월16일

　셋째발: 1968년 5월16일

　넷째발: 2008년5월16일

　다섯째발: 2008년5월 16일

　그렇다면 5작탄 5연발인 이 권총에서 탄알 3발은 지금부터 40여 년

전 한날 사이에 쏘아졌고 탄알 2발은 40년 후 오늘 바로 이 자리에서 영홍이가 쏜 것이다.

그렇다면 군부 무기고를 습격하던 날 저녁에 일어난 군병원 군인 총격 사건에 충성이 갖고 있던 이 총이 사용되지 않았다는 결론이 나온다. 그렇다면 군병원 군인을 사격한 진정한 흉수는 누구였단 말인가?

photo Gallery

※ 이 곳에 소개되는 모든 사진들은 가진 작가가 편집을 요망하며 제공한 것임.

모택동 홍위병접견

모택동, 임표, 주은래, 강청

모택동, 유소기

강청, 주은래

모택동, 임표, 주은래

주은래

모택민   모원신   괴대부

섭원재   왕흥문

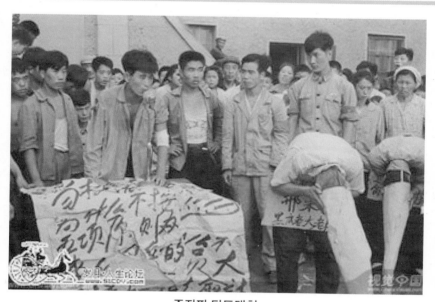

주자파 타도대회

홍위병장정대

홍위병 천안문 광장에서

충자무

홍위병 충자무

해방군 모택동 저작학습

모택동 저작학습

가진 소설집

홍 위 병

초판인쇄 2015년 02월 05일 **초판발행** 2015년 02월 10일

지은이 가   진
펴낸이 이 혜 숙   펴낸곳 신세림출판사
등록일 1991년 12월 24일 제2-1298호

100-015 서울특별시 중구 충무로5가 19-9 부성B/D 702호
전화 02-2264-1972   팩스 02-2264-1973
E-mail : shinselim72@hanmail.net

정가   15,000원

ISBN   978-89-5800-151-5, 03810